沽 酌 集

止庵 著

GUANGXI NORMAL UNIVERSITY PRESS
广西师范大学出版社
·桂林·

GUZHUO JI

策划编辑：梁鑫磊
责任编辑：梁鑫磊
助理编辑：尤晓澍
营销编辑：赵艳芳　蒋正春
责任技编：伍先林
封面设计：Pallaksch

图书在版编目（CIP）数据

沽酌集 / 止庵著. --桂林：广西师范大学出版社，
2020.10（2022.5 重印）
　ISBN 978-7-5598-3255-9

　Ⅰ．①沽… Ⅱ．①止… Ⅲ．①散文集－中国－当代
Ⅳ．①I267

　中国版本图书馆 CIP 数据核字（2020）第 179261 号

广西师范大学出版社出版发行

（广西桂林市五里店路 9 号　邮政编码：541004 ）
网址：http://www.bbtpress.com
出版人：黄轩庄
全国新华书店经销
广西广大印务有限责任公司印刷
（桂林市临桂区秧塘工业园西城大道北侧广西师范大学出版社
集团有限公司创意产业园内　邮政编码：541199）
开本：787 mm ×1 092 mm　1/32
印张：11　　　字数：180 千
2020 年 10 月第 1 版　　2022 年 5 月第 3 次印刷
印数：10 001~12 000 册　　定价：59.00 元

如发现印装质量问题，影响阅读，请与出版社发行部门联系调换。

目录

.

新序

　　今年我满六十岁，向来不过生日，这回也不例外，只请人刻了一个"行年六十而六十化"的闲章，盖在送给朋友的书上，算是一点纪念。此语出自《庄子·则阳》："蘧伯玉行年六十而六十化，未尝不始于是之而卒诎之以非也，未知今之所谓是之非五十九非也。"宣颖《南华经解》："不囿于故也。""化"就是不恃，不滞。《庄子·寓言》复云："庄子谓惠子曰：'孔子行年六十而六十化，始时所是，卒而非之，未知今之所谓是之非五十九非也。'"可见《庄子》这书驳杂，文章非出一人之手。这里孔子自是虚构的，就连蘧伯玉也未必是真人真事。《淮南子·原道训》云："蘧伯玉年五十而有四十九年非。"仿佛这个人每隔十年就要感慨一番似的。

回过头去说《庄子》那句话，这世界上没有什么是一定的，绝对的，一切都在变化之中，也应该用这副眼光看待自己。不能顺着这个意思来说六十如何，因为到了六十一又该说六十"非"了，以后一年一年都可以这么想，无论站在什么岁数说话，一准都是错的。那么姑且不论对错，只对活过的年月稍事回顾罢。说来无非读书、写作二事。尝著《插花地册子》一书专讲读书经过，此外又有随笔集十余种，多是读书笔记一类，这本《沽酌集》也包括在内，是以无须赘言。我最初有志走文学这条道儿，大概到三十四岁为止，所写的东西留下的只有一部小说集《喜剧作家》，还有一首长诗《如逝如歌》，附在《插花地册子》卷末。三十岁起写随笔，此外又有《樗下读庄》《老子演义》《神拳考》《周作人传》等几种专门的书。五十五岁写成《惜别》，路数稍有变化，即如该书编辑当初所说又转回文学了，以后的《游日记》和《画见》也属于这一路。记得有一次谈到周氏兄弟，尝谓二人差异之一是美学上的。哥哥激越，弟弟沉郁，哥哥长于审美感受，弟弟偏重人生况味。他们都对我有重大影响，虽不能至，心向往之。我的《画见》稍稍接近鲁迅，《惜别》稍稍接近周作人。迄今出版了二十几本书，至于编订的周作人、张爱玲和鲁迅的作品篇幅更大，也算兢兢业业，但干的事情似乎够多的了。"行年六十而六十化"，此后或许稍稍换种活法，写点自娱自乐的东西，至于付梓与否并无所谓。所拟张爱玲评传、唐诗审美研究、鲁迅传记等题目，虽然做过不少准备，大概不会写了。

关于六十岁还有一句更出名的话，即《论语·为政》里孔子所云"六十而耳顺"。郑玄《论语注》："耳顺，闻其言而知其微旨也。"朱熹《四书集注》："声入心通，无所违逆，知之之至，不思而得也。"都强调一种辨识能力，相比之下，未免不及焦循《论语补疏》讲得亲切："耳顺即舜之'察迩言'，所谓善与人同，乐取于人以为善也。顺者，不违也。舍己从人，故言入于耳，隐其恶，扬其善，无所违也。学者自是其学，闻他人之言多违于耳。圣人之道一以贯之，故耳顺也。"是说虽有简择，但不复自设障碍。孔子这话要放到他那一整段话里来理解，此前"吾十有五而志于学，三十而立，四十而不惑，五十而知天命"，还主要是自家下功夫；"耳顺"较之"不惑"，正是不仅"隐其恶"，还要"扬其善"。要经过"六十而耳顺"，才能达到"七十而从心所欲不逾矩"，至此则内外和谐，打成一片。然而与《庄子》所言相反，孔子一生步步都是进境，对"吾"始终是肯定的，只是由"是"至于更"是"而已。孔子的话或者可以用来鼓励自己，《庄子》的话则不妨当成提醒听也。

《沽酌集》前次出版，赶上我五十岁，在序言里发过一番议论；现在过了十年，又写了上面这些文字。书却还是那本书，只是重新编排校订过了。重读一过，内容倒还新鲜。所收篇章几乎都涉及读书，不妨就此再说几句。记得有朋友对我讲，有些书没必要读完。我说，有些书没必要读；有必要读的就应该读完。读书之道，首先在于挑选。我指的是闲读书，若是搞研究之类当然不是这个读法；而且我觉得不必读的，别人或许以为正需要大读而特读，此亦人各有志，无意强加于人。读书这件事，可以打两个比方，一是旅游，有人每到一处拍张照片就走，也有人精心挑选地方，住下细细体会；二是交友，有人"胜友如云"，也有人"人生得一知己足矣"。我的看法，读书不必求多，而是享受读一本自己喜欢的书的乐趣。

二〇一九年十一月二日

原序一

"沽"，买酒也；"酤"，饮酒也。我取这个题目，好像做了酒鬼似的，其实不然。打个比方罢了。平生兴趣甚少，烟酒茶均不沾，也不喜欢什么运动，只买些书来读；但我觉得就中意味，与沽酒自酤约略相近。若说不足与外人道未免夸张，总之是自得其乐。至于偶尔写写文章，到底还是余绪，好比闲记酒账而已。

我学习写作不过十年光景，产量不算太多，大致分为两类，其一是"书"，都是专门写的；其一是"文"，写的时候没有计划，凑够一定数量就编本集子。前此的《樗下随笔》《如面谈》和《六丑笔记》均是这样，这本《沽酤集》也不例外。所写的文章大多与书有关，或是书评，或是因读书而起的感想。写前两本集子时，读什么书都是自己定的，这几年略有不同，倒也没有多大区别，因为自有一条底线在，盖非什么书都肯读，什么话都能说也。前述书评与感想好像是两路文章，其实相去不远，譬如这里的《谈抄书》换个题目，叫作《读〈夜读抄〉》或《读〈苦竹杂记〉》亦无不可。而我写的书评，也从来不死死扣住一个题目说话。

收入本书的文章皆为二〇〇〇年一月以来所作，编定之前就讲好要归入一套丛书，记得是"好书六十种"之类，我不知道这名目后来改了没有，这里还是声明几句为妥。首先"好"字如果读如去声，那么我的确是"好书"的，所以前半句就讲得通，至于所谈及的书则有好有坏，或不好不坏。但是我说好说坏，别人未必赞同，就像我也未必赞同别人一样。现在只能在所读书的范围之内，挑一些来谈谈感想，如此而已。根本没有推荐书目的意思，实话说干不了，也不愿意干。末了只剩下"六十种"了，如前所述，文章有的是围绕一本书写的，有的不是，我不清楚是否合乎这个数目，如果把集子里提到的书名统计一下，恐怕只多不少罢。

我迄今所写与书有关的文章不下二百篇，似乎可以趁此机会讲几句总结的话。第一，所谈论的书无拘长短，至少通读过一遍，乃至一遍以上。我知道这是我的笨拙之处，但是我写文章总有点儿害怕，觉得世上自有明眼人，所以向来不敢取巧。附带说一句，若以"看"而不是以"写"而言，我自己倒算得上是明眼人了，读到别人写的书评，有没有读过那书，简直洞若观火。第二，写一篇文章之前，总要给可能存在的读者先定个位，那么读者至少可以分为两种，其一没有读过这书，其一读过这书。对不同的人就要说不同的话，一是介绍，一是议论。对后一类读者没有必要从零谈起，否则不仅多余，也嫌不够尊重。我所写的，几乎都是后一类文章。第三，我小时候无书可读，找到什么就看什么；后来上大学没念过文科，要说损失只有一件，便是得不到系统读书的机会。所以现在写书评，只能谈感想，不能作评论，因为"参照系数"不够。感想当然也是一种评论，但是没那么严肃，也不求全面。换句话说，既不"定性"，又不"定位"。

我没有受过文科教育，不知道书评写法有无规矩，自己胡乱写了好多，不免造次。不过辩解的话也不是没有。说句老实话，我压根儿没打算就书论书，不过由此寻个由头，说些自己的话罢了。虽然重要的并不是说什么，而是不说什么。其实对待一本书，如同对待古往今来一切事情一样，我所能做到的只有一点，就是不妄言。大洪兄前些时说："一件事情发生了，先看事实究竟如何；事实或者不能明了，可依常识加以估量；常识或者不尽够用，可据逻辑加以推断。"妄的对面是信，抱定他这态度，于是信而不妄。我们都是学科学出身，理应如此，不可意气用事。现在文章是一篇篇写的，吾道则一以贯之。即便不写文章，我也是这么看法。孔子云："友直，友谅，友多闻，益矣。"（《论语·季氏》）我认识大洪兄将近二十年，直，谅，多闻，兼而得之，获益良多，是乃人生得一知己足矣。

二〇〇一年六月七日

原序二

从前我写过一篇《四十不惑》，当时还不到那岁数；如今年满五十，可以谈谈"五十而知天命"了。《论语》里另有两处讲到"五十"，一处讲到"天命"。《述而》："子曰：'加我数年，五十以学易，可以无大过矣。'"《子罕》："子曰：'后生可畏，焉知来者之不如今也。四十五十而无闻焉，斯亦不足畏也已。'"《季氏》："孔子曰：'君子有三畏：畏天命，畏大人，畏圣人之言。小人不知天命而不畏也，狎大人，侮圣人之言。'"合而观之，大约可知"五十而知天命"之意。盖君子"畏天命"，"小人不知天命而不畏也"，是"知天命"落实于"畏天命"，由此"可以无大过矣"，此即孔子"学易"之用心所在。然而，若"畏"了以后什么都不做，落得"四十五十而无闻焉"，亦为孔子所看不入眼。是以"五十而知天命"应该是有所为，有所不为，"知"即明白其间区别也。

还可看看《论语》他处所说。《宪问》："公伯寮愬子路于季孙，子服景伯以告，曰：'夫子固有惑志于公伯寮，吾力犹能肆诸市朝。'子曰：'道之将行也与，命也。道之将废也与，命也。公伯寮其如命何。'"《子罕》："子畏于匡，曰：'文王既没，文不在兹乎。天之将丧斯文也，后死者不得与于斯文也；天之未丧斯文也，匡人其如予何。'"《述而》："子曰：'天生德于予，桓魋其如予何。'"这里"天""命"均同"天命"。一云"其如命何"，是人不胜天；一云"其如予何"，是天命授人，仍系前述之有所不为与有所为也。后一方面，有如刘宝楠《论语正义》所云："天命者，《说文》云：'命，使也。'言天使己如此也。""五十而知天命"乃接续"三十而立""四十而不惑"而言。我曾说，"三十而立"是知道了有什么该做，"四十而不惑"是知道了有什么不该做。这样一反一正的意思，体现于孔子整个人生自述之中。"五十而知天命"则深入一层，归于使命或命运。及至"七十而从心所欲不逾矩"，说来亦不离此。

孔子讲"加我数年，五十以学易，可以无大过矣"时，还没活到"五十而知天命"；《淮南子·原道训》载"蘧伯玉年五十而有四十九年非"，好像正与孔子的话对应而言。五十岁前那样期待，五十岁时这般反思，不该做的是否没做，应该做的是否做了，于此回顾之际，明明白白。我心仪古人，当初做不到"五十以学易，可以无大过矣"，现在却可说"年五十而有四十九年非"。趁《沽酌集》交稿之际，略陈此意，权当我的"五十自述"。

此书先头出过一版，但好像没怎么发行，印得又不成样子，送朋友都拿不出手。这回得以重印，我删去几篇，其余略有修改，再补上一点新的，仍用原来题目。这些天我翻看谷林先生从前给我的信，其中说："至于你为新作所定的那个集名，我用乡音念去，近似'叽咕'，便联想到'沽酒市脯不食'的夫子之言来。我们对于老夫子未必视若圣明，但也断不愿与之'对着干'，而足下自斟独酌，细加品味，岂非有点乐此不疲的模样？"先生已归道山，录此一节，以为纪念。

二〇〇九年二月二十七日

卷一

关于"周氏兄弟"

"周氏兄弟"已经成了一个专有名词，特指周树人（鲁迅）与周作人。说来天下姓周的兄弟该有不少，难得用上这个称呼；绍兴这家兄弟不止两位，别人也无法阑入。这么说仿佛不大讲理，但是的确如此。"周氏兄弟"的说法，最早还是由他们自己提出。一九〇九年三月《域外小说集》第一册出版，即署名"会稽周氏兄弟纂译"。当然这多半只是陈述事实而已。不过序言称："异域文术新宗，自此始入华土。"可以认为是这本书的特色所在，亦未始不可看作译者的一种姿态。后来他们对中国文化的独特贡献，至少有一方面是在这里。

代表"文术新宗"的周氏兄弟未免登场太早，"华土"一时不能消受；他们之引起普遍注目，还要等上八九年以后。届时二人皆已在文化中心北京；蔡元培出掌北大，陈独秀主编《新青年》，为他们提供了充分的舞台。似乎"周氏兄弟"一说很快就在一个圈子里流行了。一九一八年三月十五日《新青年》四卷三号发表刘半农《除夕》一诗，有云：

"主人周氏兄弟，与我谈天，——

欲招缪撒，欲造'蒲鞭'，

说今年已尽，这等事，待来年。"

刘氏自注："（一）缪撒，拉丁文作'Musa'，希腊'九艺女神之一'，掌文艺美术者也。（二）'蒲鞭'一栏，日本杂志中有之，盖与'介绍新刊'对待，用消极法笃促编译界之进步者。余与周氏兄弟（豫才，启明）均有在《新青年》增设此栏之意，惟一时恐有窒碍，未易实行耳。"钱玄同是周氏兄弟特别是鲁迅投身新文学运动的有力促进者，多年之后说："我认为周氏兄弟的思想，是国内数一数二的，所以竭力怂恿他们给《新青年》写文章。"（《我对于周豫才君之追忆与略评》）胡适一九二二年八月十一日日记也写道："周氏兄弟最可爱，他们的天才都很高。豫才兼有鉴赏力与创造力，而启明的鉴赏力虽佳，创作较少。"

这些人不约而同地谈到"周氏兄弟"，显然首先是将他们看作一个整体；这里"周氏兄弟"这一概念，涵盖了二人在思想、才具和文学活动上的某些共性。虽然他们实际上各有所长，鲁迅之于小说创作，周作人之于文学翻译、文学理论、新诗创作和散文创作，分别代表当时的最高水平。但是这都可以看作是"周氏兄弟"这一整体所取得的成就。而且二人的文学活动一时原本不能截然分开，周作人那"中国新诗的第一首杰作"的《小河》，曾经鲁迅修改；鲁迅为《域外小说集》新版作序，署名"周作人"；周作人的几篇杂感，后来也收入鲁迅的集子《热风》。

"周氏兄弟"作为一个文化概念，几乎与整个二十世纪二十年代相始终。其实二人间的亲情，在一九二三年七月即告断绝，世上从此已无周氏兄弟。然而恰恰是在其后一段时期，"周氏兄弟"被他们的同志，尤其是被论战的对手一再相提并论，如陈源说："先生兄弟两位捏造的事实、传布的'流言'，本来已经说不胜说，多一个少一个也不打紧，……"(《闲话的闲话之闲话引出来的几封信·西滢致岂明》)后来冯乃超攻击鲁迅，也说："无聊赖地跟他弟弟说几句人道主义的美丽的说话。"(《艺术与社会生活》)从而赋予了"周氏兄弟"超越于实际意义之上的文化意义。"周氏兄弟"已经成为二十世纪中国思想史和文学史上最重要的文化现象之一。

在"周氏兄弟"成为一个纯粹的文化概念的过程中，一本二人均积极参与的杂志《语丝》起了重要作用。《语丝》前一百五十六期，周作人事实上负全责，而鲁迅为主要撰稿人之一；杂志在北京被禁，移至上海再办，由鲁迅主持，周作人发表文章仍然不少。他们在各自开垦自己的园地（鲁迅是《野草》，周作人是《茶话》等）的同时，经常共同出击，或彼此呼应。及至鲁迅编完《语丝》第四卷后，交卸编辑职务，情况发生了重大变化。从此二人很少在同一场合发言，"周氏兄弟"失去了共同语境。

另一方面，他们的立场和态度也有所变化。鲁迅"进"到社会批判，周作人"退"为文化批判。然而鲁迅的社会批判有文化批判做底子，周作人的文化批判也不无社会批判的象征意义。三十年代，二人已经分属左翼与自由主义这样不同的文化阵营，时而互相不点名地以笔墨相讥。在当时人们的论说中他们很少再被一并提起，作为文化现象和文化概念的"周氏兄弟"其实已经不复存在。虽然对一般受众来说，感受恐怕还要滞后一点。张中行有番回忆："……于是转而看所谓新文学著作，自然放不过周氏兄弟。一位长枪短剑，一位细雨和风，我都喜欢。"（《再谈苦雨斋》)正是一个好例子。

然而天下事不可一概而论，二人之间亦未必处处针锋相对。周作人为左翼批评家所批评的《五十自寿诗》，鲁迅在私人通信（一九三四年）中曾予以辩护；周作人则至少有两次在公开场合谈及鲁迅，一为《中国新文学的源流》（一九三二年），一为《闲话日本文学》（一九三四年），均无恶意。鲁迅一九三六年去世，在某种意义上改变了断绝多年的兄弟关系。周作人写了《关于鲁迅》和《关于鲁迅之二》以为纪念。此后他在文章中不时提到"先兄豫才"（《记太炎先生学梵文事》，一九三六年）或"家树人"（《玄同纪念》，一九三九年）。在《苦口甘口》（一九四三年）和《两个鬼的文章》（一九四五年）中谈及"五四"先驱，一次说"胡陈鲁刘诸公"，一次说"陈独秀钱玄同鲁迅诸人"。而他之记述鲁迅前期生活和揭示鲁迅作品原型，亦始于《关于范爱农》（一九三八年）和《关于阿Ｑ》（一九三九年），后来则分别有《鲁迅的故家》（一九五三年）和《鲁迅小说里的人物》（一九五四年）两本书面世。这是一点题外话了。

八十年代以后，周作人著作重行出版，鲁迅著作则长盛不衰，"周氏兄弟"逐渐又被论家和读者提起。现在使用这一文化概念，实际上既不同于"五四"前后，又不同于二十年代；并不单单针对他们的某一时期，亦不限于散文创作，而是首先作为一个整体对二人全部文学和思想上的建树加以把握，在此前提下再来考虑具体的异同。曹聚仁也讲过类似的意思："周氏兄弟，在若干方面，其相同之点，还比相异性显著得多。"(《文坛五十年》)"周氏兄弟"一语至少有三个意义：一，他们取得二十世纪中国文学的最高成就，代表二十世纪中国文学的主要方向；二，他们坚持对中国传统文化的批判态度；三，他们拥有世界文明的广阔视野。"周氏兄弟"在某种程度上甚至可以作为二十世纪中国文学的代名词。历史上有过"曹氏父子""建安七子""竹林七贤""李杜""元白""唐宋八大家""前后七子""公安派""竟陵派"等说法；作为某一文学巅峰时代最主要的代表，大约只有"李杜"与"周氏兄弟"具有同等分量。我不知道新版《辞海》有无"周氏兄弟"的条目，如果没有，恐怕应该添上罢。

二〇〇〇年八月一日

"如鱼饮水，冷暖自知"

　　鲁迅在《南腔北调集·我怎么做起小说来》中说："批评必须坏处说坏，好处说好，才于作者有益。"这并非泛泛之论，而是有着切身感受；至少他觉得对于自己来说，批评家从来没有能够做到这一点。因此他树立一个原则："我每当写作，一律抹杀各种的批评。"

　　自《狂人日记》问世，鲁迅就成为中国最受关注的小说家；及至发表《阿Q正传》，批评界多所议论。而在作者看来，一概没有说到点子上："我的小说出版之后，首先收到的是一个青年批评家的谴责；后来，也有以为是病的，也有以为滑稽的，也有以为讽刺的；或者还以为冷嘲，至于使我自己也要疑心自己的心里真藏着可怕的冰块。"（《俄文译本〈阿Q正传〉序》）小说集《呐喊》出版，成仿吾的一番批评，更引起他强烈反感："他以'庸俗'的罪名，几斧砍杀了《呐喊》，只推《不周山》为佳作，——自然也仍有不好的地方。坦白地说罢，这就是使我不但不能心服，而且还轻视了这位勇士的原因。……况且'如鱼饮水，冷暖自知'，用庸俗的话来说，就是'自家有病自家知'罢：《不周山》的后半是很草率的，决不能称为佳作。倘使读者相信了这冒险家的话，一定自误，而我也成了误人，于是当《呐喊》印行第二版时，即将这一篇删除；向这位'魂灵'回敬了当头一棒——我的集子里，只剩着'庸俗'在跋扈了。"（《〈故事新编〉序言》）末了这种做法，最是"鲁迅式"的，算得上"一律抹杀各种的批评"的好例子。

在私人通信中，鲁迅也时常流露对于批评的质疑与不屑。如："至于他（金人）说我的小说有些近于左（琴科），那是不确的，我的作品比较的严肃，不及他的快活。"（一九三五年三月二十五日致萧军）而李长之的《鲁迅批判》，他也不大瞧得上眼："李长之不相识，只看过他的几篇文章，我觉得他还应一面潜心研究一下；胆子大和胡说乱骂，是相似而实非的。"（一九三五年六月十九日致孟十还）总的来说，他始终坚持在《答北斗杂志社问》中表明的立场："不相信中国的所谓'批评家'之类的话，而看看可靠的外国批评家的评论。"

　　所有这些，不应该简单看作是一种"狂人"姿态。前引文中"如鱼饮水，冷暖自知"一语，说明鲁迅对于自己的创作，实际上有着清醒认识；正因为如此，他才觉得别人所说不确当。在抹杀对《阿Q正传》的各种批评的同时，他自己有所论说："我虽然已经试做，但终于自己还不能很有把握，我是否真能够写出一个现代的我们国人的魂灵来。"（《俄文译本〈阿Q正传〉序》）编选《中国新文学大系·小说二集》之际，他更对其小说创作的渊源和特色予以揭示："一八三四年顷，俄国的果戈理就已经写了《狂人日记》；一八八三年顷，尼采也早借了苏鲁支的嘴，说过'你们已经走了从虫豸到人的路，在你们里面还有许多份是虫豸。你们做过猴子，到了现在，人还尤其猴子，无论比那一个猴子'的。而且《药》的收束，也分明的留着安特莱夫式的阴冷。但后起的《狂人日记》意在暴露家族制度和礼教的弊害，却比果戈理的忧愤深广，也不如尼采的超人的渺茫。此后虽然脱离了外国作家的影响，技巧稍为圆熟，刻画也稍加深切，如《肥皂》，《离婚》等，但一面也减少了热情，……"而他对自己的作品亦不无指摘。如讲到《阿Q正传》第一章："因为要切'开心话'这题目，就胡乱加上些不必有的滑稽，其实在全篇里也是不相称的。"（《〈阿Q正传〉的成因》）关于《故事新编》，也曾检讨"游戏之作居多"（一九三六年二月二十九日致杨霁云），并说缺点在于"油滑"，"油滑是创作的大敌，我对于自己很不满"（《〈故事新编〉序言》）。

我们在这里看到作家鲁迅之外，还有一个针对自己的批评家鲁迅；不管批评精辟与否，至少他知道自己做到了什么和没做到什么。而在更深的层次上，这是一种自觉的意识：打算做什么，以及不打算做什么，对他来说都十分明确。换句话说，在写作之前和写作之中，鲁迅始终有着自己的前提。偶尔不得不违背，他也很清楚，而且要把话讲明，如："但既然是呐喊，则当然须听将令的了，所以我往往不恤用了曲笔，在《药》的瑜儿的坟上平空添上一个花环，在《明天》里也不叙单四嫂子竟没有做到看见儿子的梦，因为那时的主将是不主张消极的。"（《〈呐喊〉自序》）关于批评，我一向认为批评家不应该为作者设立前提，而只能在作者自己规定的前提之内，讨论他的目标究竟实现了多少，是否还不够完满。批评家只能批评作家没想到的，或想到而做不到的。对于鲁迅这样自觉的作家，尤其应该如此。别人有关鲁迅的批评是否确当姑且不论，至少那种超出其小说创作前提的批评是没有什么价值的。

　　譬如有个话题被一再提及，就是鲁迅不写长篇小说。当然事实如此，然而我们的话也只能说到这里为止；因此而对鲁迅加以指责或代为辩解都毫无意义。不错，鲁迅有过写长篇的计划："五六年前我为了写关于唐朝的小说，去过长安。到那里一看，想不到连天空都不像唐朝的天空，费尽心机用幻想描绘出的计划完全被打破了，至今一个字也未能写出。"（一九三四年一月十一日致山本初枝）在许寿裳、冯雪峰和孙伏园的回忆文章中，也曾讲到鲁迅的其他设想。但是鲁迅毕竟没写长篇；而更多的时候，我们看到他在拒绝别人这方面的提议。如："向未作过长篇，难以试作，……"（一九三三年七月二十九日致黎烈文）当认定对方不怀好意时，尤其如此："不知道为什么，近一年来，竟常常有人诱我去学托尔斯泰了，……"（《〈准风月谈〉后记》）鲁迅放弃了或不想做的事情，我们讨论它干什么呢，这其实是个"伪话题"。鲁迅自己也从来没有把未曾写出长篇小说视为欠缺，在《答徐懋庸并关于抗日统一战线问题》中，他是将《阿Q正传》与《红楼梦》和《子夜》相提并论的，这似乎也表明他的某种看法。可以说他对此已经有了自己的答案。鲁迅是一位短篇小说作家；我们只能在此前提之下，去探讨他对这一形式究竟运用得如何，取得何等成就，抑或有什么不足。

二〇〇〇年五月十三日

朱安的意思

抗战末期，朱安因生活困难，有出售鲁迅在平藏书动议。一时舆论哗然。唐弢恰于此时北上，便由友人陪同，前往劝阻。谈话内容，先被他记载在《〈帝城十日〉解》里，多年后又抄入《关于周作人》一文：

"宋紫佩说明来意，我将上海家属和友好对藏书的意见补说几句。她听了一言不发。过一回，却冲着宋紫佩说：

"'你们总说鲁迅遗物，要保存，要保存！我也是鲁迅遗物，你们也得保存保存我呀！'

"说着有点激动的样子。"

朱安的话很令我感动，觉得凄切入骨，一个不幸女人毕生感慨，凝聚于寥寥数十字中，其为此老妪之一篇《离骚》欤。她始终生活在黑暗里，然而如这里所显示的，黑暗也能发出强烈的光。我向来不爱议论别人家的私事，但是这番话里有超越私事的意思，似乎值得体会。

话头是从保存鲁迅遗物提起。"遗物"，《现代汉语词典》释为"古代或死者留下来的东西"，不过这里所谓"遗物"却非同一般，实有文物的含义。《现代汉语词典》将"文物"释为"历代遗留下来的在文化发展史上有价值的东西"，未免语焉不详；《辞海》说是"遗存在社会上或埋藏在地下的历史文化遗物"，所列内容有五，其第一项云："与重大历史事件、革命运动和重要人物有关的、具有纪念意义和历史价值的建筑物、遗址、纪念物等。"此例正与之相合。其中遗物与文物可以通用，然而朱安说"我也是鲁迅遗物"，则别有一份孤寂荒凉在焉。

遗物也好，文物也好，说到底都只是物。朱安生而为人，却说自己是物，因为在这一语境中，物有着人所不具备的价值，所以她要争取一点哪怕是做物的权利。做人之苦难与悲哀，我想无逾于此。当然人不是物。虽然法国新小说派的阿兰·罗伯－格里耶，在其作品中早已用看待物的眼光去看待人了，但这毕竟是人间之上的视点；我们生息于人间，无论如何还是需要抱着"人不是物"的信念，否则没法活了。无视人的存在，则人尚且不如一物。朱安的话所启示我们的，也正是这一点罢。

　　世界上本来只有遗物，没有什么文物，人们把一部分遗物叫作文物罢了，也就是赋予了它们某些意义，如前述词典所提示者。而前提之一，即如《辞海》说的"与……有关"。在这一事例中，对象是《辞海》标举的"重要人物"。"重要"当然是重要的了，然则其不同于"历史事件、革命运动"处，在于这个对象是人。斯人已逝，遗物犹在，生者着意加以保存，正是以其为媒介，与故者建立起一种联系，以超越生死之间的界限。此之谓"睹物思人"。如此说来，这一行为原本是颇有人情味的。文物涉及多个方面，这里较之别处，似乎应该多着这样一重意义。我们热爱鲁迅，因此重视他的遗物，包括藏书；而把寄托于藏书的一点人情扩大及于朱安，便是"我也是鲁迅遗物"的意思。这当然与文物问题无关，但是只见物，不见人，总归与以遗物为文物的初衷多少相违，无论这个人是遗物的主人，还是与主人相关的人，抑或是完全无关的人。

　　我写这篇文章，本来是想谈谈对文物的看法的，囿于外行身份，终究不敢乱说。一下子就说到人上面去了，盖自忖对这个还稍有点儿发言权也。但是我也不打算拾几百年前人的牙慧，作"要更热爱人"之类近乎可笑的呼吁。

前几天写文章谈及俄罗斯作家，我说他们似乎对人类尊严的底线特别敏感，无论这底线在何时何地被逾越，无论所涉及的是自己还是世界上的任何人，都无所顾忌做出反应。我们至少要迟钝一点儿，此乃文化背景不同使然。其实朱安所要求的，也正是一条底线；尚且谈不到尊严，只是生存而已。这是人对物的世界一点微弱的抗议声音。

二〇〇〇年十月七日

钱玄同与刘半农

这是新文学史上两位热闹的人。新文学肇始，最需要反响——特别是来自"反"的那一方面的"响儿"，苦于一时不见，两位就商量着制造一个。于是钱玄同化名"王敬轩"，历数新文学的坏处；刘半农则一一予以驳斥。这就是轰动一时的"双簧信"。真刘半农骂倒假"王敬轩"，新文学乃告成立。这件事情现在看来，有些行为艺术的意思。钱玄同能假扮"王敬轩"，因为他旧学问根底太深，他与陈独秀、胡适同为《新青年》三杰，但他很少写文章，只发表一些通信，对陈、胡表示赞同，以他名教授的名效应，已经足够有分量了。他还提出一些激烈主张，如废汉字等，反对者只顾反对这个，结果别的新思想也就顺利通过。后来他成为"疑古学派"的精神导师，废姓改称"疑古玄同"，也令世人侧目。刘半农早先是"鸳鸯蝴蝶派"，没有学历，据说在北大为美国博士胡适所鄙视，遂弃教授之职到欧洲苦苦当了五年多留学生，考得一个法国博士回来，接着当他的教授。

钱玄同和刘半农都是性情中人，写文章倒在其次，虽然都是散文大家。钱玄同"述而不作"，深入思考，提供观点，鼓励别人写作，自己很少动手，甚至授课都不写讲义，只做图表。刘半农兴趣广泛，无所不能，写诗，翻译，搜集民谣，校点古籍，考古，谈音乐，还有摄影。两位都没活到多大岁数，刘死时四十三岁，钱死时五十二岁。他们晚年，都能被讥为"没落"，这是没有什么道理的。两位作为"五四"代表人物，一直坚持的是文化批判立场。另外他们都是"业余作家"，各自有其专业，而且都是绝学。钱玄同集古文学派和今文学派传人于一身，是经学和小学大师；刘半农是实验语音学专家，他们不过是继续从事其学问研究而已。刘半农往绥远调查方言，为虱子叮咬，染上回归热去世，乃是以身殉职。钱玄同最后抱病为故友刘师培编辑遗著，死而后已。若两先生者，无愧乎"道德文章"一语了。

以上是我去年写的一则札记，题目也是《钱玄同与刘半农》。现在要写文章，似乎该对两位的事迹做些介绍，一时想不出更合适的话，所以抄在这里了。抄完之后，觉得该说的都已说了，只是记得鲁迅晚年对两位有过批评，不如约略加以讨论。刘半农死后，鲁迅在《忆刘半农君》中说："近几年，半农渐渐的据了要津，我也渐渐的更将他忘却；但从报章上看见他禁称'蜜斯'之类，却很起了反感：我以为这些事情是不必半农来做的。从去年来，又看见他不断的做打油诗，弄烂古文，回想先前的交情，也往往不免长叹。"后来这就被论家视为盖棺论定的话。然而鲁迅文章读法，还该遵循他自己的提示："我的杂文，所写的常是一鼻，一嘴，一毛，但合起来，已几乎是或一形象的全体，……"（《〈准风月谈〉后记》）几乎与写《忆刘半农君》同一时间，他在《玩笑只当它玩笑（上）》中说："不料刘半农先生竟忽然病故了，学术界上又短少了一个人。这是应该惋惜的。但我于音韵学一无所知，毁誉两面，都不配说一句话。"两者"合起来"，可能才近乎鲁迅心中"或一形象的全体"。而有关刘氏事业，他在此前八年已经讲过："半农到德法研究了音韵好几年，我虽然不懂他所做的法文书，只知道里面很夹些中国字和高高低低的曲线，但总而言之，书籍具在，势必有人懂得。所以他的正业，我以为也还是将这些曲线教给学生们。"（《为半农题记〈何典〉后，作》）可见鲁迅并未对他那更重要的一方面视而不见。从这个意义上讲，鲁迅所谓"我爱十年前的半农，而憎恶他的近几年"，未必是全面评价。而且即使是所涉及的一方面，也只谈了其中的某些部分。刘氏的确写些性情文字或消遣文字，但是他也还有别的作为，譬如所撰《与张溥泉》（一九三二年）和《南无阿弥陀佛戴传贤》（一九三四年），都是笑骂交加、慷慨激昂之作，若论社会批判的锋芒并不在鲁迅之下。他仍然是"战士"，不过不局限于"战士"而已。我觉得二十世纪中国只有两个人真正写得好骂人文章，一为鲁迅，一为刘半农。刘氏又因对文字特别敏感，笔下另有一番特色，如《与张溥泉》中所说："呜呼，政府尝以沉着诏吾民矣。证以事实，沉则有之，着则未见，是沉沦也。"即为一例。

鲁迅曾在私人通信中说："疑古玄同，据我看来，和他的令兄一样性质，好空谈而不做实事，是一个极能取巧的人，他的骂詈，也是空谈，恐怕连他自己也不相信他自己的话，世间竟有倾耳而听者，因其是昏虫之故也。"（一九三〇年二月二十二日致章廷谦）别一处讲"此公夸而懒，又高自位置"（一九三三年十二月二十七日致台静农），盖亦是差不多的说法。不过这其实正道着钱氏"述而不作"的一贯作风。终钱玄同一生，似乎所重视的是最终取得什么结果，他自己宁肯只起一点催化作用。对他来说更大意义在于发现。他诚然是"空谈"，但"倾耳而听者"未必不因此而"做实事"，而且鲁迅自己就曾经如此，此事见载于《〈呐喊〉自序》：正因为钱玄同"然而几个人既然起来，你不能说决没有毁坏这铁屋的希望"的劝说，"于是我终于答应他也做文章了，这便是最初的一篇《狂人日记》"。说来现代文学史和思想史上若干重要篇章都离不开钱玄同的"空谈"或催化。鲁迅与钱玄同交恶，多半出于钱氏所谓"迁怒"；有一次近乎冲突，如《两地书·一二六》所载："途次往孔德学校，去看旧书，遇金立因，胖滑有加，唠叨如故，时光可惜，默不与谈；……"钱氏写《我对于周豫才君之追忆与略评》，有番表白很中肯："我想，'胖滑有加'似乎不能算做罪名，他所讨厌的大概是唠叨如故吧。不错，我是爱'唠叨'的，从二年秋天我来到北平，至十五年秋天他离开北平，这十三年之中，我与他见面总在一百次以上，我的确很爱'唠叨'，但那时他似乎并不讨厌，因为我固'唠叨'，而他亦'唠叨'也。不知何以到了十八年我'唠叨如故'，他就要讨厌而'默不与谈'。但这实在算不了什么事，他既要讨厌，就让他讨厌吧。"

刘半农曾说："余与玄同相识于民国六年，缔交至今仅十七年耳，而每相见必打闹，每打电话必打闹，每写信必打闹，甚至作为文章亦打闹，虽总角时同窗共砚之友，无此顽皮也。友交至此，信是人生一乐。"（《双凤凰砖斋小品文·无题》）前辈风趣令人神往。他们曾分别对自己的立场有所阐述，不妨对照起来看。刘半农说："还有一点应当说明，就是一个人的思想情感，是随着时代变迁的，所以梁任公以为今日之我，可与昔日之我挑战。但所谓变迁，是说一个人受到了时代的影响所发生的自然的变化，并不是说抹杀了自己去追逐时代。当然，时代所走的路径亦许完全是不错的。但时代中既容留得一个我在，则我性虽与时代性稍有出入，亦不妨保留，借以集成时代之伟大。"（《〈半农杂文〉自序》）钱玄同说："我所做的事是关于国语与国音的，我所研究的学问是'经学'与'小学'，我反对的是遗老，遗少，旧戏，读经，新旧各种'八股'，他们所谓'正体字'，辫子，小脚，……二十年来如一日，即今后亦可预先断定，还是如此。"（《我对于周豫才君之追忆与略评》）前者强调自我意识之不可放弃，后者强调文化批判态度之坚持始终，其间正有一种互为因果、相辅相成的关系。虽然两人兴趣和学问都不相同，但从某种意义上讲，刘半农的话可以用来说钱玄同，钱玄同的话也可以用来说刘半农。我们以为他们放弃了什么，其实并非如此；他们可能保持着更为宝贵的东西。

二〇〇〇年八月十六日

刘半农片断

　　讲到刘半农，有人会问这是什么人。当然未必不知道他是谁，是说怎么简明扼要地给下一个名义。恰恰简明扼要不得。这是"五四"人物与今日作家学者辈区别所在，而刘半农尤其如此。可能唯一合适的说法是"杂家"。然而也不是用的通常意思。查《现代汉语词典》，"杂家"指"知识面广，什么都懂得一点儿的人"。显然说的不是刘半农。如果说"知识面广，什么都懂得很多的人"还差不多。刘半农集许多"家"于一身，他是这样的"杂家"；用蔡元培的话说，就是"有兼人之才者"（《故国立北京大学教授刘君碑铭》）。

　　刘半农的事业，大略地讲有学问和爱好两部。但却不大容易区分明确，因为对他来说，学问即爱好，爱好即学问。专门学问是实验语音学，也从事语法研究，辞书编纂，汉字改革等。此外他又致力乐律研究，参与文物考古。这些我们外行人不敢妄谈，但是不能忽略他的重要成就。他还是一位教育家，又颇具办事才干，曾经担任一些院校的领导工作。大家一般较为了解的，是在刘半农的爱好领域。他是诗人，著有《瓦釜集》和《扬鞭集》；是散文家，著有《半农杂文》和《半农杂文二集》；又是翻译家，出版《茶花女》《国外民歌译》和《法国短篇小说集》；还从事民间文学研究，搜集民谣，编纂《中国俗曲总目稿》；从事古典文学整理，校点《香奁集》《西游补》和《何典》；另外还是摄影家，参加"光社"，并写有专著《半农谈影》。在历数这些之后，还必须加上"等等"二字，才算说得完全。

或者说做这许多事情，怕要活到很大年岁罢。恰恰没有。古人云，人年五十，不称夭寿，刘半农四十三岁就去世了。无论学问爱好方面，都未及更充分地展现才华。他不少著作没有完成，譬如《扬鞭集》只出了上、中二册，《国外民歌译》《法国短篇小说集》只出了第一册，《中国文法讲话》只出了上册，学术论文也不曾整理结集，这都是很令人遗憾的。刘半农死得十分意外：一九三四年暑假去绥远调查方言，为虱子叮咬，染回归热，回京后又为庸医耽误，终于不起。他始终是一个兴致勃勃、热闹而又埋头苦干的人，向我们展示了人生最大的可能，——虽然天不假年，反倒成了最大的遗憾。

加缪说："重要的不是活得最好，而是活得最多。"（《西绪福斯的神话》）这句话用来形容刘半农，似乎恰当，又不恰当。加缪说的"多"，即丰富；这有赖于一定时间的保证，而刘半农没有这些时间。或许也可以说，"多"是在某一有限时间内如何尽可能地丰富，那么刘半农是"活得最多"了。然而反观他的一生，时间如此有限，却很舍得大段投入到为做一件事情的准备之中，这也是令人感佩不已的。他本来担任北京大学预科教授，又已名满天下；但因没有学历（中学还差一年毕业），为胡适所看不起，遂远赴英法留学，整整历时五年半，最终考得法国国家博士，学成专门学问（实验语音学）回来。这在只有四十三年的一生中，占着怎样一个不合比例的比例，真是惊人的挥霍之举。而其间的困苦寂寞，也未必是他人所能忍受得了的。

刘半农"活得最多"，亦即内容丰富，还包括其中反差巨大。在"五四"代表人物中，刘半农背景最差，——他曾经是新文学运动所要打倒的对象之一"鸳鸯蝴蝶派"的一员，作为这一派里的翻译家，与人合译过《福尔摩斯探案全集》等。陈独秀编辑《新青年》，他积极投稿，反对旧事物最为尖锐有力。新文学运动初起，社会上虽有议论，一时却无人出面反对，钱玄同遂化名"王敬轩"，把攻击新文学的谬论概括成一封来信，刘半农在复信中逐一加以痛斥，一并登在《新青年》上。因为这"双簧信"事件，世人对新文学运动有了前所未有的强烈印象。

此后刘半农也做过不少引人注目的事情。当初未必都是为了引人注目，多半还是兴之所至，而他又绝顶聪明，所谓"箭在弦上，不得不发"。其中有的习惯成自然，我们日常享受着他的创造，却未必知道与他有关系，譬如"她"和"它"这两个字，就是他发明的。有些事情已经几乎被淡忘了，偶尔得着一个契机，我们又提到他的名字。好比近来"敦煌学"成了热门话题，其实这里也有刘半农的份儿：留法期间，他曾在巴黎国家图书馆抄录敦煌写本各类杂文，成《敦煌掇琐》三卷，当时是很令人一睹为快的。

刘半农留下的著作，大家读的比较多的还是诗与散文。读这些作品我们可以获得两个突出印象，首先是这个人就活在他的文字之中，——这话可惜说得滥俗了，让我们按照它的本意再来使用一次。他的性格的各个侧面，优点，甚至缺点，都鲜明地表现出来，这是一个真诚，热情，风趣，充满魅力而无须加以提防的人。其次是他对语言特别敏感，总能把握住其中稍纵即逝的灵光，他的幽默，泼辣，多半是语言上布下的机关。在中国新文学史上，大概只有鲁迅可以比拟。我们不妨仿照"才华横溢"创造一个"智慧横溢"的说法，否则很难形容读他们作品时所得快感。他们写作正是与对手斗法，又总技高一筹，文章犹是余事，无比智慧才是本色。两位早早儿下世，骂人文章再也不复精彩了。

我们曾经习惯把刘半农看作两个人：早期是战士，后来是学者。学者不如战士，所以算是落伍。然而刘半农愿意成为学者，他也努力成了学者，作为学者他有所贡献，我们能批评什么呢。何况成为学者之后，并非就不是战士，他经常表现出战士的一面，所作《悼"快绝一世の徐树铮将军"》《骂瞎了眼的文学史家》《与张溥泉》和《南无阿弥陀佛戴传贤》，都证明这一点。末一篇写在去世前两月，锋芒毕露，尖酸刻骨，世所罕见。至于除此之外尚示人以其他侧面，如多所爱好，喜开玩笑，等等，也未必有什么不好，他本来就是这样一个人。

二〇〇一年二月二十二日

关于徐志摩

徐志摩罹难后，报刊上登出不少悼念文章。大家更多谈论的不是他的作品，而是这个人。或许认定作品价值自在，必当传诸后世；希望保留一点音容笑貌，这是后人领略不了的。当然也不无辩解之意，盖徐氏生前，在情感生活等方面所受非难甚多。例如叶公超在《新月拾旧——忆徐志摩二三事》中说："我曾经与鲁迅见过一次面，吃了一次饭，鲁迅就骂徐志摩是'流氓'，不谈文学。"多年以后，沈从文为商务印书馆香港分馆出版的《徐志摩文集》作序，依然强调："我要说的是他的为人。"目的还是"以正视听"。不过毕竟人以文传，不违古往今来一切作家的例。从徐志摩的诗文中，我们所获得的关于作者的印象，其实正与多数前辈所说相合，难得有这么一个真挚、热烈的性情中人。

当然有时候性情好到忘乎所以了，譬如他说"我不仅会听有音的乐，我也会听无音的乐(其实也有音就是你听不见)。我直认我是一个甘脆的 Mystic"和"你听不着就该怨你自己的耳轮太笨，或是皮粗"(《〈死尸〉前记》)，旁人予以打击也在所难免。故鲁迅在《"音乐"？》中大加嘲讽，刘半农也写了《徐志摩先生的耳朵》，挖苦得更厉害。我们体会这是诗人气质使然也就是了，问题只在他要表现给公众看。诗人的可爱之处往往就是可笑之处，反之亦然。鲁迅和刘半农也是诗人，但他们"行乎当行，止乎当止"。

徐志摩这个人作为话题，时至今日仍被人们津津乐道。受众的兴趣没必要也不可能强行划一，但是对构成受众之一部分的读者来说，真正有意义的毕竟是作品。斯人已矣，我们不如看他的书罢。

据我所知，徐志摩至少给予中国新诗的作者与读者两次十分重要的影响。第一次是在他生前，依废名《谈新诗》之见，影响未必是正面的，鲁迅也曾讲"我更不喜欢徐志摩那样的诗"(《〈集外集〉序言》)；但是这并不说明就不重要。第二次是在二十多年前，有部《徐志摩诗集》面世，让大家耳目一新；徐氏诗作，路数原本较窄，这回竟然起到一个开阔视野的作用。当时无拘年轻的朦胧诗人，还是回归诗坛的中老年作者，局面都还明显有所限制，谁也不敢（或者是根本没想到）像他这么真切地描述一己之情感，而且以美为终极目的。有句流行的话，叫"抒情诗中必须有我"，大概读了徐志摩的诗，这句话才落到实处。前面说耳目一新，其实不如说恍然大悟更为恰当。经过这番催动，诗歌至少不必非得像以往那样虚张声势与一本正经了。当时及此后，诗人们提到徐志摩，好像并没有多少好话，甚至有些不屑似的；然而若没有徐志摩（以及戴望舒、何其芳等）被重新发现，中国新诗只怕是发展不到今天的地步。他们的这个贡献（虽然与其本人并无关系）说得上是历史性的。

要想指出徐志摩诗作的缺点非常容易。已经说了，比较窄；另外也比较浅。好有一比是宋词中的柳永，而徐诗之流布广远，亦有如"凡有井水饮处，即能歌柳词"。诗人也曾尝试拓宽自己的路数，但是未见成功。《叫化活该》《庐山石工歌》，以及《秋虫》《西窗》，甚至远远不如《别拧我，疼》。有些被人念得太过顺嘴的作品，如《沙扬娜拉》，就像唐诗里的"床前明月光"和"更上一层楼"，简直成了滥调。这也证明徐诗有魅力，虽然魅力并不等同于影响。魅力在真与美，都达到了极致。徐诗的缺点像它的魅力一样是明摆着的，缺点人们瞧不上眼，魅力人们学不到手。所以他的影响只在前述破除禁忌这一点上，几乎没有人傻瓜似的模仿他。徐志摩的"我"唤醒了各种的"我"，当然有比他深刻的，但是很遗憾却未必有比他更具魅力的。

徐志摩多方面的才能令人羡慕。所作小说集《轮盘》，有一两篇奇异的意识流作品。还有论文、翻译和剧作。他和陆小曼合作的《卞昆冈》，不知道是否上演过。几乎与诗并驾齐驱的是散文。徐志摩生前，已有人提出其散文成就在诗之上，不过他本人并不认同（叶公超《志摩的风趣》）；死后，又有人说"散文方面志摩的成就也并不小"（周作人《志摩纪念》）。以我个人的口味，不大喜欢这一路文章，嫌它太过铺陈夸饰，也就是"浓得化不开"，作者还是拿写诗的心思来写散文。但是不能不佩服他驾驭语言的高超能力。附带说一句，这种能力是为此前和此后大多数诗人所望尘莫及的。

二〇〇〇年五月四日

废名佚文续考

从前写过一篇《废名佚文考》，可以说是兴会之作，完卷之后却对"佚文"二字有些拿不准了。"佚"，同"逸"，散失、失传之意也。作者另用笔名，如果没人确定是其所写，文章对他来说也许算是"佚"了，然而其实还在那里，本身并未丢失。当然现在从旧杂志报纸上找出人家用本名发表，后来自己却不愿意收入集子的作品，也都说是发现了"佚文"；相比之下我的用法好像还不太离谱儿，虽则终究是有语病的。转念一想，倒不妨按照其本义，看看废名有没有真正的"佚文"，即曾经存在而已经不复存在的文章。也算是替自己找补一下罢。

仍以一九四九年为下限，据我所知，废名这样的佚文真有几篇。

其一，见废名《〈天马〉诗集》一文：

"方其成功《天马》时，曾作一序略略述及我对于新诗的意见，余之友人多见及之，兹则弃之，……"

《天马》一九三一年三月编就，向未出版。废名此文写于同年十月，似乎该序那时就没有了。

其二，见周作人《苦茶庵小文》中"废名所藏苦雨斋尺牍跋"一则：

"只是有一件事想提出异议，废名题跋中推重太过，窃意过誉亦是失实耳。"

周氏此文作于一九三三年七月，所云废名题跋当写于此前。然而"裱为一巨册"的《废名所藏苦雨斋尺牍》今已不存，他这文章大概一并失传了。

其三，见废名《志学》一文：

"去年'腊八'我为我的朋友俞平伯先生所著《槐屋梦寻》作序，……我的序文里有一句话，'若乱世而有《周南》《召南》，怎不令人感到奇事，是人伦之美，亦民族之诗也'。"

"去年'腊八'"乃是一九三六年一月二日。俞氏《槐屋梦寻》当初只发表了一部分，全书未能出版，已佚。废名的序则从没刊载过。

其四，见废名《莫须有先生坐飞机以后》：

"原来莫须有先生是毫无意于写作的，只在民国三十年元旦写了一篇文章，题曰《说种子》，等于写一封信，抄了三份，一份寄北平的知堂翁，一封寄重庆的熊十力翁，一份寄一位朋友，其人在施南办农场。"

《莫须有先生坐飞机以后》是小说，然而等于自传，所写多是实事。《说种子》亦未尝面世。以上两篇文章可能都已亡失。这里提到的三个人，周、熊故去已久，"在施南办农场"的朋友好像是鹤西，也在前年病逝。

其五，见废名《谈新诗·〈妆台〉及其他》：

"三十五年我初回北大时，应北大同学之约作了一回关于新诗的公开讲演，讲题是《谈我自己的新诗》。"

这篇讲稿只留下这么一个题目。《〈妆台〉及其他》也谈的是废名自己的诗作，但那里说："现在离那次讲演又已是一年半了，我对于我自己的诗简直忘记了。"似乎别是一篇文章，内容未必尽同。

其六，见黄裳《废名》一文：

"他给我写的这一张字，也是转录他自己的《玉溪诗论》。"

一九二九年至一九三七年和一九四六年至一九四九年，

废名在北京大学任教，其间均讲过李商隐的诗，《玉溪诗论》或许即是当时所编讲义。据后人回忆，废名还讲过《论语》、《孟子》、陶渊明、庾信、杜甫、温庭筠及英国文学作品等，讲义一概未能保存。只在黄裳的文章中，抄引了所说那张字的内容：

"李义山咏月有一绝句，'过水穿楼触处明，藏人带树远含清。初生欲缺虚惆怅，未必圆时即有情'。其第二句意甚晦涩，似指月中有一女子，并有树如小孩捉迷藏一样，藏在月里头，不给世人看见，所以我们只见明月。诗人想象美丽，感情溢露，莫此为甚。"

这与废名自己摘引的《〈槐屋梦寻〉序》片断，均有如古人所谓"断圭碎璧"，多少让我们体会到所散失著述的一点意思。

其七，见张中行《流年碎影·〈世间解〉》：

"较重要的是一些文稿，现在还记得的有废名先生一篇，存起来，也许至今还卧在我屋内的某一个箱箧里吧？"

《世间解》一九四八年十月出至第十一期停刊，此文乃是未及登载者。废名给张中行的信，我有幸见到两通，其一云：

"中行兄：前晤兄时云《世间解》将出十二期，嘱写文一篇，顷已写就，何时兄来面奉也。匆匆顺颂近安。废名，十一，十五。"

其中所说即为此文。这回我们似乎有早晚一睹的希望，虽然张氏讲的是"也许"。要是真的还在就好了，那么几时再来订正一下前述关于"佚文"的说法。

[附记] 我编《废名文集》，虽然力求齐备，还是有所遗漏。前些时重阅《语丝》影印合订本，便又发现一则，是废名为志僊《寂寞扎记》一文所作附记，刊载在一九二七年四月三十日第一二九期上。顺便抄录在此，算是《废名文集》的补遗罢：

"废名附记：我在《语丝》编辑室里翻看这一篇稿子，不禁心喜，我读着如见了一个熟朋友——真的，我已经熟识这位志僊君了。我是怎样的渴慕真情流露的文章呵，无论文字修饰不修饰。四月二十三日。"

又，姜德明在《废名佚文小辑》(载《新文学史料》二○○一年第一期）中对拙编也有所补充，读者可以参看。

二○○一年六月五日改

废名的诗集

前些时承蒙废名哲嗣冯思纯寄下废名诗作一束。我很想代为联系出版事宜，却一时不能成功。现在只好暂且写一篇小文章，也算有所交代。废名是著名诗人，风格奇特，然而向来不曾专门出版过诗集。抗战末期，开元（即沈启无）曾将废名诗十六首与其自作合为一集付梓，名为《水边》（新民印书馆，一九四四年）；后来他又印行过一部废名的诗文合集《招隐集》（大楚报社，一九四五年），其中诗十五首，这些当时废名均不曾与闻。一九八五年人民文学出版社出版《冯文炳选集》(冯健男编)，第二辑收诗二十八首（包括一首一九四九年后写的民歌）。现在废名家属所搜集到的遗作，包括手稿和已发表者，共八十余题，一百来首。

其实废名自己早有出版诗集之计划，见一九三一年十月十七日所作《〈天马〉诗集》一文：

"我于今年三月成诗集曰《天马》，计诗八十余首，姑分三辑，内除第一辑末二首与第二辑第一首系去年旧作，其余俱是一时之所成；今年五月成《镜》，计诗四十首。现在因方便之故，将此两集合而刊之，唯《天马》较原来删去了几首，所删的有几首是第三辑里的散文诗，以不并在这里为好。"

由此可以得知，废名诗集一共编了三次，第一本为《天马》，第二本为《镜》，第三本乃系将上述两种合并删节而成，是为定稿，有意付梓，却未能实现。这篇题为《〈天马〉诗集》的文章，似乎即是为此定稿所作序言，——此文乃十一年后经沈启无之手发表，文章题目倘若不是他代拟的，则这部定稿似乎仍然取名《天马》。

前几年我听说周作人家属收藏着废名一部手写诗稿。后来得到复印件，封面有题曰《镜》，共五十页，存诗四十首，与废名文中所说正相符合。此外还有"常出屋斋诗稿第二集"字样。"常出屋斋"是废名的"斋名"，见《今年的暑假》一文：

"我于民国十六年之冬日卜居于北平西山，一个破落户之家，荏苒将是五年。这其间又来去无常。西山是一班士女消夏的地方，不凑巧我常是冬天在这里，到了夏天每每因事进城去。前年冬去青岛，在那里住了三个月，慨然有归与之情，而且决定命余西山之居为'常出屋斋'焉。亡友秋心君曾爱好我的斋名，与'十字街头的塔'有同样的妙处。我细想，确是不错的。其实起名字的时候我并没有想到许多，只是听说古有田生，十年不出屋，我则常喜欢到马路上走走，也比得上人家的开卷有得而已。"

《镜》是为"常出屋斋诗稿第二集"，那么已亡佚之《天马》该是"常出屋斋诗稿第一集"了，由此我们多知道废名诗集一点消息，亦可喜也。《镜》封面上还有两行字："药庐老君炉前"，"二十年五月二十日"。"药庐"即周作人，这稿子正是送给他看的。那日期也有意思，诗稿最末一首写于五月十八日，过了两天便抄就呈交乃师了，可以想见斯时诗人何其热情洋溢也。

多年后废名在北京大学讲解新诗，有一篇专谈自己的作品，题为《〈妆台〉及其他》，其中有云：

"那时是民国二十年，我忽然写了许多诗，送给朋友们看。"

所说即是《天马》与《镜》中作品。大概这本《镜》乃"送给朋友们看"者之一，不知天地之间，废名诗稿尚存留于别的朋友手中否。这里说"忽然写了许多诗",从《镜》中亦可看出,计四月十五日一首,五月十二日二首,十三日七首,十四日二首,十五日三首,十六日九首,十七日十一首,十八日五首。《〈妆台〉及其他》常说自己写诗"写得非常之快",由此亦可见一斑。

我所见到的废名手稿,此外还有十几首,都是散篇。有九首写于一九三一年三月,想必曾经编入最初编辑之《天马》中;《壁点灯》《朝阳》和《画题》则已见于《镜》,其中两首却有作者自己的修改字样,我因此推测它们连同前述九首(抄写格式是一样的)都属于所编诗集定稿,可惜这部稿子已经散失了。

我写这篇文章,本来该对废名诗作议论几句的,然而寻思再三,总是不得要领,怕说不好反而唐突了,只得藏拙。好在废名自己写过《〈妆台〉及其他》,所谈至为精妙。太史公形容孔子说:"至于为《春秋》,笔则笔,削则削,子夏之徒不能赞一辞。"我们于此亦然。废名文章开头便说:"我觉得我是能够天下为公的。"我觉得他确实如此。

二〇〇一年六月六日

张爱玲片断

张爱玲的家庭背景对她此后的人生与创作均至关重要。祖父是清末名臣张佩纶，祖母是李鸿章的女儿，母亲的祖父黄翼升是长江水师提督，而父亲后来成了位遗老式的人物，——张爱玲作品中浓重的没落贵族气息大都来源于此。父亲对她的中国古典文学教育，可能在她心灵中最早扎下传统文化的根。父亲的狂暴，家庭的不幸，又使得她深深体会到人生阴暗与悲哀的一面。母亲与她的关系，也与相亲相爱所去甚远。最后，是母亲和姑姑的独立自主，她由此感受了一种自由意识。张爱玲之为张爱玲，离不开这几个方面。

张爱玲的文学才能很早就表现出来。现在保存下来的她中学时代的几篇散文和短篇小说习作，可以略见她后来成就的端倪。而十九岁时写的《我的天才梦》中深刻的自省意识，说明她已经完全成熟了。其中的名句是："在没有人与人交接的场合，我充满了生命的欢悦。可是我一天不能克服这种咬啮性的小烦恼，生命是一袭华美的袍，爬满了蚤子。"这几乎可以概括她的一生。

张爱玲的中文水准迄今仍是个谜。《我的天才梦》所表现的成熟，以及后来《传奇》《流言》等的突出成就，毫无疑问她是运用汉语的大师。然而二十二岁投考圣约翰大学时，却因国文不及格而未被录取。幸而这样，她没有得到这个前往英国的机会，沦陷的上海才有可能诞生一位二十世纪中国的重要作家。张爱玲在成为中文作者之前是一位英文作者：就在这一年里，她用英文为《上海泰晤士报》和《二十世纪》写过不少文章，以后又自行翻译为中文发表，构成散文集《流言》的重要篇章。

张爱玲因其小说和散文的成就，而获得了大量的"张迷"，包括读者和后来的小说、散文作家，特别是女性作家。模仿学习张爱玲者不无成就，但迄今还没有一个人能超过她。她有一句话，对于晚辈的影响可能要更大，也更确实："出名要趁早呀！来得太晚的话，快乐也不那么痛快。"这句话至少对张爱玲自己是没错的，她创作的黄金时代一共只有两年，如果不"趁早"，中国文学史上恐怕就没有这么一个人了。她对此也十分清楚："个人即使等得及，时代是仓促的，已经在破坏中，还有更大的破坏要来。"与张爱玲一起"抓住时机"的还有另外几位女作家，譬如苏青等，但是她们显然没有她那么大的才具。张爱玲的黄金时代，现在看来仅仅属于她一个人。

张爱玲身边有两位非常重要的人物，一个是她的姑姑，一个是她的锡兰朋友炎樱。她分别为她们写过语录。姑姑的特立独行，炎樱的天真浪漫，与张爱玲自己的性格有种相辅相成或相反相成的关系。坊间描述张爱玲生平的著作已有不少，可惜还不见有人写"姑姑传"和"炎樱传"。这么讲不是玩笑，她们的确构成了张爱玲生存环境和写作环境的重要成分，而上述环境之于张爱玲其实至为重要。这里也许还可以加上苏青和胡兰成。

张爱玲的感情生活长期以来为"张迷"所不解，所遗憾，所愤懑。张爱玲爱上了胡兰成——一个旧式才子的人物，文学修养匪浅，感情太不专一，政治上钻营投机、陷入泥淖。然而胡兰成又确实是能够深刻理解张爱玲的，他也曾经给予张爱玲很大影响，虽然他后来给予张爱玲的痛苦也同样不少。胡张关系未必像"张迷"和张爱玲研究者（包括因此而批评甚至否定她的人在内）想的那样简单。这段最终以悲剧告终的爱情，未必从一开始就是悲剧。张爱玲需要一个理解她（主要是思想和作品）的人，这个人也许真的就是胡兰成，不管我们怎么觉得不解、遗憾或愤懑。

张爱玲的作品与时代的关系，较之她的前辈、同辈和后辈笔下要疏远得多；然而张爱玲的创作生涯的荣枯兴衰，受到她所处时代的影响最大。"时代是仓促的，已经在破坏中，还有更大的破坏要来"，首先就破坏了张爱玲。短短两年的繁华过去，张爱玲的创作困顿下来，虽然她仍有佳作问世，但是总的来说，中国文学史上再也没有一个属于张爱玲的时代了。她自己曾不无感慨地说："然后时间加速，越来越快，越来越快，繁弦急管转入急管哀弦，急景凋年倒已遥遥在望。一连串的蒙太奇，下接淡出。"

张爱玲的晚年，与所获得的盛大声誉相比，生活与创作都是异常寂寞的。她把大量时间投入对一生钟爱的几部中国古典小说的研究中，写成《红楼梦魇》和国语本《海上花》，后者还有英译本，但是在搬家过程中遗失了。这些工作似乎是为了填补时间的巨大空洞，但是也可以理解为文学成就之后的追根寻源——张爱玲文学的根是牢牢地扎在文学史上的。给予她重要影响的还有《金瓶梅》和《醒世姻缘传》，以及张恨水，还有英国的几位作家，如奥斯丁、毛姆、赫胥黎等。而张爱玲对于鲁迅的承继关系，也曾被论家（其中第一位就是胡兰成）所注意。

张爱玲的最后岁月，好像没有做多少事情，——除了一本由若干照片和稍嫌过分简洁的说明文字组成的《对照记》以及少数散文之外。《对照记》中没有胡兰成和她后来的美国丈夫赖雅的位置，说明张爱玲宁肯大家和她一起把她的感情生活彻底遗忘。曾经预告过的自传作品《小团圆》迄今也不见面世。她的时间花在不断搬家上，而不断搬家是因为皮肤过敏，她总疑心有不知名的小虫子咬啮她，这让我们想起了几十年前她说过的"生命是一袭华美的袍，爬满了蚤子"，难道真是谶语不成。不过张爱玲的生命的确是"华美"的，无论先前的显赫，还是后来的寂寞。

张爱玲一九二一年生于上海，一九九五年死于美国洛杉矶。主要著作有小说集《传奇》、散文集《流言》和长篇小说《半生缘》等。台湾皇冠出版社出版有《张爱玲全集》十六卷。此外盗版书无数。

二〇〇〇年十二月十二日

《张爱玲片断》后记

时至今日，张爱玲的遗作《同学少年都不贱》《重返边城》和《小团圆》均已面世，她的英文作品 *The Fall of Pagoda*（《雷峰塔》）和 *The Book of Change*（《易经》）也计划译成中文出版。回过头去看自己八九年前写的小文章，有些说法显然不对头了。

有类似情况的，应该不止我一个人。我曾对记者说，《小团圆》等"出土"，使得过去有关张爱玲的不少生平研究和作品研究都得推倒重来。举个例子，宋淇之子宋以朗二〇〇七年接受报纸采访，首次披露张爱玲有 *The Fall of Pagoda* 和 *The Book of Change* 两部作品，此前研究者对此一无所知。张爱玲一九六五年为 *World authors 1950-1970, A Companion Volume to Twentieth Century*

Authors（《世界作家简介，一九五〇——一九七〇，二十世纪作家简介补册》）一书所写自白有云："近十年来我一直生活在美国，用大部分时间写了两本关于前共产中国的长篇小说，尚未出版，第三本长篇小说仍在写作中，同时搞翻译，并厾中文写一些电影和广播剧剧本。此间的出版商似乎对那两本小说中的人物不太满意，甚至觉得非常乏味。Knopf 的一位编辑写道，如果之前的情况果真如此，后来的共产社会实际上就是解放。在这一点上，我反对那种猎奇的文学俗套，把中国描绘成一个儒家学者满口说教的国度，它有违现代文学的常规。……我所关心的主要是介于破败时代与最后那些动荡、混乱并使个人处境艰难的年头之间的几十年，介于过去的千年与无论如何将会到来的世纪之间的令人同情的短暂时光。"所说"写了"而"尚未出版"的两本长篇小说一是 *Pink Tears*（后改写为 *The Rouge of the North*，即《怨女》，一是原系同一部作品的 *The Fall of the Pagoda* 和 *The Book of change*，正与"前共产中国"对得上号。

然而高全之在《张爱玲学》中却将此错会成"是《赤地之恋》与《怨女》"，并说："'前共产中国'原文为 'China before the Communists'。我在《三思》提过《赤地之恋》

实属早期共产中国的故事。此亦张爱玲偶尔小事糊涂一例：把《赤地之恋》归类为前共产中国。"《张爱玲学》算得上是迄今为止研究张爱玲最下功夫的一本著作，但这一说法不审强不知为知。

《小团圆》的问世，改变了人们对张爱玲整个创作历程的认识。张爱玲二十世纪七十年代的作品，先前我们看到《色，戒》《浮花浪蕊》和《相见欢》，虽然写法与她从前很不一样，但只有三个短篇小说，好像不能说明太多问题。待到写于同一时期的中篇小说《同学少年都不贱》和长篇小说《小团圆》出版，情况就不同了。这些风格一致，篇幅加起来几与《传奇》相当的作品提示我们，张爱玲的创作生涯有着整整一个晚期，而"晚期张爱玲"的成就和重要性绝不亚于写作《传奇》的早期。此前所谓张爱玲后来创作衰退、作品无多的"定论"，也就站不住脚了。而这说法，正肇始于柯灵《遥寄张爱玲》所云"张爱玲的文学生涯，辉煌鼎盛的时期只有两年（一九四三至一九四五）"。

这里可以略述张爱玲小说创作的几个阶段。第一阶段是一九四三年至一九四五年，作品是《传奇》增订本以及没有收入集中的几篇。而这又可分为前后两期，从一九四四年一月写的《年青的时候》起有所变化。据《〈传奇〉集评茶会记》，当年"人家欢喜她的《金锁记》和《倾城之恋》，可是她自己最欢喜的倒是《年青的时候》"。谭正璧在《论张爱玲与苏青》中说《年青的时候》"比较地松弛"，这从情节上说是趋于散，从意象上说是趋于简。前后两期的主要区别即在于此。

第二阶段是一九四五年至一九五二年，这是张爱玲小说创作的低潮，所写《郁金香》《十八春》和《小艾》都发表在小报上，《多少恨》则是根据自己的电影剧本改写的，除《郁金香》外都接近于通俗小说。

第三阶段是一九五二年至一九五五年，其间她创作了长篇小说《秧歌》和《赤地之恋》。柯灵说："对她的《秧歌》和《赤地之恋》，我坦率地认为是坏作品，不像出于《金锁记》和《倾城之恋》作者的手笔，我很代张爱玲惋惜。"这一说法影响至今。将《秧歌》与《赤地之恋》相提并论，其实未必恰当；而"不像出于《金锁记》和《倾城之恋》作者的手笔"，则是对作者的风格变化不能适应。张爱玲已不愿意继续用"《金锁记》和《倾城之恋》的手笔"写作了。胡适看了《秧歌》，写信给作者说："你自己说的'有一点接近平淡而近自然的境界'，我认为你在这个方面已做到了很成功的地步！"另有作家说："张爱玲的小说缺乏一种广阔的大意象，还是一种小家碧玉的东西，非常精致的东西，玲珑剔透的小摆件，没有那种狂风暴雨般的冲突。"大概也是没有读过《秧歌》，否则当知张爱玲笔下"广阔"得多，真正有"那种狂风暴雨般的冲突"。

此后张爱玲赴美，是为第四阶段。其间主要用英文写作，除了先以英文印行而后又译成中文发表的《五四遗事》和《怨女》外，其余皆无人问津。待到《雷峰塔》和《易经》译成中文出版，也许才能对她这一阶段的创作做出真正评价。

二十世纪七十年代，张爱玲的小说创作进入第五阶段，也是最后一个阶段。总的来说，她的作品结构更趋复杂，语言更趋精炼，至于刻画人物内心的深刻程度，比早期作品更有过之而无不及。《传奇》问世后，曾有论家断言"她是不宜写长篇小说的"，以往大家津津乐道的也都是张爱玲的中短篇小说。《小团圆》之前的几部长篇小说，《连环套》《创世纪》没有写完；《十八春》(后改为《半生缘》)"故事的结构采自 J.P. Marquand 的 H. M. Pulham, Esq"；《赤地之恋》"是在'授权'(Commissioned) 的情形下写成的"；《秧歌》篇幅较短，只是个小长篇；《怨女》也不长，而且是重写《金锁记》的故事。《小团圆》就不同了，它证明张爱玲完全可以胜任篇幅更长、结构复杂的长篇小说。

《小团圆》的主人公盛九莉是张爱玲笔下最复杂的人物。作者过去塑造的人物，有情最是王娇蕊，无情最是曹七巧，九莉则将这两个极端集于一身。她爱邵之雍，爱到"他走后一烟灰盘的烟蒂，她都拣了起来，收在一只旧信封里"；又恨邵之雍，恨到起念杀他："厨房里有一把斩肉的板刀，太沉重了。还有把切西瓜的长刀，比较伏手。对准了那狭窄的金色背脊一刀。他现在是法外之人了，拖下楼梯往街上一丢。"小说结尾，当九莉做关于小孩和邵之雍的快乐的梦时，犹如王娇蕊；而"她从来不想要孩子，也许一部分原因也是觉得她如果有小孩，一定会对她坏，替她母亲报仇"，则像曹七巧。在有情与无情之间，作者收放自如，写得淋漓尽致。

我曾讲，张爱玲笔下每每有两个视点，其一是人间视点，亦即站在普通人的立场去看，人都有喜怒哀乐，悲欢离合，以此来看待自己或者别人，正是一个人的看法；其一是在此之上，俯瞰整个人间的视点，是把人类的喜怒哀乐，悲欢离合，整个看在眼里。从人间视点出发，作者真实地写出人物的愿望，这时作者完全认同于他们，承认人生的价值；从俯视人间的视点出发，则揭示出这种价值的非终极性。张爱玲的小说定稿，只有《殷宝滟送花楼会》里有个"我"，其他都用第三人称，以便于这两种视点共存于作品之中。具体说来，当第三人称叙述者接近或认同某个人物时，体现的是人间视点；当叙述者脱离这个人物，人间之上的视点往往就体现出来了。《小团圆》也是如此。张爱玲致宋淇的信有云："我在《小团圆》里讲到自己也很不客气，这种地方总是自己来揭发的好。当然也并不是否定自己。"当她说"当然也并不是否定自己"，是人间视点；说"讲到自己也很不客气"，则是人间之上的视点。两个视点在《小团圆》里交错出现，一方面很切近，写出盛九莉当下的细腻感受；另一方面又拉开距离，冷冷地观察她，置之于迷茫、痛苦、纠缠不清、无法自拔的境地，绝不施予援手。

二〇〇九年五月九日

《小团圆》原稿校读记

《小团圆》面世后，有读者问我编校时做过什么改动，书中文字为何与先出的皇冠版不尽相同。我回答说：我所依据的是张爱玲的手稿复印件，皇冠版系重要参考，却不曾全数照搬。《小团圆》乃《张爱玲全集》中的一册，第一卷头里印有"凡例"，这里同样适用；此书的编校，还有一些特殊之处。现略作解释，以就教高明。

"凡例"计五条，最后一条是："本全集为简体字版，对文内提到的书籍和文章加了书名号，明显错字则予以订正。作者特殊的用字习惯，方言用法，以及人、地、物之旧时译名则未作改动。"

既为"简体字版"，于是变繁为简，无须缕述，但亦有例外，如"我是等着来撬命了"（手稿——以下所引均出于此——第七页）、"今天真是来攞命了！"（第六十六页），《辞海》：攞，同"捋"；捋有 luō、lǔ 二音。此处系广东方言，音 luō，故仍用"攞"，以免误为 lǔ 音。

至于"作者特殊的用字习惯、方言用法"，可列举很多，如"裤"作"袴"，"么"作"嚜"，"犯不着"作"不犯着"等，均未改动。其实张爱玲一向都是这般写法，如《小团圆》中一再写到"前溜海"，《私语》有云："尤其注意同坐在一张沙发椅上的十六七岁的两姊妹，打着前溜海，……"又如"洋台"，《倾城之恋》有云："洋台后面堂屋里，坐着六小姐，七小姐，八小姐，和三房四房的孩子们，……"说来将这些归为"作者特殊的用字习惯"亦未必恰当，往往倒是当时的通常用法。又如，"二蓝大褂袖口齐肘湾"（第十三页），用"湾"代"弯"，我在整理周作人和废名的作品时都曾遇到，那里没改，这里也不改。再如"包得那么妈虎"（第二十八页）、"找的这事妈妈虎虎"（第五百二十九页），"妈虎"尝见于民国小说，且北京口语向来有 māhū、mǎhū 两种说法，故不改。

"人、地、物之旧时译名"，如"毕尔斯莱""星加坡""塌塌米"等，皆一仍其旧。偶有例外："北国凉爽的夏天，红玫瑰开着，威治威斯等几个'湖上诗人'的旧游之地，新出了留学生杀妻案。"（第三百五十九页）Wordsworth 无"冶"音，疑误写"治"作"冶"，故改。

剩下的问题就是"明显错字"了，这里先讲自己的一个原则。从前编周作人作品，自许"能不改就不改"，只要有据——无论辞书还是先前的文学作品——可查，一律不作改动。现在还是这般做法。今年二月初，出版社转达皇冠方面之意，问我对张爱玲原稿中几个字的看法。我回信说：

"承示张爱玲手稿若干纸。所垂询的三个字：一，'甚至于是同文跟他开玩笑'（第二百七十四页），'文'应该是'人'字的笔误。'同人'又写作'同仁'，即'同事'。常见有人把'人'误写作'文'。二，'把碧桃的钱也茹进去蚀掉了'（第二百一十四页），'茹'（rú）应该是'擩'（rǔ）字，这是方言，意近于'放''搁''塞'。三，'也是你跟他拉近户'（第一百二十七页），'拉近户'，通常写作'拉近乎'。末一处似可不改，因原为口语，有这音，字却是后定的。当然也可以改。第二处，也是先有音后有字，但因为不同音，最好改。第一处则是笔误，须改。"

待到我编校全书，也是依此办理。大致可分为原稿有误，需要订正和原稿无误，毋庸改动两类。前一类中，有些皇冠版已经改过，不赘述。另外还有几处，如：

"有一种含情默默的神气"（第四十页）、"但是同时又有她那种含情默默的微醺"（第二百六十八页），"默默"与"脉脉"意思不同，是常见的笔误，改。

"蕊秋叫女佣拿芘麻油来"（第一百三十一页），"芘"误，改"蓖"。

"还在地上痾了泡大屎"（第四百零八页），"痾"误，改"屙"。

后一类中，有些皇冠版改了的，而我未改，如：

"他递过收条来，又补了支铅笔，只剩小半截，面有德色，笑吟吟的像是说：'今天要不是我——'"（第二十六页），《辞源》：德色，自以为有恩于人而形于颜色。不改"得色"。

"蕊秋在浴室里曼声叫'楚娣啊'！"（第三十六页），《词源》：曼声，发声而引之延长；舒缓的长声。不改"漫声"。

"随便哪间房只要没人，就会撞见有人在里头——清天白日"（第三十七页），《儒林外史》第四十二回："带着四个小厮，大清天白日，提着两对灯笼。"《儿女英雄传》缘起首回："醒来！醒来！清天白日，却怎的这等酣睡？"不改"青天白日"。

"小林是个哑吧"（第一百二十三页），今多用"哑巴"，然亦有用"哑吧"者，不改。

"满面烟容，粉搽得发青灰色，还透出雀班来"（第一百三十九页）、"她们无论什么病都是团皱了报纸在罐子里烧，倒扣在赤裸的有雀班的肩背上"（第三百八十五页），《词源》：班，杂色，通"斑"。不改"雀斑"。

"衷气极足"（第一百五十四页），旧有"衷气"一词，不改"中气"。

"感情滂溥的声气"（第一百九十二页），古文偶见"滂溥"（pāngpǔ）用法，不改"滂礴"。

"到了一起总是唇枪舌剑，像绊嘴似的"（第二百二十二页），旧有"绊嘴"写法，不改"拌嘴"。

"多洗澡伤原气的"（第二百二十二页），中医有"原气"一说，不改"元气"。

"不是一天到晚拈斤播两看她将来有没有出息"（第二百二十八页），《词源》：拈斤播两，喻过分计较。不改"掂斤拨两"。

"九莉的妈是自扳砖头自压脚"（第二百四十五页），汪仲贤《上海俗语图说》有"自扳砖头自压脚"一条，据书中解释，"扳"是与"推"相反的动作，所以这句话与"搬起石头砸自己的脚"还是有区别的；张爱玲《对照记》亦云："我终于逃出来投奔我母亲。去后我家里笑她'自扳砖头自压脚'，代背上了负担。""扳"不改"搬"。

"她从楼窗口看见石库门天井里一角斜阳，一个豆付担子挑进来。里面出来了一个年青的职员，穿长袍，手里拿着个小秤，掀开豆付上盖的布，秤起豆付来"（第五百零三页），"豆腐"俗写作"豆付"，鲁迅《随便翻翻》有云："譬如我们看一家的陈年账簿，每天写着'豆付三文，青菜十文，鱼五十文，酱油一文'，……"不改"豆腐"。

另有一处，确实有误，却也没改："但是圣经是伟大的作品，《旧约》是史诗，《新约》是传记小说，有些神来之笔如耶稣告诉犹大：'你在鸡鸣前就要有三次不认我。'"（第三百八十八页）"犹大"当为"彼得"，然此非学术著作，不必代为改正。

编校尚有一项，即是一篇之内，同一个词用法统一，《小团圆》亦是如此，如辩论之意，"辨""辩"统一为"辩"；凭借之意，"借""藉"统一为"藉"；等等。但亦有例外，手稿中"阑干""栏杆"并用，皇冠版统一为"阑干"，我却以为作者用意，自存差别。凡用"栏杆"者，如"有人倚着木柱坐在门口洋台栏杆上"（第六十一页）、"朱妈倚在楼梯栏杆上"（第二百四十八页）、"木栏杆的床不大"（第四百五十页），都是木制；凡用"阑干"者，如："水泥阑干像倒塌了的石碑横卧在那里"（第一页）、"仍旧倒扣在床头铁阑干上"（第五页）、"亨利嬷嬷陪着在食堂外倚着铁阑干谈话"(第十八页)、"两旁乳黄水泥阑干"(第二十三页)、"林中露出一带瓶式白石阑干"(第五十页)、"花匠站在铁阑干外险陡的斜坡上"(第七十页)、"比比倚在铁阑干上"(第七十页)、"以前她和比比周末坐在马路边上铁阑干上谈天"(第一百零五页)、"小洋台狭窄得放张椅子都与铁阑干扞格"(第一百七十七页)、"铁阑干外一望无际"(第四百六十六页)、"在水泥阑干边站了一会"(第四百八十二页)、"在船阑干边狭窄的过道里遇见一行人"(第五百三十五页),都非木制,故仍其旧。唯有"后搭的一排小木屋,沿着一溜摇摇晃晃的楼廊,褪色的惨绿漆阑干东倒西歪,看着不寒而栗"(第二百二十九页)一处,仿佛例外,但未写明什么材料,是以不改。

张爱玲手稿中有两处,格式有些特殊:第九十页,"咚润嗯嗯唔唔!"一行,字写得较他处明显大些,以示大声——"这次近了,地板都有震动",我安排加大一号字体;第三百九十九页,毓恒给蕊秋的信中,三个"职"都偏右侧,合乎旧式公文中下属对上司的自称格式,我安排印成小一号字。

《小团圆》手稿第二十二页,"好了,我还要到别处去,想着顺便来看看你们宿舍"。皇冠版漏排"别"字,兹据原稿补齐。原稿复印件第一百零二页,"所以比较世不去冒这险做防空员"一句，"世"后似缺"故"，此字居一行之末，疑是写在纸边，没复印上。皇冠版无此字，并删去"世"字，我则给补上了。这回见到宋以朗先生，他说着人核对原稿，果然复印有所遗漏，那个字与我所补恰好一致。另外第一百八十一页，"两人约定双服毒情死"一句，似应是"双双"，疑为作者笔误，我不揣冒昧代补了这个字。

二〇〇九年四月二十一日

[附记] 后来读当年《海报》所载秋翁即平襟亚文章，发现不止一次使用"同文"一词，如"同文间如凤三，刘郎，秋水诸兄""还祈诸同文鉴我之诚"（《柬诸同文——为某女作家专事》，一九四四年八月二十七日），"我敬爱的诸同文""诸同文若再提她"（《最后的义务宣传》，一九四四年九月十二日），乃知"同文"一词不错，是我孤陋寡闻。待下次《小团圆》加印，要将它改回来。

二〇二〇年五月一日

自说自话

两年前上海给我出了一本自选集，前面要写几句关于自己的话，我写的是："平日买书第一，读书第二，编书第三，写书第四。四者之外，乏善可陈，凑合活着而已。"其实所能说的不过就是这些。现在要写文章，额外并无补充，不如约略做些解释算了。虽然讲"四者"，归根结底还是一回事。

关于买书。我家本来书很多，均为父亲沙鸥先生多年收集。其中两个系列最具价值，一是《六一诗话》之后全部诗话、词话，一是《尝试集》以降所有新诗集。这是他的研究题目，曾打算各写一本论著。一九六六年红卫兵来抄家，目标就是书。事先街道打过招呼，让自己检查一下，留下好的，交出坏的。于是一番筛选，只保留马恩列斯毛和鲁迅著作，以及两个版本的《十万个为什么》。当时父亲不在，若在恐怕也不会是别的挑法。另有几本苏联小说，不知怎么成了漏网之鱼。其余都当作"四旧"拉走了。整整装了一卡车，据说以后和别处抄来的书一起在附近中学的操场上放火烧掉了。多年后我重新买书，未始没有弥补损失的想法。最近二十年，其实花在这上面的工夫最多。

关于读书。小时候想读书而没有书读，每有饥渴之感。除了把所剩的几本书看了又看外，偶尔借到什么，我也尽量争取有一读的机会。多半轮不上我，因为借阅时间有限，父亲、母亲、哥哥、姐姐依次读过，已经非常紧张。记得大哥曾在院里坐了一晚上，借助月光读完《醒世恒言》。后来买书，另外一个原因也是当年借书太难，希望自己拥有，不再求人。邻居家有部《水浒传》，一借再借，我前后读了二十几遍，和二哥谈起一百零八将的绰号、星宿以及哪回登场，谁引出他，他又引出谁，简直如数家珍。这种反复读一本书的习惯，一直延续下来。《庄子》和《论语》，以后都读过多遍。不是这样，也写不出《樗下读庄》。上大学后，才比较系统地读书。我是学医的，读文学书完全出于兴趣。当时订了计划，要把世界上若干名家都读了，凡能找到的作品一篇也不放过。几乎整个八十年代，我很消沉，一事无成，回想起来唯一值得一提的就是读书了。

关于编书和写书。写在先，编在后，所以要调过来说。从最初写东西算起，足足有二十八年了。那时姐姐带我到江南游玩，回来写了十来篇游记，父亲逐篇改过，还给订成小册子。然后学写小说，榜样是巴尔扎克和左拉，也想写那种人物彼此贯串的多卷本长篇小说，大纲拟定，只完成两部，各三十多万字，有一部还写过两稿。那是一九七四到七七年的事，我十五到十八岁。父亲甚至专门给我写过两本讲小说技巧的书，可惜没保存下来。我的东西毫无价值；有意义的是写过一百万字，笔比较听使唤，想写点什么不至于太吃力。以后我又学诗，写了近千首，其中一九七六年末四个月里就有四百首以上，当时和父亲一起从武汉到重庆，我们约好各自写诗，我写的都经过父亲修改。我用"方晴"的笔名发表过一些诗和小说，但是以后写文章却尽量避免带有这方面的痕迹，也许正因为写过诗和小说，明白彼此不是一回事。关于文章，我长时间不清楚到底怎样算好，或者说是合自己的意。一九八六年买到周作人的三本书，开始还很诧异他怎么不渲染也不抒情呢。后来才明白文章以自然本色为上乘，没有必要给读者制造什么效果。把握住这个态度，我也偶尔写一点儿，十年里共得二百篇，收入《樗下随笔》《如面谈》和《六丑笔记》三个集子。都是随笔，大部分又是读书所得，从前闲极无聊读了些书，现在居然派了用场。此外有两本不是集子的书，一是关于庄子哲学的《樗下读庄》，一是关于现代绘画的《画廊故事》。今年春天还完成了一本《史实与神话——庚子事变百年祭》。一总加起来，也是一百万字。我是业余写作，勉强拿得出手的就是这些。比起写作，更用心的还是编书。这里不能一一报告，其中重要的一方面是，我写文章受到前人影响，仅仅出于感激之情，也想做些有关他们著作的整理出版工作。我说的是周作人和废名，借用《庄子》的话，就是："吾非至于子之门则殆矣，吾长见笑于大方之家。"

二〇〇〇年四月二十三日

关于自己

一

我开始学习写作，还在很小年纪。以后写小说，写诗，一九七九年后，用"方晴"这笔名发表了一些。此前写的一百多万字，幸未谬种流传。倒不是通常所谓"悔其少作"。回过头去看那些东西，除自家功底太浅外，与当时别人发表出来的无甚区别，都是胡编乱造。值得留意的是何以如此。而且非独写作为然；即便不写什么，问题照样存在。毋庸讳言，我们都有过这么一个思想背景，应该清算一下。

我曾写文章说："对于废名一九四九年后的转变，我觉得能够理解，但理解并不等于是认。此种现象当年普遍存在，以废名的《谈新诗》去比后来的《古代的人民文艺——

〈诗经〉讲稿》《杜诗讲稿》等，有如以刘大杰最初的《中国文学发展史》与后来几次修订本相比，或冯友兰的《中国哲学史》《中国哲学简史》与其《中国哲学史新编》相比，朱光潜的《文艺心理学》《谈美》《诗论》与其《西方美学史》相比。其间得失，不待辞费；而废名变化之大，似乎较之各位尤著。就中原因，自不能完全归咎于个人，然中国不止一代知识分子曾经自觉地‘改造思想’，以至普遍丧失思考和判断能力，却是我们迟早需要加以认真反思的。"（《也谈〈废名讲诗〉的编选》，二〇〇八年）"思想改造"是我之前一两辈人的事，说得上"洗心革面"；偶有例外，如杨绛《干校六记》所云："改造十多年，再加干校两年，且别说人人企求的进步我没有取得，就连自己这份私心，也没有减少些。我还是依然故我。"到了我这一代，只有"思想教育"，而其结果与思想改造正相一致。

我在另一处说："此种改造究竟自觉与否，真诚与否，其间并无根本区别，无关乎对于改造的性质判断。"（《再关于废名》，二〇〇八年）或已涉及迄今此类话题不能深入的症结所在。之前我也说过："真诚本身并不具备终极意义，真诚也不应该用以掩饰终极意义。不管真诚地戕害自己，还是真诚地戕害别人，戕害都不该被轻视，甚至被抹杀。

真诚后面有果，前面还有因，何以如此真诚，正是值得反思之处。"（《思考起始之处》，二〇〇〇年）更早则说："世界上更多的坏事可能倒是由人们真诚地当作好事做出来的。唯其如此，他们也才能如此无所顾忌也无所畏惧，才能把坏事做得如此彻底，如此超出人心与人力的极限。"（《真的研究》，一九九七年）

这种认识当然是受西方思想史上怀疑一派的影响。格雷厄姆·格林在《沉静的美国人》中说过："单纯无知是一种精神失常。"朋霍费尔《狱中书简》所论更为深刻。在他看来，不辨善恶，尤甚于故意为恶；惟其多数人不辨善恶，少数人才得以故意为恶。此即其所谓"愚蠢"。朋霍费尔说："愚蠢是一种道德上的缺陷，而不是一种理智上的缺陷。"反观整个二十世纪的历史，差不多全给这句话说中了。进一步讲，道德缺陷，其实就是一种理智缺陷或智力缺陷。我们当年自觉也好，真诚也好，皆应作如是观。

凡事一弊一利。我早期写作不堪回首，后来也谈不上有甚成绩，但是写过东西，多少知道文学创作是怎么回事，于以后看别人的作品不无帮助。当年写作，受到父亲很大鼓励。他专门为我写过两部书稿，教授小说写法。我曾经提到，父亲的文学理论，其原则与当时的正统观念并无区别；区别在于他很强调写作技巧，这个对我影响最大。我看父亲写的文章，与后来读到的历代诗话、词话一样，都涉及具体创作规律。他传授给我的是一种方法论，其关键在于感受与分析相辅相成。以后我虽然不复创作，却一直在思考相关问题。

刘勰《文心雕龙·序志》云："夫文心者，言为文之用心也。"不妨借用"文心"来形容作家从事某项文学创作的具体追求。"文心"因时因地而异，因文学流派而异，归根结底是因作家与作品而异；读者不能强求一律，更不应预设前提。作家写一部作品，实际上是给自己提出一种"可能性"；我们只能看它在多大程度上获得实现，也就是说，唯一可以探讨的是"可能性的可能性"。举个例子，张爱玲重读自家旧作《连环套》，"看到霓喜去支店探望店伙情人一节，以为行文至此，总有个甚么目的，看完了诧异的对自己说：'就这样算了？'"（《〈张看〉自序》）她所说"想探测写这一段的时候的脑筋"，亦即体会"文心"。

《庄子·齐物论》提到"成心"，成玄英《庄子疏》云："夫域情滞著，执一家之偏见者，谓之成心。"我说："《齐物论》旨在去除成心，即一切绝对的、固定的看法，无论这看法来自自己，或来自别人。"（《阳子之宋》，一九九三年）做不到这一点，作者无"文心"可言，读者也体会不了"文心"。是以我说："有人读书为了印证自己，凡适合我者即为好，反之则坏；有人读书旨在了解别人，并不固守一己立场，总要试图明白作家干吗如此写法，努力追随他当初的一点思绪。虽然人各有志，私意却以前者为非，而以后者为是。"（《〈罔两编〉序》，二〇〇三年）

从绝对意义上讲，一切阅读都是误读；其间毕竟存在稍为接近与愈加远离"文心"的差别。我希望尽量避免那种与"文心"毫不相干甚至背道而驰的误读。当初花不少工夫学习写作，若论获益，莫过于此。

二

格林在《人性的因素》中写道："'我们'，萨拉在想，'我们'。他像是代表一个组织在说话，……'我们'，还有'他们'都是听上去令人不舒服的词。这些词是一个警告，得提防点。"类似描写给我很大启发。回到上一节的话题，我认为："所谓改造，归根结底就是把'我'变成'我们'。"（《再关于废名》）对于上一两代"思想改造"的对象来说，后来需要找回"我"；对于我这一代"思想教育"的对象来说，则是需要找到"我"，当然，意识到这一点的人未必很多——否则就不存在"我"与"我们"的区别了——真正做到尤其不易。在我，这几乎完全是通过读书实现的。

去年有家报纸评选"三十年三十本书"，要我也给列个书单。我说，影响了"我们"的书，不一定影响"我"。三十年来我读了很多书，倘若有个总的目的的话，那就是想使"我"与"我们"在一定程度和方向上分开。所以"我们"爱读的书，我读得很少。在思想方面，我不想受到"我们"所受到的影响，或者干脆说，我不想受到"我们"的影响。我列出的书单，即循这样的标准：假如当初不读这些书，自己会是另外一个人；因为读了这些书，方才成为现在这样一个人。

七十年代末，存在主义首先为我树立了一个个人视点，具体说来，萨特所标举的"选择"，使我意识到作为主体的"我"的存在，而在此之前，我根本不曾想到还能这样去思考问题。当然对我来说，这时还只有现实意义上的"我"与"我们"的区别，后来在思想意义上"我"从"我们"中脱离出来，却肇始于此。以后我读了不少翻译小说，发现无论写中短篇的蒲宁也好，还是写《橡皮》的罗伯 - 格里耶也好，他们对这个世界，全都有着属于自己的完整看法，而世界上那些伟大作家无一不是如此。这较之先前自是进了一步，但仍限于文学创作，属于所谓"文心"范畴。及至我读《庄子》和禅宗语录，才真正明白根本问题是思想问题。

通过读书，关于世界我有了自己的看法，当然这与现实，与我以及上一两代的际遇也有关系，而首先就是不再局限于既定的"我们"的世界观了。这方面我受卡夫卡影响最大。我曾称卡夫卡为"我们这个时代的感受的先知"，"他写出了他的感受，然后，我们所有的人在我们各自的生活以及这些生活共同构成的历史演进中重复他的感受。对于我们一切都是新鲜的，——当然这种新鲜之感说穿了也是由于不再麻木而已；而对他一切都是体验过的。我们穷尽一生只是走向了卡夫卡"（《卡夫卡与我》，一九九七年）。归根结底，卡夫卡感受到了一种前所未有的使自己丧失立足之地的巨大威胁。

卡夫卡所面对的二十世纪，较之既往究竟有什么不同呢。在我看来，一是"群众"力量空前强大；二是"新人"登上历史舞台。卡夫卡所感受到的，正是"我们"对"我"的威胁。而"我们"就是勒庞等人着力研究的所谓"群众"。勒庞在《乌合之众》中所说的"聚集成群的人，他们的感情和思想全都转到同一个方向，他们自觉的个性消失了，形成了一种集体心理"，揭示的正是"我们"如何吞没了"我"。勒庞似乎主要强调个人的理性在其置身于群体之中时被泯灭了，其实还有另一方面，即个人的非理性在其置身于群体之中时被张扬了。我写道："勒庞曾经详尽分析群体心理的低劣特性，然而这未必不是根植于其中每一个体的性格里，只不过当他作为个体存在时没有机会表现，而群体恰恰提供了这种机会。整个群体以及参加群体的其他个体，都是这一个体做出他此前——在意识或潜意识层面上——想做而做不到的事情的最有力的支持和保障。"(《当愚昧疯狂变得有趣时》，二〇〇〇年) 只有着眼于这两方面，才能真正理解"我"是什么，以及"我"与"我们"之间的区别。

在近现代俄罗斯文学作品中，经常出现"新人"的形象。车尔尼雪夫斯基《怎么办？》的革命者拉赫美托夫，被称为"新人"。此前屠格涅夫在《父与子》中，针对传统的"多余人"形象塑造了"虚无主义者"巴扎罗夫。后来陀思妥耶夫斯基的长篇小说《群魔》中，也有一个"虚无主义者"彼得·韦尔霍文斯基，这是一个无所不用其极的阴谋家。再往后阿尔志跋绥夫写了《萨宁》，主人公萨宁被称作

"二十世纪的巴扎罗夫"，他是一个极端自私、为所欲为的人。彼得·韦尔霍文斯基与萨宁其实都是"新人"。我曾说："车尔尼雪夫斯基、陀思妥耶夫斯基与阿尔志跋绥夫心目中的此类人物虽然面目迥异，也许他们正是同一个人。若从继乎其后的二十世纪来看，真正给人类历史打上烙印的是彼得·韦尔霍文斯基与萨宁的混血儿，而拉赫美托夫只是所戴的一副面具罢了。"（《"新人"的故事》，二〇〇五年）萨宁之类"新人"完全拒绝道德观念和伦理价值，是我们视为精神家园的那个"旧世界"的颠覆者。卡夫卡所感受到的威胁，同样来自于此。"新人"是"群众"的代表，是"群众"的英雄。朋霍费尔所说"愚蠢是一种道德上的缺陷"，原本就是针对"群众"和"新人"而言，或者说是在描述他们之间的共生关系。

卡夫卡的作品涵盖的是整个人类，整个世界；具体到我们自己，以及所处的那一部分世界，我的看法其实也就是奥威尔的看法："虽然我并未写过像他那样的作品，但是不妨直截了当地说，奥威尔代表一切将他视为这个世界的先知的人，包括我在内，写了《动物农场》和《一九八四》。……在同一方向上已经不可能有人说得更深刻，甚至不可能说得更多。奥威尔是直达本质的，而我们通常只局限于现象。那些自以为超越了奥威尔的，往往反而从他的立场有所退步。我们读他的书，真正明白他的意思，胜过一切言辞。"(《从圣徒到先知》，二〇〇四年)

《一九八四》与扎米亚京的《我们》、赫胥黎的《美丽新世界》并称为"反乌托邦三部曲"，其共同之处在于所描写的都是秩序的世界。秩序之外什么都不允许存在。然而在《美丽新世界》中，秩序与人的愿望达成了一致。"从这个意义上讲，'美丽新世界'可能比'一九八四'更难为我们所抵御，因为它没有'坏'，只有'好'。虽然这种'好'意味着人已经丧失一切，甚至比在《我们》和《一九八四》中丧失更多。"(《面对"美丽新世界"》，二〇〇五年) 在我看来，我们处在"一九八四"与"美丽新世界"之间。而且大家是从不同地方、不同国度和不同体制下共同往这个方向努力。

三

我读书多年，将读书所得写下来却晚得多，迄今共得五百余篇，收入十来个集子，另有《插花地册子》(二〇〇一年) 一种，是我的读书回忆。我说："过了三十岁我才写散文，那时彻底告别浪漫主义、英雄主义和理想主义已久，多少学会用现代人的眼光来看世界、历史、社会与人生了。"（《〈如面谈〉后记》，一九九七年）这使得我不致再代表"我们"说话了。我的读书之道就是我的写作之道。

我说过，自己所写文章，大多是对世间的好作品——尤其是对心甘情愿承认写不出来的好作品——的礼赞，而这并非易事，"因为须得分辨何者为好，何者为坏，不致混淆是非，乃至以次充好，——这既关乎眼力，又关乎良心；反观自己，于前者不敢妄自菲薄，于后者却是问心无愧也"（《〈止庵序跋〉跋》，二〇〇四年）。这就涉及为什么阅读的问题。"可以从两个层面来回答：其一，我需要有人对我说些什么；其二，我需要有人替我说些什么。二者都不妨形容为'契合'，然而程度有所不同。虽然这并不意味着他们在重要性上存在差别。前者也许讲出了有关这个世界的更多真谛，然而如果我开口，所说的将是后者讲的那些。以俄罗斯作家为例，普希金、果戈理、冈察洛夫、莱蒙托夫、屠格涅夫、陀思妥耶夫斯基、萨尔蒂科夫－谢德林、托尔斯泰、列斯科夫、迦尔洵、契诃夫、索洛古勃、梅列日科夫斯基、库普林、蒲宁、安德列耶夫、阿尔志跋绥夫和别雷所说我都想听，其中果戈理和陀思妥耶夫斯基的话尤其想听，但要说当中有谁代表了我，大概只有契诃夫了。如果在世界范围里举出一位的话，那就是卡夫卡，虽然我另外喜欢的作家还有很多。借此正可回答我为什么不事创作的问题。道理很简单，因为有人已经替我写了。——我这样讲，似乎忽略了才能、机缘之类与创作相关的重要因素。那么换个说法：卡夫卡或契诃夫是我希望成为的作家，他们是我梦想中的自己。因为世界上有了他们，我不曾虚度此生。"（《安东尼奥尼与我》，二○○八年）上一节讲到奥威尔，也是同样意思。从根本上讲，我把阅读视为对于真理和创造的一种认同过程。所以一再声明，自己真正的兴趣是读书，偶尔记录感想，不过是副产品罢了。

我读书，将读书所得写下来，受到中国古代诗话、词话很大影响。这最早也是父亲推荐给我的。"诗话、词话每则多很简短，但却体会入微，而前人佳作的好处，正在字里行间，需要我们细细品味，用心感受，倘若走马观花，则一无所得。古人谈论诗词，又往往互相联系，彼此打通，窥见共同规律，但始终不离前述具体感受。我正是由此学得一种读书方法，或者说思维方法，而将其记录下来，似乎就是文章的特别写法了。"（《插花地册子》）说来还当归结为对于"文心"的体会。

我很希望能做弗吉尼亚·伍尔夫所说的"普通读者"，具体说来，即如其所言："显而易见，书是分门别类的——小说、传记、诗歌等等——我们应该有所区别，从每一类别中选取该类别能够给予我们的好东西。然而很少有人问书到底能为我们提供些什么。通常情况下，我们总是以一种模糊和零散的心绪拿起一本书进行阅读，想到的是小说的描写是否逼真，诗歌的情感是否真实，传记的内容是否一味摆好，历史记载是否强化了我们的偏见，等等。如果我们在阅读时能够摆脱这些先入之成见，那么就有了一个良好的开端。不要去指使作者，而要进入作者的世界；尽量成为作者的伙伴和参谋。如果你一开始就退缩一旁，你是你，我是我；或者品头论足，说三道四，你肯定无法从阅读中获得尽可能多的价值。相反，如果你能尽量地敞开心扉，从最初部分开始，那些词语及其隐含之意就会把你带入人类的另一个奇异洞天。深入这个洞天，了解这个洞天，接下来你就会发现作者正在给予或试图给予你的东西是非常明确的、非常实在的。"（《我们应该怎样读书？》）对此我说："伍尔夫所说摆脱成见，实为读书的前提，否则看得再多，也毫无用处。一卷在手，我们所面对的不只是这本书，还有关于它的各种说法，诸如评价、解释之类，这

些东西挡在眼前，可能使人难以得窥真相。"（《普通读者》，二〇〇八年）

话说至此，实已不限于读书写作，而关乎一个人的思想，亦即安身立命的大事了。我曾说："这几年逐渐形成一个看法，与思想和文章都有关，就是不轻易接受别人的前提，也不轻易给别人规定前提。轻易接受前提的，往往认为别人也该接受这一前提；轻易规定前提的，他的前提原本就是从别处领来的，所以两者乃是一码事。"（《〈史实与神话〉后记》，二〇〇〇年）又说："我觉得世上有两句话最危险，一是'想必如此'，一是'理所当然'。前者是将自己的前提加之于人，后者是将既定的前提和盘接受，都忽略了对具体事实的推究，也放弃了一己思考的权利。我们生活在一个话语泛滥的世界，太容易讲现成话了；然而有创见又特别难；那么就退一步罢，即便讲的是重复的意思，此前也要经过一番认真思考才行。"（《插花地册子》）

前面讲到阅读是对真理和创造的认同，可以说是"信"；"信"之前还得有"疑"，要经自家验证，真理确系真理、创造果为创造才行。我说过："囿于定论，我们所拥有的世界可能太过狭隘、简单，充满失实之处，甚至已经死去。目下'独立思考'与'思想自由'都是时髦话，然而独立与自由的对象究竟是什么，似乎很少有人给予明确答复。在我看来，无非就是独立于定论，自由于定论，否则一切都成了空话。定论是结果，不是前提；以定论为前提，'独立'与'自由'充其量不过是别出心裁地为定论作诠释罢了。需要强调的是，独立自由于定论并不意味最终一定要摒弃定论，只是要给自己保留一个真正认识世界和真正认真思考的必要过程而已。"（《历史之外的历史》，二〇〇二年）"我"与"我们"，正是在这一点上分道扬镳。

四

我关于"独立思考"与"思想自由"的认识，特别受益于《庄子》和禅宗语录。从一九八六年开始，我起念通读儒家典籍及先秦诸子，就中《庄子》尤得我心。此后十年，我读了一百来种注本，写成《樗下读庄》（一九九九年）一书。《庄子·大宗师》假托孔子之口说："彼，游方之外者也。""方"就是包括"礼"在内的一应社会意识，以及在此基础上构筑的社会秩序。我认为："假如从《庄子》中挑出一句话以概括全书，就应该是'吾丧我'。'吾丧我'就是'逍遥游'，《逍遥游》里形容为'乘天地之正，而御六气之辩，以游无穷'；其实也就是'游方之外'，所以'吾丧我'即摈弃自己身上的那个'游方之内者'。果能如此，是为得道。《庄子》的'道'指事物自然状态，乃是本来如此，有如《知北游》所说：'天不得不高，地不得不广，日月不得不行，万物不得不昌，此其道与。'对人来说，就是拒绝了固有价值体系之后所获得的自由意识。拒绝固有价值体系，也就不在这一体系之内做判断，无论是'是'还是'非'。'非'的依据还是'是'，并没有超越于'是'的价值体系，所以《齐物论》说：'是亦彼也，彼亦是也。''彼是莫得其偶，谓之道枢'，才是真的自由。《大宗师》形容为'自适其适'。从根本上讲，《庄子》是心学，'吾丧我'发生在头脑之中。"(《我读〈庄子〉与〈论语〉》，二〇〇七年)

读《庄》之后，又读《五灯会元》《古尊宿语录》等，我认识到，"《庄子》所说最终是一门有关前提的哲学。禅宗正是在这一点上发展了《庄子》，公案成千上万，其实都是提供一种思维方式，而这一思维方式的特点就是拒绝既定的思维方式。譬如：'问：如何是祖师西来意？师曰：庭前柏树子。'古德如此回答，意义只在打破提问造成的语境，否定对方强加的前提，因此从有限境界超越到无限境界。禅宗所讲的是'大语境'，绝对自由自在，我所领悟的只是它的一个前提，即不轻易接受任何既定前提，也就是'逢佛杀佛，逢祖杀祖'"（《插花地册子》）。

我曾说："《庄子》讲的是关于一个人的哲学——这世界上只有'我'；《论语》讲的是关于两个人的哲学——除了'我'之外，还有'你'或'他'。……《庄子·大宗师》里，孔子讲了'彼，游方之外者也；而丘，游方之内者也'，又找补一句'外内不相及'；然而具体在我，却一并做成自己的人生观。道理很简单：人不能只有自己，但也不能没有自己，全看是在什么时候。是以既不忘'鸟兽不可与同群，吾非斯人之徒与而谁与'，又需要'吾丧我''自适其适'，——在'吾丧我'的范围内'自适其适'，'我不欲人之加诸我也，吾亦欲无加诸人'。"（《我读〈庄子〉与〈论语〉》）这些年里我读《论语》，作有笔记若干，也拟写成一本书。孔子的"仁"，借用周作人的话，"所谓为仁直捷的说即是做人，仁即是把他人当做人看待"。至于就中道理，则如其所说："饮食以求个体之生存，男女以求种族之生存，这本是一切生物的本能，进化论者所谓求生意志，人也是生物，所以这本能自然也是有的。不过一般生物的求生是单纯的，只要能生存便不问手段，只要自己能生存，便不惜危害别个的生存，人则不然，他与生物同样的要求生存，但最初觉得单独不能达到目的，须与别个联络，互相扶助，才能好好的生存，随后又感到别人也与自己同样的有好恶，设法圆满的相处，前者是生存的方法，动物中也有能够做到的，后者乃是人所独有的生存道德，古人云人之所以异于禽兽者几希，盖即此也。"（《中国的思想问题》）"仁"就是这"人所独有的生存道德"。

还可以引《老子》作为对比。我说孔子讲的是两个人的哲学，其实《老子》也是如此，但在孔子看来，这另一位是好人；而在《老子》作者看来，则是坏人。我写过一本《老子演义》（二〇〇一年），指出《老子》的主旨是"反者道之动，弱者道之用"，前一句讲道的规律，在于事物向着相反方面转化；后一句讲利用这一规律，所以置身于弱的一极，以期"柔弱胜刚强"。我曾说过："孔子的形象对于中国的读书人来说，永远具有道德感召力；他的意义在此，但也仅限于此。且想象有一道斜坡，大家都往下走，忽然回头一面，高处有个背影，那就是孔子。这也就是孔子的楷模意义。《论语》可能解决不了什么问题，但因为有了孔子，我们起码不至于太堕落。用前人的话说就是：'天不生仲尼，万古长如夜。'《论语》讲的是求圣之道——'圣'无非就是高于人间的道德水准罢了；《老子》则是求胜之道，因为生存环境恶劣，所以不得不如此。孔子是人道主义者，所说的'仁'就是彼此都把对方当人，以期大家都能好好生存。《老子》则是我胜你败，我活你死。"(《关于读〈老子〉》，二〇〇八年)在我看来，整个先秦哲学，统可摄于孔、老、庄三家之下，孔子一脉有孟子、荀子，老子一脉有孙子、韩非子，只有庄子是自说自话。

五

哲学之外，我感兴趣的还有历史。迄今所读到的历史都是"结果史"，我希望能另有一部与之并行的"人类动机史"，——讲得准确一点，一部同时包括了这两方面的书。我曾说："我看历史，觉得史家述说起来总是放过虚妄的一面，把握实在的一面，这当然没错，但是现在看来是虚妄的，起初对当事人来说也许反倒是实在，而实在的则要很久以后才能为我们所知道。迄今为止，所有文本的历史其实都是意义的历史，然而意义的历史未必能够还原为事实的历史。因为意义多半是后人赋予的，当事人则别有动机，或者说别有属于他们自己的意义。他们并不曾按照后人赋予的那些意义行事。这样就有后人和当事人两个视点；从不同视点出发，可以写出不同的著作，其一涉及评价，其一关乎理解。"我所写的《史实与神话》(二〇〇〇年；二〇〇五年修订为《神奇的现实》)一书，多少可以视为这部"动机/结果史"的一个片断。我说："这回我想干的是后面一件事情，因为对当时各类人的想法和心态更为关心。就所涉及的这段历史来说，这种差别特别明显，甚至可以说神话就是史实，史实就是神话。流传下来的一首义和团乩语，上来就说：'神助拳，义和团……'那么我有一个问题：如果没有'神助拳'，还有没有'义和团'。义和团要是事先知道自己法术不灵，他们是否还会那么自信和勇猛；朝廷和民众要是事先知道义和团法术不灵，是否还会把希望——至少是一部分希望——放在他们身上。这都是我想弄明白的。"

这个想法，也体现于后来所著《周作人传》(二〇〇九年)，从某种意义上讲，这也属于"动机/结果史"。那里我说："承认周作人的'思想'与'行事'之间存在某种因果关系，未必就要肯定其行事，也未必因此就要否定其思想。……历史向来只管结果，不管动机；面对历史，一个人当初想法如何，意义仅限于他自己。不过动机或思想，尽管不能用于对其行为做出评判，却有助于理解。前者面对'如此'，后者则涉及'何以如此'。理解既不等同于评判，更不能取代评判。"

实际上，这也就是承认历史的复杂之处。木山英雄著《北京苦住庵记：日中战争时代的周作人》起首说："我的愿望只是想亲自来确认一下使自己平素爱读的那位作家后半生沾满污名的事件真相。"结末则说："事件史中或许有教训也说不定，但并不一定需要结论。"对此我说："这是一种个人的，然而也是学术的姿态。……当然，'不一定需要结论'未必就要抹杀既有结论，甚至可以理解为'不一定需要'在既有结论之外另行标举'结论'。'事件真相'涉及事实、思想和境遇诸多层面，相比之下，'结论'简要得多，其间种种归纳、省略乃属必要。但是，不能忽视这一差别。也就是说，'结论'得自'事件真相'，却无法由此反向推演'事件真相'。"(《历史的复杂之处》，二〇〇八年)

但是我们往往把事情简单化，无论关乎一桩历史事件，还是一个人的思想。我觉得："我们的论家在鲁迅研究，特别是周作人研究中，经常循着一个'以果证因'的路数，即先把某人最终定性为某种角色，再回过头去找寻有助于这一结论的'思想脉络'，有用的就用上，没用的就忽略不计。人是从前往后活的，我们却好像是要让他从后往前活。"(《有是事说是事》，一九九九年）这就又归结到前面讲过的不应从"定论"出发了。

我思考较多的，还有思想与现实的关系问题。我以为："思想的意义并不在于其是否改变了现实，而是在于思想本身是否成为一种现实；或者说，思想以其存在，使得现实不再是唯一的存在。"(《直言不讳的智者》，二〇〇三年）在《周作人传》中，这一想法几乎贯穿始终。周作人对我具有重要影响，但在这一点上，我对他的看法有所保留。他后来提出"道义之事功化"，显然与其曾经强调的"教训之无用"有所背离，而他一生的悲剧多少与此相关。对于周作人，我所惋惜的恰恰在于他没能彻底放弃启蒙主义立场，如他自己所期许的那样做个纯粹的思想者，以从事文化批判为己任。"道义之事功化"系针对董仲舒"正其谊不谋其利，名其道不计其功"而言，其实"谊"即是"利"，"道"即是"功"，此即如周氏所云："希腊有过梭格拉底，印度有过释迦，中国有过孔老，他们都被尊为圣人，但是在现今的本国人民中间他们可以说是等于'不曾有过'。我想这原是当然的，正不必代为无谓地悼叹。这些伟人倘若真是不曾存在，我们现今当不知怎的更是寂寞，但是如今既有言行流传，足供有艺术趣味的人的欣赏，那就尽够好了。"(《教训之无用》)董仲舒标榜"不谋""不计"固然不宜，但并不一定非得"道义之事功化"不可。

思想者的一己行为，也常常被用来评衡思想乃至思想者的价值，在我看来，这也是一个误区。"思想者的贡献仅仅在于思想。思想为思想者所贡献之后，就已经成为人类的共同财产，成为文明的组成部分，而不再为该思想者所独有。思想是否为思想者所实践，仅仅对思想者有意义，对思想则没有意义。思想的对象是整个人类。把思想与行为看作两回事，并不意味着要放弃对思想者的行为的考察，只是说这一考察应该限于思想者的行为本身，而没有必要将外延扩大到他曾经贡献过的思想。因为对于这一思想来说，这时思想者实际上已经转变成行为者了，如同别的行为者一样。只能说他是不是合格的行为者，不能再说他是不是合格的思想者。不合格的行为者并不等于不合格的思想者。也就是说，我们尽可以在另一场合去褒扬或贬抑这个人，看看他的行事如何，他的人格如何，但是无论说什么，都仅仅是针对具体这个人而已。"(《思想、思想者与行为者》，二〇〇〇年)

六

十几年来，我花了不少精力从事现代文学的研究整理工作。所著唯《周作人传》稍成片断，此外均系零碎小篇，倒是在编校方面着力较多。已印行者有《周作人自编文集》三十六种，《苦雨斋译丛》十六种，《周氏兄弟合译文集》四种，《近代欧洲文学史》一种，《鲁迅著译编年全集》二十卷（与王世家合编），《废名文集》和《阿赖耶识论》各一种。《张爱玲全集》已完成十卷，正陆续出版。又有《周作人译文集》十一卷在编辑中。这当然与一己兴趣有关，这里几位作者，都是我最推崇的。

上述诸书中，《近代欧洲文学史》是我发现的周作人佚著。我偶尔上网查阅某图书馆目录，见周氏名下有此一种，遂请作者家属代为查看，原是当年他在北京大学的讲义，计十万字，向未付梓。该书以十九世纪部分为重点，正可弥补此前出版的《欧洲文学史》不全之憾。我和戴大洪合作写了十八万字的注释。另外，《周作人自编文集》中的《老虎桥杂诗》《木片集》，《苦雨斋译丛》中的《希腊神话》，以及废名的《阿赖耶识论》，都是首次出版。我自认为："作为一个读者偶尔涉足出版，有机会印行几种从未面世的书，与其说感到荣幸，倒不如说少些担忧：我是经历过几十年前那场文化浩劫的人，眼见多少前人心血毁于一旦；现在印成铅字，虽然未必有多少人愿意看它，总归不至再因什么变故而失传了罢。"（《读书、编书与写书》，二〇〇八年）周作人一九四九年后的译作，以前出版的都是别人不同程度上的修改或删节本，不少地方面目全非。幸而译者手稿多半保存下来，编入《苦雨斋译丛》时，一律恢复了原貌。周作人翻译方面的成就，其实未必在其创作之下；特别是对古日本和古希腊作品的翻译，在整个中国翻译史上迄今也很少有人能够相比。可是真要谈论他的译文特色，大概还要以这个本子作为依据。《周作人自编文集》中的《知堂回想录》，原先香港印行的本子错谬太多，我则据作者家属所提供的手稿复印件，订正了数千处之多。《张爱玲全集》中的《重访边城》和《小团圆》，也是根据作者原稿校订。

编校之事，多属琐碎，可以略述我自己一向遵守的原则。首先，体例须得严谨，编订之前，先拟凡例，因书而异。凡例有如法律，制订时要考虑是否适用，能否遵行；实行时则不容违背，杜绝例外。其次，整理前人著作，除必要之举外，编者个人色彩愈少愈好。字句校订，"'能不改就不改'，只要有据可查，无论辞书还是先前的文学作品，一律不作改动"（《〈小团圆〉原稿校读记》，二〇〇九年）。简而言之，"不错即对"。第三，"一般来说，应以作者定稿即其生前最后修订的一版为底本，假如有亲手校勘过的本子就更应采用了。……作者有权修订自己的作品，虽然未必改得更好，竟或适得其反；倘若出校记，所记录的是'曾经如何'，其间高下则是另一回事"（《关于〈废名集〉》，二〇〇九年）。

张爱玲有云："本人还在好好地过日子，只是写得较少，却先后有人将我的作品视为公产，随意发表出书，居然悻悻责备我不应发表自己的旧作，反而侵犯了他的权利。我无从想象富有幽默感如萧伯纳，大男子主义如海明威，怎么样应付这种堂而皇之的海盗行为。……如果他们遇到我这种情况，相信萧伯纳绝不会那么长寿，海明威的猎枪也会提前走火。"（《〈续集〉自序》）我的体会是，"编书者的对面不光是印着一些字的纸而已，还有写这些东西的人，是否也该当它是件人与人之间的事情来办，有一点出乎人之常情的体谅与小心呢。虚悬一个什么——比如说'研究'罢——在人情之上，我想其被人所骂也是该着的罢"（《谈编书》，一九九七年）。

写到这里，"关于自己"交待已毕，还有一点闲话，顺便一说。前些时谷林先生逝世，我著文纪念，谈到他对周作人的看法时，提及论家对其《答客问》不无误解。文章刊出后，接到来信云："……其实那几句不当的话，只为引出最末一句：'时下知堂读者遍及各处，闻有只取一侧亦步亦趋者，貌似恬淡实为消沉，谷林于他们或许是个无言的提醒。'这提醒也是我的愿望。"我回信说，今非昔比，恐怕消沉已是难能可贵的了，当初周氏是否消沉则姑置勿论。《现代汉语词典》释"恬淡"为"不追求名利，淡泊""恬静，安适"，释"消沉"为"情绪低落"；当今之世，躁狂者与奔竞者多有，相形之下，不追求名利、淡泊、恬静、安适诚为情绪低落，故消沉与恬淡相去一间耳。而有此种立场在，对躁狂奔竞"或许是个无言的提醒"，虽不管用亦无所谓。我愿以此自勉。

二〇〇九年五月二日

《怀沙集》题记

我一直打算出版一本《怀沙集》，——收入什么文章倒无所谓，单单为的这个题目。这当然首先让人想到楚辞同名之作，不过原本不敢攀附，我也绝无自沉之念，况且一向不大喜欢《怀沙》的意思。其中好像太多抱怨，也就未免对现实太过期待了。我承认不是这一路人，虽然并非不问世事。那么何以要取名"怀沙"呢。我的想法很朴素，乃是借此表达对父亲沙鸥先生的一点怀念。父亲是诗人，去世于今已经六年多了。他一度仿佛写《怀沙》的屈子；及至最后作《寻人记》，却转为关注人生，沉郁顿挫，感慨极深，虽然说来也是"舒忧娱哀兮，限之以大故"，——讲到这里，我忽然觉得对两千年前徘徊于汨罗之滨的诗人不无理解，盖人之将死，其言也哀也。

二〇〇一年三月十六日

《河东辑》序

这本集子编就，赶上我满五十周岁。逢五逢十原属寻常，无须有所表示，但有朋友好事，叫我写"自述"之类，现在正好拿这来顶替，反正过去年月所思所想，多少呈现于此。至于再早时候，则真如鲁迅所谓"出屁股，衔手指"了，还是藏拙为幸。

别的不必多说，只就编选事宜略作介绍：其一，这是"编年体"，但年份偶有空缺，因为实在没有东西。至于各年不很平衡，起起落落，倒是符合真实情况。其二，除几篇小说取自所载杂志，其余均从我的十来本诗文集中选出。其三，自己比较看重的几本专门的书，如《樗下读庄》《老子演义》《神奇的现实》和《周作人传》，篇幅较大，我又不愿节选，所以都未编入。其四，此书系家母病中替我编选，我将此看作她送给我的一份礼物。谢谢她老人家，祝她长寿。

俗话说"三十年河东，三十年河西"，这里选录的是此前三十年所作，正好以"河东"为题，虽昔有《柳河东集》，亦不避重复。至于"河西"还远得很呢，希望到时候能有点长进。

二〇〇九年九月二十二日

谈抄书

这里抄书也就是引文的意思。引文较多，有人看不惯，遂贬之曰抄书。这是个老话题，从前就有"文抄公"的说法，特指周作人。被批评者曾辩解道："但是不佞之抄却亦不易，夫天下之书多矣，不能一一抄之，则自然只能选取其一二，又从而录取其一二而已，此乃甚难事也。"(《〈苦竹杂记〉后记》)多年后重提旧话，又说："没有意见怎么抄法，如关于《游山日记》或傅青主，都是褒贬显然，不过我不愿意直说。"(一九六五年四月二十一日致鲍耀明)随着研究逐渐深入，大概不被看作缺点了，更有论家视之为独特的文体，认定在其毕生创作中成就最大。但是好像还是特例，引文多亦即抄书仍然时时遭受非议。

从前引知堂翁的话看，抄书并不像大家想的那么简单，其中必然有所选择，进而又涉及引用者的眼光和倾向。这可以理解为是他所采用的一种间接的表述方式，即"不愿意直说"。引用者隐身于被引用者背后，借助别人的声音讲出自己的意见。这有赖于引用者与被引用者之间一种心心相印的契合，他在发现别人的同时也发现了自己。周氏在谈到何以将译文收入自己文集时讲过一番话，可以拿过来说抄书："文字本是由我经手，意思则是我所喜欢的，要想而想不到，欲说而说不出的东西，固然并不想霸占，觉得未始不可借用。"（《〈永日集〉序》）然而引用者应该领先于至少大多数人知道被引用者的存在，通常所谓发现的意义即在于此；所以非博览群书者不能为之。在此基础之上，再来谈抄书有无眼光，乃至倾向如何。而如果没有眼光与倾向，则成了掉书袋了。这样抄书，实际上是一种含蓄的写法。不过含蓄未必真正合乎多数读者的阅读习惯，结果引用者隐而不见，大家眼里只有被引用者，所以要提出质疑了。

　　正是上述"借用"说法招来了批评：你为什么不另外讲自己的话呢。这种批评有个前提，即讲自己的话非常容易。恐怕并非如此，"日光之下无新事"。往往我们以为讲的是自己的话，其实不过在重复别人已经说过的意思。抄书与之的区别，不过其一指明本主，其一有意无意地据为己有罢了。但是揭示这一点，可以用以否定对抄书的否定，却不能因此肯定抄书。问题很简单，既然别人都讲过了，我们难道不能不讲话么。所以抄书还应该有别的道理。

胡适曾说："有什么话，说什么话；话怎么说，就怎么说。"(《建设的文学革命论》)我觉得关于白话散文的写作，迄今还没有比这更精辟的意见。这里我最感兴趣的，是他把写文章与说话联系起来。的确我们写文章就像是说话。不同的人有不同的说话习惯，有人喜欢自言自语，有人喜欢与人交谈。区别在于前者自创语境，是主动式的；后者则沿用别人的语境，是被动式的，而这与是否能够说出真正的见解并无关系。抄书有一点儿像后者。可以把这路文章看作引用者与被引用者之间的一场交谈。关键在于抄了别人的话之后，自己究竟说些什么。如果仅仅是表示赞同，旨在做一介绍，那我们真可以称之为抄书了；如果加以引申，发挥，修正，乃至消解，那么这就是自己的意见，所引用的话也就不能纯粹被看作引文，该说是不可或缺，融为一体了。这是对前引周氏说法的补充，而他的文章特色之一正在这里。真有见解的话，也就不拘引文之生熟，自可化腐朽为神奇，那么引用者未必非要领先于别人知道被引用者的存在，他找到一个由头足以发现自己就行了。

这也涉及文章的技巧问题。引文常常不是针对读者，而是针对作者自己的。与人交谈较之自言自语，总归要显得客气一点儿。文章之高下，衡量尺度之一在于作者的态度。而客气之于文章，无论如何也是一种好的态度。如果见识不差，又何必急忙开口，不妨略为克制，听听别人的想法再说。此外还与节奏有关。文章中多几种声音，有所变化，读来似乎舒服一些。一个人从头说到底，文章容易过紧过密，板结凝滞；适当穿插一点引文，也就和缓疏散开来了，此之谓"文武之道，一张一弛"。当然这只是有关技巧之一种，并不是什么模式，文章写法多了，不能生搬硬套。

二〇〇〇年五月十四日

关于标点符号

前两天扬之水来电话，说她的一部稿子，被编辑无端添加好些叹号和问号，因此大为烦恼云。我觉得这倒很好玩，因为平日也不喜欢这两种符号，特别是叹号，我根本不用。我是业余写作，尚属初学，产量很少，谈不上什么风格；但是倘若硬要派个特点，那么就在这里了。记得编《废名文集》时，发现他也有这个习惯，并且还曾在《随笔》一篇中郑重其事宣布出来。我承认作文有私淑废名之意，但是这一点却不是学他，我一早儿就讨厌这个符号了。这可以说是"不谋而合"，扬之水也包括在内。平时看书，遇见"！"总有些打眼，尤其是觉得可以不用而被滥用的时候。举一个例，我一向佩服李长之见解独特，但是读他的《司马迁之人格与风格》，叹号实在太多，好像连同文笔都带坏了。

　　这里要声明一句，中文我只学到高中毕业为止；对于标点符号，我的知识实在有限。我不清楚是否有人写过"标点符号史"之类文章，如果有的话，倒是很想一读，希望弄明白叹号、问号之类，到底什么时候开始在汉语中应用。手边有周氏兄弟《域外小说集》的翻印本，"略例"云："'！'表大声，'？'表问难，近已习见，不俟诠释。"可见由来已久。而我的一点抵触情绪，正与这里所说有关。我们写文章，原本不是供人朗诵的，假如非念不可，也绝对无需什么语气，更别提大声了。查《现代汉语词典》"叹号"一条："表示一个感叹句完了。"再查"感叹句"："带有浓厚感情的句子，如：'唉哟！''好哇！''哟！你也来了！'在书面上，感叹句末用叹号。"《辞海》关于"感叹号"则说："表示一句感情强烈的话完了之后的停顿。"那么首先有个分寸问题，"感情"不够"浓厚"不够"强烈"者显然就用不着使用叹号了；此外，即便是"带有浓厚感情的句子"或"感情强烈的话"，本身也有区别。"浓厚感情"或"感情强烈"究竟是指表现而言，还是指内涵而言；表现与内涵可以一致，也可以相反。感情内涵浓厚强烈表现也浓厚强烈，内涵不浓厚强烈表现却浓厚强烈，只有这两种情况，才用得着叹号；如果内涵浓厚强烈，表现克制含蓄，就不应该使用叹号。反过来说，不用叹号，作者未必没有感情，感情也未必不浓厚强烈。

汉语语法对此有没有别的说明，一时不及查考。根据阅读经验，有关规范好像并不那么严格。叹号往往是可用可不用；替代以句号，也无不可。更多时候是个技巧问题。所以没有必要特别反对，也没有必要特别赞同，全在乎作者自己的把握。有人喜欢宣泄，有人爱好沉静；有人动辄大声，有人习惯缄默，宣泄与沉静，大声与缄默，其间并无高下之分，都是人类情感的表现方式。只是情感这个东西，先要存在才谈得上表现；借助表现未必能够有所添加，而适得其反的情况倒是常有的。至于读者方面，愿意有何种交流，更不可强求了。无论如何，情感不是只有一种表现方式，也不是只有一种体验方式。关于感叹句，《辞海》多一层意思："句子里有的用代词'多么''这么'之类，有的用助词'啊''呀'之类，有的不用。"所说也不够完全，无论哪种情况，都可以不用叹号。"多么""这么"也好，"啊""呀"也好，可能隐含着对末尾那个叹号的呼唤，但是呼唤不一定非得答应；不用叹号，也许正是相反相成呢。有时句号比叹号更有感叹效果，而叹号反而起到破坏作用。

问号的情况较比复杂。《现代汉语词典》解释"问号"："表示疑问句末尾的停顿。"解释"疑问句"："提出问题的句子，如'谁来了？''你愿意不愿意去？''你是去呢还是不去？''我们坐火车去吗？'在书面上，疑问句后边用问号。"《辞海》则明确一并包括"疑问或反诘"在内。似乎是非用不可了。但是这里没有考虑"提出问题"是否一定需要回答；还有程度或火候的不同，也未曾加以区别。我们写文章，一句话的意思，往往要落实于细微之处。"？"如同"！"，不知怎的，总有咄咄逼人之感。我把这个想法告诉扬之水，她补充道，有时是借助疑问句式来表述轻微的感叹，并没有质问之意，好像使用问号并不对头。另外说一句，省略号我也不大愿意用，尤其在篇末，觉得很装模作样，谈不上什么意犹未尽。

二〇〇〇年五月六日

谈文章

　　承蒙鸿明兄关照，叫我写点东西，还特地寄来几张样报。我近来愁于文思枯涩，看到其中有篇谈到"文章"，觉得这个题目可以另外说点什么，但是又不知道从何说起。正好前些时写过一篇关于约翰·玛西《文学的故事》中译本的小文，在一份报纸上登出来后，我看到这么一段话："这本书就其总体而言仍然能够逾越上述障碍，让我们体会到它的精彩缤纷，如同在林间感受日影斑驳。"不免有些纳罕，这好像不是我的文章。找出原稿，写的是："这本书至少有一部分好处仍然能够逾越上述障碍，让我们体会到。而这'一部分'已经不少了。"再看题目，原来是"精彩的'个人之见'"，现在改作"林间有日影斑驳"。题目也是文章，也不是我的了。我说这些并无更正之意，区区一篇小文章，改动与否，均无价值之可言；只是要谈文章，这倒可以做个例子。也不是说我的文章就有多好，别人改动不得；我是觉得文章这件事情很不容易把握，敢情一个人有一个人的看法。譬如这里，大约是认为我写的乏味才给添上点儿"味儿"的，但是说实话我写文章，极力避免的恰恰就是这种"味儿"，一向担心的只是避免不了。然而别人想要这么写法，我想可能也有其道理罢。我们其实说不出什么是文章，什么不是；文章并无一定之规，除了错字病句，人家怎么写都可以；只是自己不是怎么写都可以。所以不能拿这个话题来限定别人，只能限定自己。我知道想写的是什么；退一步讲，知道不想写的是什么。大概文章之道，也就在这里了。

关于文章，我阅读多年，略有心得；后来学习写作，也不无想法。可都是只供自己使用的，与他人无关；我想写的文章，爱读的文章，大致不出乎这个路数。从前总结为四句话，即好话好说，合情合理，非正统，不规矩。这涉及对以往散文史的看法，也关乎对一种风格的追求。近来我又觉得可以一概归结于作者的态度。有个意思，其实老老实实写在纸上就行了；如果能够达到清楚明白，何必非要形容一番。我们平常说话，有谁动不动就满口形容词、比喻句或者排比句呢，人家听着该有多么别扭。我觉得这是诗与散文的一点区别，诗不能如话，而散文可以如话。诗应该虚一点儿，散文却不妨坐实。从前我是写过诗的，虽然出息不大，形容几句总还是会的；现在写散文，我是觉得没有这个必要。对于不形容，可以不喜欢，但是用不着不放心。这里恐怕还涉及"美"的问题。其实美不止一种，而对于散文来说，形容未必是美。至少不形容也可以是美的，不过更难罢了。因为质朴简单，不是一味减少，是少而多，通过限制表现以实现最充分的表现。可派用场的字句少了，也就更要用得精心。文章不仅仅是指字面；所要表现的意思，作为表现手段的字面，以及两者之间的对应关系，一并叫作文章。当然如果有谁只喜欢看字面，那该说没有缘分，只好悉听尊便了。

从另一方面讲，形容也有高下之分。美不仅仅是漂亮，而漂亮应该是真漂亮。方才说不形容更难，其实形容也未必容易。通常所谓"滥调"，都是针对形容而言，不形容至少可以藏拙。难得有点新鲜感受，把这感受用自己的话说出来更见功夫。中国白话文章，写到今天差不多也是烂熟了，简直一下笔就落了俗套。而一落俗套，一成滥调，也就谈不上什么文章。我喜欢的两位散文家，周作人与废名，写文章都很少形容，其实他们对此并不加以排斥。比如《〈论语〉小记》中这一节：

"'大师挚适齐，亚饭干适楚，三饭缭适蔡，四饭缺适秦，鼓方叔入于河，播鼗武入于汉，少师阳、击磬襄入于海。'不晓得为什么缘故，我在小时候读《论语》读到这一章，很感到一种悲凉之气，仿佛是大观园末期，贾母死后，一班女人都风流云散了的样子。"

这里有形容，有比喻，但是至少在我看来，要算很好的文章。感受是真切的，表现是自然的，一切都恰到好处。如果能够形容到这个份儿上，我又何尝不想一试，现在是没有这个本事。《诗》云："高山仰止，景行行止。"不妨望文生义地把这里两个"止"字看作有所不为：不能形容就不形容，总比滥形容好一点儿罢。

二〇〇〇年五月十三日

散文漫谈

　　有句老话叫作"生不逢时"，那么相反的意思，就该说是"生正逢时"了，譬如我们现在便是，因为赶上一个世纪之交，再加一个千年之交。其实这不过出诸当初一种数字上的任意规定，并不真的一下子会有什么变化。"日光之下无新事。"往历史上看，公元一年，一〇〇年，一〇〇〇年，也都只是平平常常的年头儿。当然这回在计算机领域里多了"千年虫"的问题，好像倒真是个例外。说了半天大家瞎热闹而已。但是因此得着不少话题，这也是不容易的，难免弄假成真，就跟我现在领的这个大得吓人的题目似的。只是这该是某个机构专门干的事情，个人仅凭从前胡乱翻过几本书怎么能行。实话实说干不了。然而认定干不了也许就可以干了。题为"以一〇〇〇年至一九九九年为限"，这里真正有意义的是"为限"两个字，也就是说，可以不谈什么，而不是要谈什么。比方说，一〇〇〇年以前的事情都可以不谈，岂不是轻松多了。

尽管如此，要想完成这个题目，还有很多难以逾越的障碍。我们所要谈论的是散文，而且其中涉及国外部分，又要通过译文来谈，都是不容易的。首先，究竟什么是散文。查《现代汉语词典》，有两种说法：一，"指不讲究韵律的文章（区别于'韵文'）"。二，"指除诗歌、戏剧、小说外的文学作品，包括杂文、随笔、特写等"。虽然清楚，但是并不能给我们太大的帮助。因为按照前一种说法，范围未免太大；按照后一种说法，范围又未免太小。这种狭义的散文总的来说分量不大够，多少有负大家对所谓千年之际话题的期待。不如对前述两种说法略加调和，把眼光放在这么一个范围之内：一，排除诗，无论讲究韵律与否，散文诗如波德莱尔的《巴黎的忧郁》、洛特雷阿蒙的《马尔多罗之歌》、兰波的《地狱中的一季》和鲁迅的《野草》等都避而不谈；二，排除虚构，而无论是否文学作品，通常说的历史、理论等也加以关注，至于寓言、童话等则因系虚构，一律忽略不计。

这样一来，说话的范围既缩小了，又扩大了。继之产生的问题是在扩大的一方面。历史作品和理论作品显然只有一部分可以视为散文，而另一部分不能视为散文，其间决定取舍的标准，并不在于历史之为历史，抑或理论之为理论。也就是说，我们要在原本决定它们价值的标准之外另外设立个新的标准，这与看待狭义的散文是一致的，也就是散文的美学标准。从散文的美学标准看那些历史著作和理论著作，我们关心的不是它们的内容，而是它们的形式。不在乎它们说什么，只在乎它们怎么说。凡是在形式上具备散文美学价值的，就是散文。我有这样的想法，其实由来已久：上中学时读过《神圣家族》和《英国工人阶级状况》，总觉得马克思所写可以视为散文，而恩格斯不能；考大学时一面准备功课，一面坚持读完了《资本论》第一卷，真正吸引我的正是它的字句之美。说来马克思虽是德国哲学家，行文却有法国式的激情。后来读罗素的《西方哲学史》和梯利的《西方哲学史》，也感到以哲学史而论，后者胜于前者；以散文而论，后者显然不具备前者那种魅力。

我举这些例子，到底还是感觉，其中总有一个道理。我们说到表达，说到形式，说到散文美学价值，一言以蔽之，是文体问题。在我看来，散文即文体，说得确切一点，散文即具有审美意味的文体。斯威夫特讲过："恰当的字眼摆在恰当的位置——这就是文体的真正的定义。"（《给一位青年牧师的信》）然而对相当一部分作品（中国书除外）而言，我们接触到的并不是它们本身的文体，而只是译文的文体。很难相信在翻译的过程中，二者之间没有或大或小的差异。如果谈论的是别的方面，譬如历史、理论，甚至小说、戏剧，文体经过翻译造成的变异和损失可能只是问题之一，因为还有别的评衡标准，如历史之是否翔实，理论之是否深刻，小说、戏剧之是否想象丰富，等等，而如上所述，散文只有文体一个问题，那么翻译造成的变异和损失就是它的全部。所以要么不谈，要么只能退而求其次，看看在翻译过程中，文体有哪些是不容易变异和损失的，把这些姑且看作是文体的全部。构成文体最重要的是语言的准确、朴素和精练，这些在翻译过程中都是难以保持的。相对来说，另外一些成分，如叙述方式，形象性，乃至佚闻趣事之类闲笔，则不受或较少受到翻译过程的限制。阅读译文，实际上给我们带来散文美学意义上的愉悦的乃是这些。前面谈到散文即具有审美意味的文体，然而经过翻译，"审美意味"往往取代了"文体"的位置。讲得极端一点，我们在这里谈论的是基本排除语言因素的散文美学方式，是一种非文体的文体。

话说到这里，总该进入正题了罢，还是不行。我们涉及的相当一部分作品乃是译文，那么还有限制，就是不曾翻译过来的就不能谈。这回因为要写文章，略作检点，才知道在翻译方面竟然还有那么多空白。很多赫赫有名的散文作品，譬如包斯威尔的《约翰生传》，龚古尔兄弟和纪德的日记，等等，都还没有翻译。至于历史著作和理论著作，不曾介绍过来的就更多了。已经译介的也有许多仅是节录，谈论起来总有点儿悬。而且我只是普通读者，又没学过文科，看的书有限，已经翻译而没有看过的还有很多，也都不能谈。此外还有个人的口味问题。对散文的认同，其实是对自己的审美趣味的确定。毋庸讳言，我有我的偏好。我不喜欢载道的文章，不喜欢因循的文章，不喜欢盛世的文章。以前述散文之狭义广义而言，总的来说不大看重狭义的散文，而更愿意把历史著作和理论著作当作散文来读。我对整个世界文学史（也许中国、日本除外），兴趣都是两头胜过中间，现在话题的范围是一〇〇〇年至一九九九年，相对不大关心的中间部分正好落在这一时限的前面一大半上，谈论起来难免头轻脚重。写文章之前就想定，并不要在这里代表什么说话，只是随便聊聊天而已，那么我所不喜欢的，也就用不着当作喜欢的来介绍了。所以说好的，自己多少敢担保一下；没说到的，却未必不好。时间又很紧迫，已经来不及阅读新书和重温旧书，写下的与其说是我的思考，不如说是我的记忆。以上所说都是一个意思，就是对话题加以限定；限定之后，它才可能成其为一个话题。这篇文章如果另起题目，就叫"论限制"好了。也许它仅仅暴露出说话者的贫乏、褊狭和浅薄，那也没有法子，"姑妄言之姑听之"罢。

[附记]《千年阅读》一书（我不知道它到底出版了没有）中有关散文部分，题为《散文漫谈》，我写得实在很费力气；在近年出品的文字中，也是最不能让自己满意的。我没有本事写大块文章，觉得话总不能说透，有点儿好材料和（我自以为是的）好想法也给糟蹋了。希望将来有兴致，就其中一些内容另外专门写点什么，或许能够稍事弥补。这里只有一个引子，虽然不免显得空疏，毕竟有些想法过去没有说过，说是"我的散文观"亦无不可，因割下来当作一篇文章。

二〇〇〇年一月二十五日

谈读书

　　读书这个题目太大，如何一下子谈得了，今且以散文为限，略说一下体会罢。日前有客人来访，我说天底下的好文章可以分作两类，其一是"自己家的好文章"，其一是"别人家的好文章"，大致以与自己的散文美学追求是否相近来划分，其一是同路，其一是异路；同路可学，异路则学不了。譬如先秦，我最留心《论语》与《庄子》，也说得上是颇有心得，已写出一部《槎下读庄》，关于《论语》将来也打算写点什么。但是老实讲自己写文章没受过《庄子》的影响，我读《庄子》好比隔岸观火，只是一味欣赏；对《论语》则心向往之，视为毕生追求的目标，也就是说虽不可及，方向总是这个方向。《庄子》作者至少有一半兴趣是在文章本身，即如知堂翁所谓"情生文，文生情"，而且他是自得其乐，不是做戏给别人看的。像《逍遥游》讲到鲲鹏，《齐物论》讲到风，好生描绘，淋漓尽致，鲲鹏与风却非作者立意所在，末了一概弃之不顾。这种地方只能说是作者为文乐趣的体现，借用周氏的话就是："这好像是一道流水，大约总是向东去朝宗于海，他流过的地方，凡有什么汊港湾曲，总得灌注潆洄一番，有什么岩石水草，总要披拂抚弄一下子才再往前去，这都不是他的行程的主脑，但除去了这些也就别无行程了。"《庄子》文章是作者天分所在，由得他胡乱写成。《论语》则干干净净，实实在在，而且别有一般蕴藉润泽气象；"君子坦荡荡"，孔子这话拿来形容《论语》的文章最恰当不过。魏晋六朝有四部书我最是推崇，也可以分作两组：《颜氏家训》与《世说新语》该归入"自己家的好文章"，《洛阳伽蓝记》与《水经注》却要算"别人家的好文章"了。晚明，"五四"，乃至外国文章，都可以如此看法。今人之作亦不例外，在我看来，二十年来中国散文有两大家，一为杨绛，一为谷林。前者朴素，是"自己家的"；后者精美，是"别人家的"，虽则谷林翁实在要算是我的一位熟人了。

我说这番话的意思，是写作以自己的天分为根底，读书却不为此所局限。天底下好文章多了，说来我都爱读，而不在乎能否从中学到一两手儿。以是否合乎自己惯常写作的路数作为读书取舍的标准，未免太狭隘了；虽然我们不能勉强人家去读他不喜欢的东西。只是说这个喜欢的圈儿不妨尽量画得大一点儿。那么是不是凡文章都爱读呢，倒也不是。天底下坏文章也多了，当然都不爱读。不过坏不坏是我自己定的，或许有人正觉得好也未可知，这个就更不能勉强了。我觉得坏文章有个共同特点，就是作态。作者下笔时总想着读者有什么反应，时而鼓动一下，刺激一下，制造一些效果气氛。然而读者不尽是傻瓜，由着你像耍猴儿似的调遣。有人受到鼓动刺激之处，也会有人觉得别扭，甚至反感，将书本子丢到一旁去了。说来这一层最怕看透，看透了就倒了胃口，从此无法忍受。这路文章坏在写假了。若前述《庄子》则不然，他是自得其乐，如入无人之境；作态者却根本没有自己。前几天在报上看见有人替余秋雨辩护，所说的话可以给我们做个佐证："说余秋雨的散文会给人做秀的感觉，可能是因为他所从事的是戏剧创作和研究，戏剧就非常注意表演、如何吸引观众，而他的散文就注重了这个方面。"敢情人家写文章正是在表演，那么咱们受不了装腔作势，站起来退场岂不正是应当的么。他还说："由于这些年来我们并没有市场观念，没有想到去吸引读者，而余秋雨这样做了，大家就会觉得不习惯，或许将来会习惯吧。"我想这份儿首创之功恐怕还归不到余氏头上，作态的文章古往今来层出不穷，总是有人爱写，当然也总是有人爱读，因为演戏与看戏可能也该算得人性的一份需要罢。我们不习惯，不看好了；不能勉强别人，却也不必勉强自己。把书本子丢开，则演戏看戏皆与我水米无干也。"这些年来"如此，"将来"未必就会变样儿，别扭反感总归还是别扭反感，除非是麻木了，可那么一来作态也就白作了。

二〇〇〇年六月二十四日

话说两种读书态度

前两天我去上海，在机场的书店里，看见有关这回经济危机的书出了不少，还在显眼之处摆成专柜。这让我想起从前闹"非典"，加缪那本已经译介过来多年的《鼠疫》一时成了热门书。大概这是我们一以贯之的读书态度罢，尚未脱出某篇曾经鼎鼎有名的文章里所说的"要带着问题学，活学活用，学用结合，急用先学，立竿见影，在'用'字上狠下功夫"。我在出版社工作时，也常常听说出书要"赶热点"，而这正因为大家读书往往是要"赶热点"的。

当然也有例外。张爱玲在《烬余录》里写到日军侵占香港时，"在炮火下我看完了《官场现形记》。小时候看过而没能领略它的好处，一直想再看一遍。一面看，一面担心能够不能够容我看完。字印得极小，光线又不充足，但是，一个炸弹下来，还要眼睛做什么呢。——'皮之不存，毛将焉附？'"李伯元几十年前写的《官场现形记》，显然与张爱玲那时的处境毫无关系。

我觉得如此才得读书真谛，读来也才有意思，才能真正"领略它的好处"。——我们常说"开卷有益"，这个"益"不能理解得太现实了。当然对于前一种读书态度也犯不上反对，即使反对也没有用处，我敢肯定经济危机将是"二〇〇九年社科图书阅读热点"，只希望不要一窝蜂地都盯着这个就是了。

讲到读书，这几样必不可少：一是有书可读——买，借，或在书店里"蹭"书看，都行；二是要有时间；三是要有精力；四是要有兴趣——对书的兴趣和对某一本书的兴趣；五是要有心得——读一本书，无论正面反面，总归有点收获，不然岂非白搭功夫。以此来看"在（经济）危机下阅读"，大约只有头一项多少沾点边儿，亦即因为经济危机而找不着工作，或丢了差使，减了薪酬，没钱买书，以致影响阅读——这种事儿自己暂且还没赶上，也就不能说什么，其余似乎都与"危机"与否无关。所以书照样还是读得，而且想读什么就读什么好了。

要我来推荐几种今年出版的社会科学方面的新书，自无不可；但我还得重复一下说过的话：出版界面对的是现在的读者，读者面对的却不只是现在的出版界——他不一定非读新书不可；迄今为止出版的书，只要能找到的，都在可读之列。真正读书的人，什么书好才读什么书，并非什么书新才读什么书。

二〇〇九年四月七日

再谈"老妪解诗"

"老妪解诗"的典故出自僧惠洪著《冷斋夜话》:"白乐天每作诗,令一老妪解之,问曰:'解否?'妪曰解,则录之;不解,则易之。"从前我就此写过一篇文章,但是意犹未尽,很想再来说几句。盖因忽然悟得,其中蕴含着一种批评模式,颇为后来不少人所认同;而媒体在袭用这一模式时,又往往把已经被简单化的意义更加简单化了。

这一模式首先涉及作者与读者的关系,认定前者创作的价值是以后者接受与否为判断标准。这一点原则上讲并无错误,但是需要加以解释;至少在"接受"的前面应该添上"最终"二字,即承认读者对某一作品的理解接受,是完成于某一过程。而这也就意味着如果出现暂时不能理解和不能接受的情况,并不说明该作品没有价值。至于"暂时"究竟是多久，则没有硬性规定。也就是说，"读者"是个延续的概念。否则文学作品无论在哪一方面都不可能真正有所创新。尽管创新也有马上被理解和接受的时候。

这里举个例子。周氏兄弟一九〇九年刊行《域外小说集》时，曾经如此设想读者："使有士卓特，不为常俗所囿，必将犁然有当于心，按邦国时期，籀读其心声，以相度神思之所在。"（鲁迅一九〇九年所作《序言》）结果呢，"计第一册卖去了二十一本，第二册是二十本，以后可再也没有人买了"（鲁迅一九二一年所作《序》）。"有士"亦即读者不幸的确"为常俗所囿"，他们"卓特"则要等再过十几年，译者另外出名之后。至于为什么拒绝，原因之一是："《域外小说集》初出的时候，见过的人，往往摇头说，'以为他才开头，却已完了！'那时短篇小说还很少，读书人看惯了一二百回的章回体，所以短篇便等于无物。"现在我们看见这种记载，反倒有些诧异，因为中国读者的阅读习惯早已改变了。鲁迅也说："现在已不是那时候，不必虑了。"

周氏兄弟当初颇以《域外小说集》面世而自负："异域文术新宗，自此始入华土。……中国译界，亦由是无迟暮之感矣。"谁知非但不是"迟暮"，反而来得太早了。这种读者与作者（此处是译者）不能协调的情况，在文学史和艺术史上比比皆是。将读者作为一个整体设想成与作者心心相印，趣味相投，一方面需求，一方面供给，所需求的恰恰就是供给的，所供给的恰恰就是需求的，未免太过理想化了，也根本不懂得创作规律。与《域外小说集》相反，一部作品当时颇受重视，后来遭致冷落，这种现象也时有发生。这是我觉得"老妪解诗"所蕴含的批评模式简单化和绝对化的地方。此"一老妪"兴许没有那么高明，兴许连累白居易改坏了自己的诗作。她"曰解"与"不解"，千载之下未必为同样作为读者的我们所认同。

这就又牵涉到这一批评模式的另一方面，即某一具体读者与作为整体的读者的关系。"老妪"只是读者之一，即便在当时也不能充当所有读者的化身。"老妪"之外可能还有别的读者，不知道他们是否同意她的意见。"读者"其实是个相当模糊的概念。读书是个体行为，读者与作者之间是以作品为媒介的一对一的关系。在这方面，个体彼此存在着或大或小的差异不足为奇：这个人喜欢，那个人可能不喜欢；每个人喜欢与不喜欢的原因也有所不同。但是我们在电视或报纸上看见记者采访一二读者的意见时，总是忘记强调这一点，结果就造成一个"读者代表"或"整体读者"的印象。其实世界上根本没有"读者代表"或"整体读者"这回事。读者都是个人，他只代表他自己。当然有"人同此心"的时候，但是绝非一概如此。

鲁迅说过："《红楼梦》是中国许多人所知道，至少，是知道这名目的书。谁是作者和续者姑且勿论，单是命意，就因读者的眼光而有种种：经学家看见《易》，道学家看见淫，才子看见缠绵，革命家看见排满，流言家看见宫闱秘事……。"(《〈绛花洞主〉小引》)这里谁能代表得了谁呢，而几乎各种"看见"，都可以引发出欢迎、反对或不感兴趣的不同态度，每种态度都仅仅属于该读者个人。"老妪解诗"模式在这方面对于读者个性的抹杀，与前一方面对于作者个性的抹杀，是一致的。幸好对白居易来说，这只不过是个传闻而已。

二〇〇〇年五月九日

从"必读书"谈起

前些时偶然读到一九二五年《京报副刊》上几则"青年必读书",觉得很有意思。这件事情迄今仍被提及,多半因为鲁迅有名的回答:"从来没有留心过,所以现在说不出。"多年后,周作人在私人通信中说:"'必读书'的鲁迅答案,实乃他的'高调'——不必读书之一,说得不好听一点,他好立异鸣高,故意的与别人拗一调,他另外有给朋友的儿子开的书目,却是十分简要的。"(一九六六年二月十九日致鲍耀明)鲁迅的举动,在我看来更接近于现在所谓"消解",针对的是"青年必读书"中的前提设定,即那个"必"字;以及因诉诸公共媒介而对价值取向的一种规范。但是一般论家往往只看到他拒绝回答,却忽略了他能够回答。鲁迅所开书目即《开给许世瑛的书单》,载《集外集拾遗补编》。我们看了，不能不佩服其别具只眼而又精当，的确是为学习中国文学指点了一条路径。虽然我想终鲁迅一生，他都是反对设定前提和规范价值取向的。这是鲁迅的伟大之处。

从另一方面看，鲁迅真有这个本事；而这往往是后人（包括学者在内）所欠缺的。我们学得了他拒绝回答，却未必学得了他能够回答。一旦试图做后面这件事情，欠缺也就暴露出来。曾在报上看见一份"为初学者开列的中外文学书目"，开列的人读书实在太少，简直成了笑话。还有报纸辟过"我心中的二十世纪文学经典"专栏，读者的回答却多是"我眼中的二十世纪文学经典"，除了所说的好像没有读过多少别的。两件事情是同一道理。在一切关于书的文字中，书目大概是最难写的，必须要有真本事：第一是足够的阅读量，第二是高明的选择能力。二者缺一，这件事情就干不得，而前者是为后者的基础。书目内容越少，就越不容易，因为并不意味着阅读量可以减少，只是要求选择能力更强罢了。前述"文学书目"打算包罗古今中外，不啻自不量力，我们哪里还有这样的通才；能就其中某一部分开列个像样的单子就不错了，但是尚未见到。类似康诺利《现代主义运动》和伯吉斯《现代小说佳作九十九种》

那样的书，不知道是否有学者能写得出来。

书目实际上是文学史的雏形，至少其中体现了撰写者完整的文学史观。一本文学史实际上就包含着一份书目。那么前述撰写书目必备的本事，也该为文学史的撰写者所具有。讲到文学史，似乎只与作者有关，而与读者相远，其实不然。我们平常读书，之前加以遴选，之后有所评价，有所比较，这里已经孕育了文学史的观念。夸张一点说，一切文学评论都是文学史，当然反过来一切文学史也都是文学评论。曾经有过很有分量的文学史著述，譬如鲁迅的《中国小说史略》和周作人的《中国新文学的源流》。胡适的《白话文学史》虽然稍嫌偏颇浅露，毕竟自成一家之言，他确有一个"主义"支撑局面。刘大杰的《中国文学发展史》(初版本)，就整体而言大概是这方面最后的个人之作了，当然他也受到鲁迅、周作人和胡适等人很大影响。现在重读这本书，我们不一定完全赞同他的看法，但是不能不佩服他的宽容态度。他说："站在客观的立场来写文学史的人，必得要分析各派的立场，理解各派的特色，才可得到比较公平的结论。"所以对并不合他本意的李贺、杜牧和李商隐等人之作，也能看出特别的好处。一部文学史，除视野必须开阔，资料必须充分外，最不容易也是最重要的是，它应该既是个人的，又是客观的。这个意思，约翰·玛西在《文学的故事》中也说过："什么是重要的？这是每个人——如果有能力的话——必须自己来回答的问题；而另一方面，这个问题又被一致的公论所决定。然而，公论的决定也不是绝对的。"公论与其说是公众的论，不如说是公正的论；个人见解达到客观，庶几近乎公论。此后的几部文学史（包括刘氏对自己著作的修改），在丧失个人见解的同时也丧失了公论。客观不是非个人立场，而是不以个人为唯一立场。时隔多年，终于又有融公论于个人见解的作品面世，陈平原的《二十世纪中国小说史》即为其中之一，可惜此书离最后完成差得还远。

陈氏的著作未及完成，这里不便多加议论；但是有一点大概没有问题，就是这本书越往后写，将会越困难。从某种意义上讲，成功的文学史都是距离之作。这样公论才有可能被确定是公论，而个人见解也才有可能被确定是不违背公论。所以我对当代文学史的撰写一向有点儿怀疑，因为实在很难分得清是非轻重。历史原本是人所留下的不能磨灭的痕迹，现在可能只不过是地上一些影子而已；待到这个人离去，影子也就没了。初、盛唐人若是写文学史，恐怕会取上官仪舍初唐四杰，对沈、宋的评价也在陈子昂之上，而杜甫也不会像以后那样备受推崇。"什么是重要的?"真要回答恐怕还得等一等。前些时《郭小川全集》出版，论家对他的诗作积极评价，所根据的却主要是个人当年的阅读记忆。这虽然不是在写文学史，但是不妨直截了当地说文学史不是这种写法。文学史基本上是排斥当事人的，因为对某人某时重要，并不意味着对历史重要，何况这个历史还是文学史。文学史最终有着属于自己的价值判断标准，前述个人见解也好，公论也好，都离不开这一前提。这里涉及一个"时代代表"的说法。如果尚未搞清时代的本质，怎么推举谁是代表；就算真能代表，这也是个社会史而不是文学史的概念。很多话我们可以拿到别的场合去说，而文学史允许空白，假如当时文学确实没有成就的话。

宽容是在承认自我的前提下对自我有所限制。公正始于宽容，不宽容则容易流于党同伐异。《书屋》今年第三期刊载的《五十年：散文与自由的一种观察》，可以被认为是撰写文学史的最新尝试，但是也不过是尝试而已。例如谈到杨绛的《干校六记》时说："在这里，杨绛表现了一个老革命党人的后裔那遗留在血统中的一点精神。但是，全篇的行文是简淡的。大约这就是所谓'寄沉痛于悠闲'

罢。而这种为中国文人所乐用的叙述风格，恰恰是消解沉痛的。"真正的文学史总是能够容忍风格的，一个文学史家与一个读者的最大区别就在这里；虽然文学史家首先应该是个好的读者。而此文提示我们，即使这一点也很难做到。作者眼光停留在文字表面而不肯深入体会，仿佛不知道"相辅相成"之外还有"相反相成"。容忍风格才能理解风格。更重要的是，个人见解很有可能像非个人见解一样排斥公论。不宽容的个人见解，对于文学史来说不仅算不上优点，而且充满危险意味。统一于某一个人见解，与统一于非个人见解，其间没有任何区别。

二〇〇〇年四月十八日

标准的标准

一百年前诺贝尔文学奖刚刚设立时，大概未曾料到，如今竟有这么大的声誉，这么高的地位。我们简直要把它当作在世界范围内评衡某一作家文学成就的最终标准。这也理所当然，因为实至名归，原本是名归实至。然而名则一矣，实就未必相同，——我们当作标准的，它本身有没有标准呢。诺贝尔本人最初提出"富有理想的倾向"，显然想确立一个标准，好像也颇有几位作家（托尔斯泰、勃兰兑斯和易卜生等）因此而没能入选；但是这标准终于执行不下去了，或者评委也意识到，继续这样不啻是奖项本身的自杀。萨特一九六四年拒绝获奖，理由据说是抗议只发给西方作家和东方的叛逆作家，他似乎发现一项规律，也就是看到一条标准，可第二年为肖洛霍夫所得，这规律或标准也就落了空。九十年代，西方的左翼作家频频得奖，简直是有意反其道而行之了，当然也不能算有了什么标准。唯一可以视为标准的，就是只授予尚且健在的作家，虽然也有一次例外，即一九三一年追授给瑞典已故诗人卡尔费尔德，但是一般说来，作家活着就有希望，死了则意味出缺，总是不差的。而对于活着的众多作家来说，这样的标准等于没有标准。

正因为诺贝尔奖缺乏标准，我们（瑞典文学院的十八位院士除外）对它总是一则以慕，一则以怨，常常抱怨某甲应该得而未得，某乙不该得而得了；这时那些评委被视为昏庸之辈，板上钉钉的事情他们都看不清楚，大家好像才是评委的理想人选，也许诺贝尔所说"富有理想的倾向"，用在这里更为恰当。二十世纪最有成就的作家，得奖的有不少，这足以保障该奖项的权威性；遗漏的也很多，卡夫卡、穆齐尔和布尔加科夫这样身后名声大作者倒也罢了，乔伊斯、纳博科夫、博尔赫斯和卡尔维诺等则实在说不过去。可是我们并不因此就放弃或降低对该奖的崇尚，这大概也是一种"富有理想的倾向"罢。盖慕与怨之外，又一则以恕也。都说这不是前述作家的遗憾，而是诺贝尔奖本身的遗憾。这里可以顺便一提中国人的"诺贝尔情结"，其实该奖只授予个人，并非授予国家（这倒是个标准），所以这种情结（无论怨怼也好，希冀也好）根本不能成立。拿我们的作家和上面提到的几位比一下，谁更该表示不满呢。

诺贝尔奖实际上是瑞典文学院与作家（如上所述，作为活着的个人）之间发生的事情，读者不过是有意无意地被牵扯进来而已。那么这个奖对我们有什么意义呢。迄今获得诺贝尔奖的作家共计九十六位，如果暂且忽略我们读者彼此间的不同意见，可以大致将其分为三类。第一类名副其实。第二类名不副实。严格说来，诺贝尔奖授予这两类作家，对读者都没有太大意义。想读的照样读，不想读的照样不读。这里第一类作家，实际上等同于前述那些该得而未得奖的作家；第二类作家，则不过是花名册上的一些填错了的名字，是诺贝尔奖百年史上的疏忽，差错，抑或玩笑而已。第三类有实而少名或无名（就世界范围而言），因为得到这个奖，从而名副其实。无论如何诺贝尔奖很出名。它在确认作家价值的同时，也把他们郑重推荐给读者，提示他们其实具有与第一类作家相等地位。特别是来自某些相对弱小或相对偏僻国度的作家，如果没有诺贝尔奖得主这块招牌，我们不光没有机会读到他们的书，就连他们的名字都很难知道。所以诺贝尔奖的真正意义，恐怕还在扩大视野方面。

　　一百年来，诺贝尔奖时而令人满意，时而令人失望，始终也没有成为理想的化身。问题可能在于我们要求它具有纯然的世界视野，而它所有的只是瑞典的世界视野，二者虽有叠合，终究并不相等。但是从另一方面看，评委或许并非昏庸之辈，未必不知道世间呼声，但是他们如果所要做的只是确认大家的共同想法，那么不仅自己毫无权威可言，甚至连这一奖项也没有存在的必要了。必须使"意料之中"与"意料之外"交替出现，而且让人无法掌握就中规律，该奖才生命常新，评委也才被寄予厚望。所以除提到的两点外，过去、现在和将来都不会有什么标准。曾有上帝造人一说，为什么既造美人又造丑人呢，因为上帝无所不能；君临人间的评委如此行事，正是对上帝的某种模仿。二者都有恃无恐，因为无论上帝还是诺贝尔奖都是唯一的。要让这个奖变得"富有理想的倾向"，办法只有一个，就是世界上另设一项声誉和地位都与之相当的文学奖，二者形成竞争，相互验证颁发得是否得当，届时诺贝尔奖至少不敢再冒天下之大不韪了。

二〇〇〇年十月六日

我的"读图时代"

据说现在是"读图时代"。其实我的"读图时代"早就开始了，不过喜欢"读"的是"插图"，即专门为一本书画的，不是眼下经常见着的"配图"，——提起这个"配"字，不知怎的就联想到"拉郎配"；其间自有真假高下的区别，不能不特别指明。值得一提的插图，我想起《朝花夕拾》中鲁迅自己画的，其中一幅"活无常"乃是创作而非摹绘，尤为可贵。《流言》中也有张爱玲不少传神画作。刘半农为他校点的《何典》所画"鬼脸一斑"，幽默之至，并有跋云："不会画人相，何妨画鬼相，若说画得不像，捉他一个来比，看他像也不像。天阴雨湿百无聊赖之日，画于不敢捣鬼斋，刘复。"不过这种作家手笔太难得了，我们还是来谈职业画家的出品罢，又以版画为主，因为我一向特别喜爱，虽然这方面也还是外行。

最早留下深刻印象的，是革拉特珂夫著《水泥》中译本（人民文学出版社一九五八年七月版）里的几幅木刻。这书至今还在，已经破旧不堪，书上盖有黑龙江某图书馆的戳儿，想必是父亲七十年代初带回来的。那年头儿觅书不易，这本我反复看了几遍，一度很佩服，多年后回想起来，水平原本相当有限。但是插图的确精彩，系出自德国人梅斐尔德之手。我不大知道这画家的生平，鲁迅在《〈梅斐尔德木刻士敏土之图〉序言》中略有介绍，但也语焉不详。他强调画作"很示人以粗豪和组织的力量"，正是得其神髓；但又不无惋惜地说，与小说相比"似乎不很顾及两种社会底要素之在相克的斗争——意识的纠葛的形象"，我觉得反倒是其生命力更结实持久的原因之一。插图气氛夸张，人物形象怪异，大概还是表现主义一派，与鲁迅特别喜欢的珂勒惠支风格接近。我想起对鲁迅小说有过重要影响的迦尔洵和安德列耶夫，其间亦有相通之处。鲁迅后来热衷介绍木刻，就总的艺术倾向和一己精神世界的展现方式而言，正是此前小说创作的某种延续。

《水泥》一九五八年版有九幅插图，而据《鲁迅全集》注释，鲁迅当年所印《梅斐尔德木刻士敏土之图》共计十幅，不知何以删去其一。不过《水泥》之图系胶版纸插页，虽然纸不很好，至少黑色较为饱和。鲁迅在《〈近代木刻选集（二）〉小引》中说："自然也可以逼真，也可以精细，然而这些之外有美，有力，……"对印刷品来说，美与力很大程度上落实于黑白间的强烈对比。以后我看到的书中版画插图，印刷大都不如《水泥》。《白鲸》（上海译文出版社一九八二年九月版）插图为肯特作品，神秘强烈，遗憾的是印在与正文相同的凸版纸上，黑白均不鲜明。《十日谈》（上海译文出版社一九八八年七月版）每篇的头花，取自最早的一四九二年威尼斯插图本，正如译后记中所说是"具有民间艺术古拙质朴的特色"，又颇诙谐风趣，不过也用的凸版纸，背面字迹透出，效果自然不佳。此书前面的二十三页插图倒是胶版印刷，可惜一四九二年的木刻只有一幅，其他插图作者（包括肯特）无不用心良苦，但若以天然人工辨之，比不知名的前辈画家似乎尚差一道也。

前不久见到一套《约翰·克利斯朵夫》（中国友谊出版公司二〇〇〇年十月版），仍为傅雷所译。二十多年前我上大学，有段时间每天回家，在往返的公共汽车上看了几十本小说，其中分量最重者即是此书。人在青年时期，需要受到某种激励，《约翰·克利斯朵夫》正有这种用处；待到时过境迁，也就觉出不满意的地方来了，对我来说，这是一本早已"归档"的书。然而现在这本子包括麦绥莱勒的三百七十幅版画，用纸印刷均极考究，前述黑白对比的效果得以充分显示，所以今非昔比。麦绥莱勒为罗曼·罗兰作过插图，我最早也是从《鲁迅全集》中得知，尚在读《约翰·克利斯朵夫》之前；鲁迅《〈一个人的受难〉序》有番话很吸引人："他是酷爱巴黎的，所以作品往往浪漫，奇诡，出于人情，因以收得惊异和滑稽的效果。"如今终于眼见为实。以"逼真""精细"与"有美，有力"区分，麦绥莱勒自然属于后者，但似乎比德国的表现主义画家情感把握更细腻，调子也更沉郁。看图之余重读书中文字，记忆里那种罗曼·罗兰式或傅雷式的激情，好像变得稍稍稳重实在些了。

据我所知，很多名画家都为名著插过图，不知为什么在中文译本中很少见到。譬如王尔德著《莎乐美》至少翻译过三次（不过都收在集子里），比亚兹莱画集也有不止一种（我看到的安徽美术出版社一九九四年版，印得颇为粗劣），然而迄今不见将比亚兹莱的《莎乐美》插图与原作合并一起出版。鲁奥为《诗篇第五十一篇》作的蚀版画和铜镂版画插图，痛苦浑厚，简洁大气，好像也没有谁想到找出《圣经》中那首诗配上它们印行出来。去年夏天北京举办达利画展，展品包括为《堂吉诃德》画的三十八幅素描插图，极富神韵，远非《堂吉诃德》中译本（人民文学出版社一九八七年二月版）里作者不详的那套可以比拟，后者未免太坐实了。插图单看应该不失为美术佳作，最好与正文保持若即若离关系，只是传达出一种气氛；也就是说画家从文字得到暗示，自己创造出一个世界，前述麦绥莱勒等无不如此。而达利及其他超现实主义画家，想象奇绝，无拘无束，所作或许就更有意味。最近《洛特雷阿蒙作品全集》一书面世（东方出版社二○○一年一月版），共有插图六幅，其中马格利特三幅，恩斯特一幅，马松一幅，真是相得益彰。不过我在马格利特的传记中读到："一九三八年洛氏的全集在巴黎 G.L.M 公司出版，由许多超现实主义者作插图，布勒东写了序言，马格利特也为该书作了一幅插图，叫作《强奸》。十年之后，洛氏全集在布鲁塞尔另出一个版本，七十三幅插图全部由马格利特画出。"中文本如果能把这些都用上，就更好了。

二○○一年二月三日

《姑苏一走》抄

苏州我前后去过多次，但是说来奇怪，后面几回反而记不真切了，印象较深的还要数最初三次。分别是在一九七二年，一九八一年和一九八六年。第一次由姐姐带着，父母先给写好了该到哪儿玩，我们老老实实按图索骥，不在列的则过门而不入；第二次我写过几十首诗；第三次则记了些散文似的东西，勉强也可以算作游记罢。日前从故纸里找到手稿一束，即此是也。小序有云：

"今年正月，我第三次去苏州，作有小品数十则，录如次，总名之曰《姑苏一走》。其后又去过一趟，系与人同行，却是只字未写。丁卯六月二十，止庵记于北京。"

此乃练笔之作，所以向未发表。这回重阅一过，幼稚自不待言，然而勾起些许旧日记忆，倒也有趣。那次我是出差，住在乐乡饭店的老楼，不知道那房子此时拆了也未。以后我从什么书上得知，原来知堂老人苏州之行，正是下榻这里，这也是有意思的，但是提一下也就行了，并没有攀附之意。我的公事不过两三天的功夫，不知怎的呆了一个月，每日里独自东游西逛。人家来到苏州，必得涉足的那些园林，我此前两次早已去过，这回无非是旧地重游；有些外地游客不大问津之处，也给我找着了，旧稿中即有艺圃、耦园、双塔、环秀山庄、全晋会馆诸题目。苏州左近地方，譬如太湖镇、西山、盛泽、南浔、甪直、常熟等，也都到了。听说西山与东山之间修了大桥，那是后来的事；我当年还是从陆港乘摆渡船去的呢。曾在岛上住过一宿，夜里小镇漆黑一片，甚是寒冷。

那时的苏州，晚上也是整个城早早就入睡了。六点钟店铺一律关门，只北局一带稍有去处，旧稿中有"音乐茶座"一则云：

"晚上苏州书场办音乐茶座。一共大概有五十张桌子，每桌四人，坐得满满的，到处都在吸烟，熏得人头晕眼花。服务员穿行在座位间，卖些饮料。我因晚饭吃得不够，点了两块奶油蛋糕，干得呛人。演出开始，舞台本为评弹准备，一个小乐队便有些挤，架子鼓手似乎转不大开身。天花板上的彩色小灯泡随音量高低而变化。第一个唱歌的女人又高又胖，简直是庞然大物；第二个有些心不在焉，唱完一曲不等人鼓掌就唱第二曲，全唱完了转身就走；第三个总跟不上乐队的节拍；第四个是个小伙子，瘪三模样；第五个……总共七八个人唱歌罢。观众胡乱起哄，苏州人这方面与北京人无甚区别。演出结束，演员几乎同时出来，骑上自行车就走了，仿佛下班了一般。"

以后我来苏州，总是行色匆匆，几无闲暇，不知苏州书场如今还在不在，晚上又如何打发。当年这地方白天我也去过，不过是去听评弹的，旧稿中亦有"评弹"一则云：

"下午二时，北局的苏州书场有评弹。进得门来，台下布置一如晚间，但是灯光黯淡。依旧烟雾缭绕，且嗑瓜子之声不绝于耳。听众坐满了，几乎都是中老年人，我在整个苏州似乎都未见着这么多老人，而且看样子社会层次都不高，这也有趣：这种纯欣赏性的活动竟存在并延续在这个层次之中。一人供应一杯茶，算在票价四角钱里，茶质低劣。节目是《珍珠衫》，无锡县评弹剧团演出，正是在半截上。男艺人叫程振秋，女艺人叫高小蓉。我对苏州话，每每在听懂听不懂之间，所以纯属听个新鲜。那男艺人似乎说胜于唱，但颇沉郁；女艺人一副好嗓子，音调高亮，直要透过屋顶；韵味醇正，又似在屋顶之下萦绕反复。不知这样的艺人算是几流，但对我这外行之最外者，觉得确是享受。晚上电视节目也是评弹。仔细想来，这艺术也很精到，叙述与表演，同一演员表演不同角色，变换只在转瞬之间。这要算得一种极端的间离效果了。"

我在乐乡饭店，同屋住的便是南京来的两位评弹演员，一老一年轻，老的胖，圆圆的脸；年轻的戴副眼镜。记得他们说，这东西没有多少人听了，南京原来有四十多个书场，如今只剩下一个。苏州书场晚上改为音乐茶座，也是他们告诉我的。说来这是将近十五年前的事了，不知道现在情形如何。少作文笔殊不足观，其有关游山逛水者尤甚；且抄录昔日见闻二则如上，算是记述一点往事罢。

二〇〇〇年十一月六日

卷二

女作家盛九莉本事

张爱玲的《小团圆》是一部自传体小说，内容有虚有实，更多则虚实难辨，因为缺乏比照材料，无法划出一条清楚的界线。所以我说，对得上人未必对得上事，对得上事未必对得上细节。在张爱玲生平资料方面，《小团圆》"破"的意义远远大于"立"的意义，它使得早先那些出自他人之手的记载显得可疑，或者说，虽然有这回事，细节却有抵牾，尤其是当事人的解说，好像靠不住了。

小说所写人与事，大致分为三类：一是完全虚构，没有原型；二是如鲁迅《我怎么做起小说来》所说："所写的事迹，大抵有一点见过或听到过的缘由，但决不全用这事实，只是采取一端，加以改造，或生发开去，到足以几乎完全发表我的意思为止。人物的模特儿也一样，没有专用过一个人，往往嘴在浙江，脸在北京，衣服在山西，是一个拼凑起来的脚色。"三是一个人物对应一个原型，但有所增删，《小团圆》就是这种写法。

我的朋友谢其章跟我抬杠说，对不上是因为你没有能力对上，或者是你主观上不情愿对上。那么倒也不妨一试。反正我只说"未必"，并未把门关死。《小团圆》主人公盛九莉与其原型即作者自己都是作家，相比之下，张爱玲这方面我们了解稍多，有对得上的，有部分对得上的，也有对不上的，借此正可体会她所讲的"小说与传记不明分"。

一、《小团圆》第十一章："有一次到后台去，是燕山第一次主演的《金碧霞》，看见他下楼梯，低着头，逼紧了两臂，疾趋而过，穿着长袍，没化妆，一脸戒备的神气，一溜烟走了，使她立刻想起回上海的时候上船，珍珠港后的日本船，很小，在船阑干边狭窄的过道里遇见一行人，众星捧月般的围着个中年男子迎面走来，这人高个子，白净的方脸，细细的两撇小胡子，西装虽然合身，像借来的，倒像化装逃命似的，一副避人的神气，彷佛深恐被人占了便宜去，尽管前呼后拥有人护送，内中还有日本官员与船长之类穿制服的。她不由得注意他，后来才听见说梅兰芳在船上。"

周劭《魂兮归来，张爱玲！》(收《文饭小品》)云："太平洋战起，香港被日军攻占，这个繁盛的岛屿顿时成为死港，当时留港的'皇亲国戚'连同她们的宠物都被重庆以专机接走，但留在香港的知名人士却被丢在这个死港上，毫无办法。日本侵占香港的头目是号称中国通的矶谷廉介，他深知把他们送往上海，还可以有些用处，遂于一九四二年春季，特派一艘专轮，遣送滞港人士四百多人至沪，其中头面人物有北洋政府国务总理摄行元首职务的颜惠卿、国民党收回武汉租界的外交部长陈友仁、金融巨头周作民、唐寿民、冯耿光及戏剧大师梅兰芳等。张爱玲当时仅二十出头，也在附轮之列。其中还有一位现今蜚声国际学术界的柳存仁教授，那时也还不到三十岁，是周旋于众多名人之间的最活跃人物。"

二〇一二年六月七日《东方早报·上海书评》载谢其章《张爱玲认错人？周黎庵记错事？》一文，根据所藏《太平洋周刊》等资料指出梅兰芳当年返沪系乘飞机，与张爱玲并非同行，可参看。

二、《小团圆》第十一章："她刚回上海的时候写过剧评。"

张爱玲一九四二年返沪，十一月在英文《上海泰晤士报》发表剧评、影评，一九四三年一月起，为克劳斯·梅涅特主编的英文月刊《二十世纪》(*The XXth Century*) 撰写文章，包括下列影评：*Wife，Vamp，Child* (后以中文改写为《借银灯》，载一九四四年一月上海《太平》第三卷第一期)，*The Opium War，Mother and Daughters-in-Law，China：Education of the Family* (后改写为《银宫就学记》，载一九四四年二月七日《太平洋周刊》第九十六期)，另有两篇无题。

三、《小团圆》第四章："有个二〇年间走红的文人汤孤鹜又出来办杂志，九莉去投稿。楚娣悄悄的笑道：'二婶那时候想逃婚，写信给汤孤鹜。……不知道有没有回信，不记得了。'""那时候常有人化名某某女士投稿。九莉猜想汤孤鹜收到信一定是当作无聊的读者冒充女性，甚至于是同人跟他开玩笑，所以没回信。"不过，"汤孤鹜来信说稿子采用了"。

张爱玲的小说《沉香屑：第一炉香》一九四三年五至七月载周瘦鹃主编的《紫罗兰》第二至四期，《沉香屑：第二炉香》同年八至九月载该刊第五至六期。周瘦鹃《写在〈紫罗兰〉前头》(《紫罗兰》第二期) 所言，与《小团圆》颇为不同："一个春寒料峭的下午，我正懒洋洋地耽在紫罗兰盒里，不想出门；眼望着案头宣德炉中烧着的一枝紫罗兰香袅起的一缕青烟在出神。我的小女儿瑛忽然急匆匆地赶上三层楼来，拿一个挺大的信封递给我。说有一位张女士来访问。我拆开信一瞧，原来是黄园主人岳渊老人介绍一位女作家张爱玲女士来，要和我谈谈小说的事。我忙不迭的赶下楼去，却见客厅中站起一位穿着鹅黄缎半臂的长身玉立的小姐来向我鞠躬，我答过了礼，招呼她坐下。接谈之后，才知这位张女士生在北平，长在上海，前年在香港大学读书，再过一年就可毕业，却不料战事发生，就辗转回到上海，和她的姑母住在一座西方式的公寓中，从事于卖文生活，而且所卖的还是'西'文，给英文《泰晤士报》写剧评影评，又替德人所办的英文杂志《二十世纪》写文章。至于中文的作品，除了以前给《西风》杂志写过一篇《天才梦》后，没有动过笔，最近却做了两个中篇小说，演述两段香港的故事，要我给她看行不行，说着，就把一个纸包打开来，将两本稿簿捧给了我；我一看标题叫做《沉香屑》，第一篇标明《第一炉香》，第二篇标明《第二炉香》，就这么一看，我已觉得它很别致，很有意味了。当下我就请她把这稿本留在我这里，容细细拜读，随又和她谈起《紫罗兰》复活的事，她听了很兴奋，据说她的母亲和她的姑母都是我十多年前《半月》《紫罗兰》和《紫罗兰片》的读者，她母亲正留法学画归国，读了我的哀情小说，落过不少眼泪，曾写信劝我不要再写，可惜这一回事，我已记不得了。我们长谈了一点多钟，方始作别。当夜我就在灯下读起她的《沉香屑》来，一壁读，一壁击节，觉得它的风格很像英国名作家 Somerset Maugham 的作品，而又受一些《红楼梦》的影响，不管别人读了以为如何，而我却是'深喜之'了。一星期后，张女士来问我读后的意见，我把这些话向她一说，她表示心悦诚服，因为她正是 S. Maugham 作品的爱好者，而《红楼梦》也是她所喜读的。我问她愿不愿将《沉香屑》发表在《紫罗兰》里，她一口应允。"

《小团圆》同一章，汤孤鹜采用了九莉的稿子，她的三姑楚娣提出"几时请他来吃茶"；"九莉觉得不必了，但是楚娣似乎对汤孤鹜有点好奇，她不便反对，只得写了张便条去，他随即打电话来约定时间来吃茶点。""九莉觉得请他来不但是多余的，地方也太逼仄，分明是个卧室，就这么一间房，又不大。"及至见面，"汤孤鹜大概还像他当年，瘦长，穿长袍，清瘦的脸，不过头秃了，戴着个薄黑壳子假发。他当然意会到请客是要他捧场，他又并不激赏她的文字。因此大家都没多少话说"。

周瘦鹃则说："我便约定在《紫罗兰》创刊号出版之后，拿了样本去瞧她，她称谢而去。当晚她又赶来，热诚地约我们夫妇俩届时同去，参与她的一个小小茶会。《紫罗兰》出版的那天，凤君因家中有事，不能分身，我便如约带了样本独自到那公寓去，乘了电梯直上六层楼，由张女士招待到一间'洁而精'的小客室里，见过了她的姑母。"据他讲："我们三人谈了许多文艺和园艺上的话，张女士又拿出一份她在《二十世纪》杂志中所写的一篇文章《中国的生活与服装》来送给我，所有妇女新旧服装的插图，也都是她自己画的。我约略一读，就觉得她英文的高明，而画笔也十分生动，不由不深深地佩服她的天才。"

四、《小团圆》第四章："'有人在杂志上写了篇批评，说我好。是个汪政府的官。昨天编辑又来了封信，说他关进监牢了，'她笑着告诉比比，作为这时代的笑话。起先女编辑文姬把那篇书评的清样寄来给她看，文笔学鲁迅学得非常像。极薄的清样纸雪白，加上校对的大字朱批，像有一种线装书，她有点舍不得寄回去。寄了去文姬又来了封信说：'邵君已经失去自由了。他倒是个硬汉，也不要钱。'九莉有点担忧书评不能发表了——文姬没提，也许没问题。

一方面她在做白日梦，要救邵之雍出来。"

胡兰成的文章《皂隶，清客与来者》载一九四四年三月《新东方》第九卷第三期，该刊系南京特别市警察厅主办，与苏青无关。但该期"编辑后记"有云："感谢胡兰成先生答应以后每期有文章写来，这一期就给了我们两篇。胡先生的政治论文和杂文，一向为读者所珍视的。《皂隶，清客与来者》一文，胡先生原拟交由《天地》发表的，竟让我们抢先了，这里特向《天地》的编者致歉。"作者称，此文受《天地》编者"叫人'多评论实事实物，取材于报章杂志近载'"启发，而他"看了《天地》第二期，却颇有些泼辣的作品"。文章有云：

"还有张爱玲先生的《封锁》，是非常洗炼的作品。在被封锁的停着的电车上，一个俗不可耐的中年的银行职员，向一个教会派的平凡而拘谨的未嫁的女教员调情，在这蓦生的短短一瞬间，男的原意不过是吃吃豆腐消遣时光的，到头却引起了一种他所不曾习惯的惆怅，虽然仅仅是轻微的惆怅，却如此深入地刺伤他一晌过着甲虫一般生活的自信与乐天。女的呢，也恋爱着了，这种恋爱，是不成款式的，正如她之为人，缺乏着一种特色。但这仍然是恋爱，她也仍然是女人，她为男性所诱惑，为更泼剌的人生的真实所诱惑了。作者在这些地方，简直是写的一篇诗。

"我喜爱这作品的精致如同一串珠链，但也为它的太精致而顾虑，以为，倘若写更巨幅的作品，像时代的纪念碑式的工程那样，或者还需要加上笨重的钢骨与粗糙的水泥的。"

又，胡兰成《今生今世》云："张爱玲因说，她听闻我在南京下狱，竟也动了怜才之念，和苏青去过一次周佛海家，想有什么法子可以救我。"

《小团圆》第七章："文姬大概像有些欧美日本女作家，不修边幅，石像一样清俊的长长的脸，身材趋向矮胖，旗袍上罩件臃肿的咖啡色绒线衫，织出累累的葡萄串花样。"

张爱玲《我看苏青》（一九四五年四月《天地》第十九期）云："她的美又是最容易保持的那一种，有轮廓，有神气的。""她起初写给我的索稿信，一上来就说'叨在同性'，我看了总要笑。"苏青主编的《天地》月刊一九四三年十月十日创刊，一九四五年六月出至第二十一期终刊。除《封锁》《道路以目》《我看苏青》外，张爱玲在此还发表了《公寓生活记趣》（一九四三年十二月第三期），《烬余录》（一九四四年二月第五期），《谈女人》（一九四四年三月第六期），《童言无忌》《造人》（一九四四年五月第七、八期合

刊），《打人》(一九四四年六月第九期)，《私语 》(一九四四
年七月第十期)，《中国人的宗教 》(一九四四年八至十月第
十一至十三期)，《谈跳舞 》(一九四四年十一月第十四期)，
《"卷首玉照"及其他 》(一九四五年二月第十七期) 和《双声 》
(一九四五年三月第十八期)。张爱玲还曾为《天地 》设计
封面。

五、《小团圆 》第四章，邵之雍 "讲起在看守所里托看
守替他买杂志，看她新写的东西，他笑道：'我对看守宣传，
所以这看守也对我很好。' 又道：'你这名字脂粉气很重，也
不像笔名，我想着不知道是不是男人化名。'"

《今生今世 》云："前时我在南京无事，书报杂志亦不
大看，却有个冯和仪寄了《天地 》月刊来，我觉和仪的名
字好，就在院子里草地上搬过一把藤椅，躺着晒太阳看书。
先看发刊辞，原来冯和仪又叫苏青，女娘笔下这样大方俐
落，倒是难为她。翻到一篇《封锁 》，笔者张爱玲，我才看
得一二节，不觉身体坐直起来，细细的把它读完一遍又读
一遍。……我去信问苏青，这张爱玲果是何人？她回信只
答是女子。我只觉世上但凡有一句话，一件事，是关于张爱
玲的，便皆成为好。及《天地 》第二期寄到，又有张爱
玲的一篇文章，这就是真的了。这期而且登有她的照片。"

张爱玲的小说《封锁》载《天地》第二期，与胡兰成的文章《"言语不通"之故》同在一期。胡兰成所说"第二期"则应是第四期，刊有张爱玲的散文《道路以目》。胡兰成于一九四三年十二月七日被汪政府逮捕，至"旧历除夕"即一九四四年一月二十四日获释，"在狱凡四十八天"。《天地》第四期出版于一九四四年一月十日，"在看守所里托看守替他买杂志"，正是这一期。

　　《小团圆》同一章，邵之雍"此后到上海来的时候，向文姬要了她的住址来看她，穿着旧黑大衣，眉眼很英秀，国语说得有点像湖南话。像个职业志士"。

　　《今生今世》所述，与此不无出入："二月一日，日军宣布了城门口及火车站归中国警察维持秩序，于是我到上海。""及我获释后去上海，一下火车即去寻苏青。苏青很高兴，从她的办公室陪我上街吃蛋炒饭，随后到她的寓所。我问起张爱玲，她说张爱玲不见人的。问她要张爱玲的地址，她亦迟疑了一回才写给我，是静安寺路赫德路口一九二号公寓六楼六五室。翌日去看张爱玲，果然不见，只从门洞里递进去一张字条，因我不带名片。又隔得一日，午饭后张爱玲却来了电话，说来看我。我上海的家是在大西路美丽园，离她那里不远，她果然随即来到了。……第二天我去看张爱玲。"

《小团圆》同一章："她有两张相片，给他看，因为照相没戴眼镜，她觉得是她的本来面目。有一张是文姬要登她的照片，特为到对门一家德国摄影师西坡尔那里照的，非常贵，所以只印了一张。阴影里只露出一个脸，看不见头发，像阮布然特的画。光线太暗，杂志上印得一片模糊，因此原来的一张更独一无二，他喜欢就送了给他。"邵之雍说，杂志上虽然印得不清楚，"我在看守所里看见，也看得出你很高。"

张爱玲的照片登在《天地》第四期扉页，即《今生今世》所说"这期而且登有她的照片"。扉页正面是周作人、周杨淑慧和樊仲云的照片，背面是五个人的照片，张爱玲居中，左上柳雨生，右上纪果厂，左下周班公，右下谭惟翰（剧照）。《今生今世》云："因我说起登在《天地》上的那张照相，翌日她便取出给我，背后还写有字：'见了他，她变得很低很低，低到尘埃里，但她心里是欢喜的，从尘埃里开出花来。'"附带说一下，这段冠以张爱玲之名的话传播甚广，但仅见于《今生今世》。

《小团圆》第四章："二十二岁了，写爱情故事，但是从来没恋爱过，给人知道不好。"第十一章："蕊秋对她的小说只有一个批评：'没有经验，只靠幻想是不行的。'"

我曾说，张爱玲一九四四年一月写的《年青的时候》，风格较先前有一些变化，继乎其后的《花凋》，在这条变化的路上继续发展。算算她与胡兰成相识之时，应该已经写了《年青的时候》，还没有写《花凋》。或许这里就有胡兰成对她的影响。张爱玲笔下此种变化，当时已有论家察觉。谭正璧《论张爱玲与苏青》（一九四四年十二月《风雨谈》第十六期）云："《花凋》写来似和世情略略接近，然而因为它是个绝对的悲剧的缘故。《年青的时候》比较地松弛，写一个青年迷恋他的异国人的女教师，情调非常优美。"这之后写的为《传奇增订本》增收的《鸿鸾禧》等五篇，更多采用"参差的对照的手法"，更加强调人生的"苍凉"，乃是真正进入成熟时期。

六、《小团圆》第四章："他约她到向璟家里去一趟，说向璟想见见她。向璟是战前的文人，在沦陷区当然地位很高。……向璟是还潮的留学生，回国后穿长袍，抽大烟，但仍旧是个美男子，希腊风的侧影。他太太是原有的，家里给娶的，这天没有出现。他早已不写东西了，现在当然更有理由韬光养晦。"第五章，向璟给九莉写信，"赞美了她那篇'小杰作'"。

《今生今世》云："应酬场面上，只一次同去过邵洵美家里。"据王京芳《邵洵美年表》（《新文学史料》二〇〇六年第一期），邵氏一九四三年二月在《国粹邮刊》发表《民国试制票中之珍品》，同年三至五月以笔名"初盦"在《新申报》连载《中国邮票讲话》，共六十篇。至于其所"赞美"的"小杰作"指哪篇作品，不详。

七、《小团圆》第一章："后来在上海，有一次她写了篇东西，她舅舅家当然知道是写他们，气得从此不来往。"

张爱玲一九四四年二月作小说《花凋》，同年三月载《杂志》第十二卷第六期。张子静《我的姊姊张爱玲》云："看了《花凋》，舅舅很不高兴。我的表妹黄家瑞回忆说，她爸爸读完《花凋》大发脾气，对我舅妈说：'她问我什么，我都告诉她，现在她反倒在文章里骂起我来了！'"小说女主人公郑川嫦"是我舅舅的三女儿黄家漪"，一九四二年死于肺痨。

八、《小团圆》第七章："在饭桌上，九莉讲起前几天送稿子到一个编辑家里，杂志社远，编辑荀桦就住在附近一个衖堂里，所以总是送到他家里去。他们住二楼亭子间，她刚上楼梯，后门又进来了几个日本宪兵，也上楼来了。她进退两难，只好继续往上走，到亭子间门口张望了一下，门开着，没人在家。再下楼去，就有个宪兵跟着下来，掏出铅笔记下她的姓名住址。出来到了弄堂里，忽然有个女人赶上来，是荀桦另一个同居的女人朱小姐，上次也是在这里碰见的。'荀桦被捕了，宪兵队带走的'，她说。'荀太太出去打听消息，所以我在这里替她看家。刚才宪兵来调查，我避到隔壁房间里，溜了出来。'之雍正有点心神不定，听了便道：'宪兵队这样胡闹不行的。荀桦这人还不错。这样好了：我来写封信交给他家里送去。'九莉心里想之雍就是多事，不知底细的人，知道他是怎么回事？当然她也听见文姬说过荀桦人好。饭后之雍马上写了封八行书给宪兵队大队长，九莉看了有一句'荀桦为人尚属纯正'。……她立刻把之雍的信送了去。这次荀太太在家。""两三个星期后，荀桦放了出来，也不知道是否与那封信有关。亲自来道谢，荀桦有点山羊脸，向来衣着特别整洁，今天更收拾得头光面滑，西装毕挺。""荀桦改编过一出叫座的话剧，但是他的专长是与战前文坛作联络员，来了就讲些文坛掌故，有他参预的，往往使他夹在中间左右为难。"

张爱玲在柯灵主编的《万象》月刊发表过小说《心经》(一九四三年八至九月第三年第二至三期)、《琉璃瓦》(一九四三年十一月第三年第五期)、《连环套》(一九四四年一至六月第三年第七至十二期）。柯灵《遥寄张爱玲》（载一九八四年《读书》第四期）云，他被日本沪南宪兵队逮捕是在一九四四年六月。一九四六年五月四日《上海滩》载彭朋《张爱玲严遭盘问》一文云："就在张爱玲常去柯灵家的时候，柯灵突然遭到日本宪兵队的注意，有一晚，他们在家里静静的谈着，日本人宪兵来捉柯灵，日宪兵看见张爱玲，问她是谁，张爱玲吓得脸色苍白，一句话也回答不出，还是柯灵机警，他知道要如说出张也是作家难免受累，就推说是自己太太的朋友，张爱玲就此逃避不测。过后，张爱玲每逢提到此事，仍惴惴不安呢。"《今生今世》云："爱玲与外界少往来，惟一次有个文化人被日本宪兵队逮捕，爱玲因《倾城之恋》改编成舞台剧上演，曾得他奔走，由我陪同去慰问过他家里，随后我还与日本宪兵说了，要他们可释放则释放。"《遥寄张爱玲》云："张爱玲把小说《倾城之恋》改编成舞台剧本，又一次承她信赖，要我提意见，其间还有个反复的修改过程。我没有敷衍塞责，她也并不嫌我信口雌黄。后来剧本在大中剧团上演，我也曾为之居间奔走。"张爱玲《走！走到楼上去》（一九四四年四月《杂志》第十三卷第一期）云："过阴历年之前就编起来了，拿去给柯灵先生看。结构太散漫了，末一幕完全不能用，真

166

是感谢柯灵先生的指教，一次一次的改，现在我想是好得多了。"

柯灵曾与师陀合作将高尔基的剧本《底层》改编成四幕话剧《夜店》，一九四五年由苦干剧团首次在上海公演。

九、《小团圆》第五章："有一天讲起她要钱出了名，对稿费斤斤计较，九莉告诉他'我总想多赚点钱，我欠我母亲的债一定要还的'。"

张爱玲《童言无忌》云："一学会了'拜金主义'这名词，我就坚持我是拜金主义者。"胡兰成《张爱玲与左派》（一九四五年六月《天地》第二十一期）云："她认真地工作，从不沾人便宜，人也休想沾她的，要使她在稿费上头吃亏，用怎样高尚的话也打不动她。"《连环套》在《万象》停载后，出版该刊的中央书店老板平襟亚与张爱玲之间还打过"一千元的灰钿"的笔墨官司，可参看谢其章《张爱玲为什么和〈万象〉"闹翻"？》（收《蠹鱼集》）。

十、《小团圆》第五章，徐衡"是她在向璟家里见过的一个画家"，盛九莉邀比比同去徐家看画，"徐家住得不远，是衖堂房子，从厨房后门进去，宽大阴暗的客室里有十几幅没配画框的油画挂在墙上，搁在地下倚着墙。徐衡领着她们走了一圈，唯唯诺诺的很拘谨。也不过三十几岁的人，家常却穿着一套古旧的墨绿西装，彷佛还是从前有种唯美派才有的，泛了色的地方更碧绿"。忽然遇到邵之雍，"满面笑容，却带着窘意。比比的中文够不上谈画，只能说英文。九莉以为窘是因为言语不通，怕他与徐衡有自卑感，义不容辞的奋身投入缺口，说个不停。尤其因为并不喜欢徐的画，更不好意思看了就走，巡视了两遍，他又从内室搬出两张来，大概他们只住底层两间"。

张爱玲曾作《忘不了的画》（一九四四年九月《杂志》第十三卷第六期），有云：

"中国人画油画，因为是中国人，彷佛有便宜可占，借着参用中国固有作风的藉口，就不尊重西洋画的基本条件。不取巧呢，往往就被西方学院派的传统拘束住了。最近看到胡金人先生的画，那却是例外。最使我吃惊的是一张白玉兰，土瓶里插着银白的花，长圆的瓣子，半透明，然而又肉嘟嘟，这样那样伸展出去，非那么长着不可的样子；贪欢的花，要什么，就要定了，然而那贪欲之中有喜笑，所以能够被原谅，如同青春。玉兰丛里夹着一枝迎春藤，放烟火似的一路爆出小金花。连那棕色茶几也画得有感情，温顺的小长方，承受着上面热闹的一切。

"另有较大的一张，也有白玉兰，薄而亮，像玉又像水晶，像杨贵妃牙痛起来含在嘴里的玉鱼的凉味。迎春花强韧的线条开张努合，它对于生命的控制是从容而又霸道的。

"两张画的背景都是火柴盒反面的紫蓝色。很少看见那颜色被运用得这么好的。叫做《暮春》的一幅画里，阴阴的下午的天又是那闷蓝。公园里，大堆地拥着绿树，小路上两个女人急急走着，被可怕的不知什么所追逐，将要走到更可怕的地方去。女人的背景是肥重的，摇摆着大屁股，可是那俗气只有更增加了恐怖的普照。

"文明人的驯良，守法之中，时而也会发现一种意想不到的，怯怯的荒寒。《秋山》又是恐怖的，淡蓝的天，低黄的夕照，两棵细高的白树，软而长的枝条，鳗鱼似地在空中游，互相绞搭。两个女人缩着脖子挨得紧紧地急走，已经有冬意了。

"《夏之湖滨》，有女人坐在水边，蓝天白云，白绿的大树在热风里摇着，响亮的蝉——什么都全了，此外好像还多了一点什么，仿佛树荫里应当有个音乐茶座，内地初流行的歌，和着水声蝉声沙沙而来，粗俗宏大的。

"《老女仆》脚边放着炭钵子，她弯腰伸手向火，膝盖上铺着一条白毛毡，更托出了那双手的重拙辛苦。她戴着绒线帽，庞大的人把小小的火四面八方包围起来，微笑着，非常满意于一切。这是她最享受的一刹那，因之更觉得惨了。

"有一张静物，淡紫褐的背景上零零落落布置着乳白的瓶罐，刀，荸荠，慈菇，紫菜苔，篮，抹布。那样的无章法的章法，油画里很少见，只有十七世纪中国的绸缎瓷器最初传入西方的时候，英国的宫廷画家曾经刻意模仿中国人画'岁朝清供'的作风，白纸上一样一样物件分得开开地。这里的中国气却是在有意无意之间。画面上紫色的小浓块，显得丰富新鲜，使人幻想到'流着乳与蜜的国土'里，晴天的早饭。

"还有《南京山里的秋》，一条小路，银溪样地流去；两棵小白树，生出许多黄枝子，各各抖着，仿佛天刚亮。稍远还有两棵树，一个蓝色，一个棕色，潦草像中国画，只是没有格式。看风景的人像是远道而来，喘息未定，蓝糊的远山也波动不定。因为那倏忽之感，又像是鸡初叫，席子嫌冷了的时候的迢遥的梦。"

《我与苏青》亦云：

"我又想起胡金人的一幅画，画着个老女仆，伸手向火。惨淡的隆冬的色调，灰褐，紫褐。她弯腰坐着，庞大的人把小小的火炉四面八方包围起来，围裙底下，她身上各处都发出凄凄的冷气，就像要把火炉吹灭了。"

《今生今世》云，作者读罢《封锁》，"见了胡金人，我叫他亦看，他看完了赞好，我仍于心不足"。胡兰成在《新秋试笔》（一九四四年十月《苦竹》第一期）中也谈论了胡金人的画。

十一、《小团圆》第七章："他也的确是忙累，办报外又创办一个文艺月刊，除了少数转载，一个杂志全是他一个人化名写的。"

《今生今世》云："汪先生去日本就医，南京顿觉冷落。我亦越发与政府中人断绝了往来，却办了月刊叫《苦竹》，炎樱画的封面，满幅竹枝竹叶。虽只出了四期，却有张爱玲三篇文章，《说图画》，《说音乐》及《桂花蒸 阿小悲秋》。……我办《苦竹》，心里有着一种庆幸，因为在日常饮食起居及衣饰器皿，池田给我典型，而爱玲又给了我新意。"通常记载，《苦竹》一九四四年十月创刊，十一月出第二期，一九四五年三月出第三期即终刊，胡兰成说"出了四期"，姑存疑。张爱玲在此发表了《谈音乐》《自己的文章》《桂花蒸 阿小悲秋》和《生命的颜色》（炎樱作，张爱玲译）。胡氏所云《说图画》未见，张爱玲另有《谈画》一文，收入《流言》。

其章兄曾抄示《苦竹》一至三期目录，其中标☆记号者，均系胡兰成所作，第三期更为其一人包办：

第一期：

试谈国事	敦仁☆
要求召开国民会议	贝敦煌☆
违世之言	王昭午☆
谈音乐	张爱玲
死歌	炎樱
新秋试笔	胡兰成☆
诗四首	路易士
贵人的惆怅	韩知远☆
周沈交恶	江梅☆
开往北方的列车（诗）	弘毅
闲读启蒙	夏陇秀☆
读《出发》	南星
里巷之谈	林望☆
说吵架	江崎进☆
中国革命外史	北一辉著 蒋遇圭译
编后	编者☆

第二期：

文明的传统	敦仁☆

给青年	胡兰成☆
南来随笔	沈启无
自己的文章	张爱玲
生命的颜色	炎樱
十月（诗）	开元
桂花蒸　阿小悲秋	张爱玲
男欢女爱（民歌）	王昭午☆
"土地的绿"	夏陇秀☆
谈论《金瓶梅》	江崎进☆

第三期：

献岁辞	敦仁☆
告日本人与中国人	胡兰成☆
中日问题与中日本身问题	夏陇秀☆
《中国之命运》与蒋介石	敦仁☆
延安政府又怎样	江梅☆
左派趣味	林望☆
中国文明与世界文艺复兴	胡兰成☆
中国与美国	王昭午☆

十二、《小团圆》第七章："他从华北找了虞克潜来，到报社帮忙。虞克潜是当代首席名作家的大弟子。之雍带

他来看九莉。虞克潜学者风度，但是她看见他眼睛在眼镜框边缘下斜溜着她，不禁想道：'这人心术不正。'"

《今生今世》云："沈启无风度凝庄，可是眼睛常从眼镜边框外瞟人。他会做诗，原与废名俞平伯及还有一个谁是周作人的四大弟子。"《沈启无自述》（黄开发整理，载《新文学史料》二〇〇六年第一期）云："一九四四年四月间，周作人公开发出破门声明，并在各报上登载这个声明，一连写了好几篇文章在报上攻击我。我并未还手，只想把事实摆清楚，写了《另一封信》送到北京、上海各报，他们都不刊登。当时只有南京胡兰成等人，还支持我，《另一封信》才在南京报刊上发表出来。周作人不经过北大评议会，挟其权力，就勒令文学院对我立即停职停薪，旧同事谁也不敢和我接近。由于周作人的封锁，使我一切生路断绝，《文学集刊》新民印书馆也宣布停刊。我从五月到十月，靠变卖书物来维持生活。武田熙、柳龙光要拉我到《武德报》去工作，我拒绝没有接受。北京现待不下去，我就到南京去谋生，胡兰成约我帮他编《苦竹》杂志。我在这刊物上发表过两篇文章，一篇《南来随笔》，一篇是新诗《十月》。一九四五年初，我随胡兰成到汉口接办《大楚报》（大约一九四四年十一月间去汉口）。本来我打算在南京中央大学中文系谋一教书位置，胡兰成说武汉大学有机会，劝我一同到武汉。到了汉口以后，方知武汉大学停办，只好帮他办《大楚报》。胡兰成做社长，我任副社长。"《自述》中未提及他其间曾到上海；张爱玲《对照记》云："炎樱的大姨妈住在南京，我到他们家去过，也就是个典型的守旧的北方人家。"可知她去过南京。张爱玲在《十八春》(后改《半生缘》) 中，对于该城有详细描写，并讲到"这大冷天"。沈、张若见面，当在此地。沈启无《南来随笔》云："这次到南京，同兰成去建国书店买了一本再版的《传奇》。"并说读了"她在《苦竹》月刊上的《谈音乐》"，他到南京时，刊载该文的第一期杂志应已出版；至于又说"张爱玲有一篇《自己的文章》"，则是作为编辑看的稿子。

十三、《小团圆》第七章："她赚的钱是不够用，写得不够多，出书也只有初版畅销。刚上来一阵子倒很多产，后来就接不上了，又一直对滥写感到恐怖。"第十章："自从'失落的一年'以来，早就写得既少又极坏。"

张爱玲的小说集《传奇》一九四四年八月十五日由上海杂志社出版，九月二十五日再版。《今生今世》云："爱玲的书销路最多，稿费比别人高。""失落的一年"指"第二次世界大战结束"前的"大半年的工夫"。此前所作《连环套》，张爱玲已觉得"怎么写得那么糟"，"只好自动腰斩"，"当时也是因为编辑拉稿，前一个时期又多产。各人情形不同，不敢说是多产的教训，不过对于我是个教训"。(《〈张看〉自序》)《红玫瑰与白玫瑰》《桂花蒸 阿小悲秋》《等》等"初发表的时候有许多草率的地方"，收入山河图书公司一九四六年十一月出版的《传奇增订本》时，"大部分都经过增删"(《有几句话同读者说》)。《殷宝滟送花楼会》则"实在太坏，改都无从改起"(《惘然记》)。"同一时期又有一篇《创世纪》写我的祖姨母，只记得比《连环套》更坏。她的孙女与耀球恋爱，大概没有发展下去，预备怎样，当时都还不知道，一点影子都没有，在我这专门爱写详细大纲的人，也是破天荒。自己也知道不行，也腰斩了。"(《〈张看〉自序》)

十四、《小团圆》第十二章："她战后陆续写的一个长篇小说的片段，都堆在桌面上。'这里面简直没有我嚜！'之雍睁大了眼睛，又是气又是笑的说。但是当然又补了一句：'你写自己写得非常好。'写到他总是个剪影或背影。"

一九四五年七月《杂志》第十五卷第四期"文化报道"一栏有云："张爱玲近顷甚少文章发表，现正埋头写作一中型长篇或长型中篇，约十万字之小说：《苗金凤》，将收在其将于不日出版之小说集中。近顷报间，关于张之喜讯频传，询诸本人，则顾而言他，衡之常理，是即不否认之意，若是，则张之近况为一面待嫁，一面写作矣。""苗金凤"当作"描金凤"，见张爱玲《谈音乐》："弹词我只听见过一次，一个瘦长脸的年轻人唱《描金凤》，每隔两句，句尾就加上极其肯定的'嗯，嗯，嗯'，每'嗯'一下，把头摇一摇，像是咬着人的肉不放似的。对于有些听众这大约是软性刺激。"屠翁《张爱玲赶写〈描金凤〉》（一九四六年二月九日《海风》周报第十三期）："唯闻张爱玲则杜门不出，埋首著书，近正写小说名曰:《描金凤》，张爱玲文心如发，而笔调复幽丽绝伦，《描金凤》当为精心之作，一旦杀青，刊行问世，其能轰动读者，当为必然之事实也。"亚泰《张爱玲新作将发表》（一九四六年三月十二日《海星》周报第四期）："最近在新雅文艺市场上听得一个消息，张爱玲的《描金凤》，那篇未完成的杰作，将被发表了，刊登地盘，是在柯灵编的一本刊物上，过去张爱玲曾经有过一个剧本叫《倾城之恋》的，写成之后，送去让柯灵改编，后来被改削得'体无完肤'之后，才在'新光'由大中剧团演出的。张爱玲对于柯灵似乎向来倾折，柯灵对于张女士的文章也一向认为可取，这次再度合作，论情形是各得其所!

张爱玲又该在七层楼的公寓里埋头写作了罢！"恨玲《张爱玲赶写〈描金凤〉》（一九四六年三月十八日《海潮》周报第一期）："《描金凤》没有了刊出地点，然而女人毕竟是被原谅的动物，张爱玲被某一个文化人所垂青了，虽然垂青的是她的文章，然而张爱玲比起其他所谓作家来，应该是倖运多了。那文化人是高柯灵先生，不久有一册杂志上，将有张爱玲的大作，那篇东西，便是《描金凤》。"爱读《张爱玲做吉普女郎》（一九四六年三月三十日《海派》周刊第一期）："有人谈说她在赶写长篇小说，《描金凤》，这倒颇有可能。只是写了之后，又拿到什么地方去发表呢？正统派文坛恐怕有偏见，不见得会要她的作品，而海派刊物，她也许不屑。"马川《张爱玲征婚》（一九四六年四月一日《上海滩》第一期）："张爱玲自从与胡兰成分离后，一个人孤伶伶似的坐在闺中，好不寂寞人也，于是闲来写写小说，写的啥，乃长篇《描金凤》，她表示我张爱玲不是起码角色，照样我的书有销路。……不过，《描金凤》是完成了，她又□了一个短篇，名《征婚》，那大约是写出她的性的苦闷。现在桑弧编了本《大众》，那便是将起用张爱玲的稿子。"阿拉记者《张爱玲闹双包案》（一九四六年四月九日《星光》周报第四期）："也有人说她是仍旧在埋头写作，和平后之处女作:《描金凤》不日行将问世。"爱尔《张爱玲腰斩〈描金凤〉》（一九四六年五月十八日《海风》周报第二十七期）："有一时期报载她完成了一篇，小说叫《描金凤》的，据与她相熟的人说起，这部书一直到现在，还没有杀青，奇怪的是她在全部脱稿以后，忽然嫌她起头的一部分，并不满意，所以截下来焚毁了，而现在只剩了下半部。"其七《张爱玲作品难出笼》（一九四六年六月八日《海涛》周报第十六期）："她的文章本已有许多刊物定好了，但是又恐怕人家说她是附逆文人，受人攻击，因此迟迟不敢刊载，于是她的作品又成了僵局。但她的写作精神是很好的，不问有没有地方发表，她仍在写她的《描金凤》！"佛手《张爱玲改订〈传奇〉》（一九四六年八月七日《东南风》第十六期）："到是张爱玲一直静默着。她志高气昂，埋头写作长篇小说《描金凤》。"上官燕《贵族血液的大胆女作家　张爱玲重述〈连环套〉》（一九四六年九月二十二日《上海滩》第十六期）："观乎《传奇》《流言》翻版生意之好，故而张爱玲暇来握管，又在赶着二大'杰作'，其一为宣传已久之《描金凤》，其二即过去在《万象》月刊曾一度登过的《连环套》。《连环套》是一篇言情小说，情节至美，笔调之佳，不在乎《传奇》之下。不过昔《万象》所刊者为短篇，张爱玲今拟改述为长篇，此文不日印单行本问世，也许又挑了贵族血液小姐大大的赚一票也。"唐人（即唐大郎）《浮世新咏》（一九四六年十二月三日《文汇报》"浮世绘"副刊）："读张爱玲著《传奇增订本》后。书为山河图书公司新印，余则得快先睹。末二句反俗语：'文章是自己的好，老婆是别人的好'之意。　期尔重来万首翘，不来宁止一心焦？传奇本是重增订，金凤君当着意描。（张有《描金凤》小说，至今尚未杀青。）对白倾城成绝恋，'流言'往复倘能销！文章已让他人好，且捧夫人俺的娇。"文海《〈不了情〉剧本报酬六百万　张爱玲埋头编剧》（一九四七年四月十四日《新上海》周报第六十四期）："她现在正埋头写一篇长篇小说和撰编《描金凤》的舞台剧本，预卜三四个月后当可脱稿。"

十五、《小团圆》第八章："九莉没回香港读完大学，说她想继续写作，她母亲来信骂她'井底之蛙'。楚娣倒也不主张她读学位。楚娣总说'出去做事另有一功'，言外之意是不犯着再下本钱，她不是这块料，不如干她的本行碰运气。九莉口中不言，总把留学当作最后一条路。"

陈子善《围绕张爱玲〈太太万岁〉的一场论争》（收《说不尽的张爱玲》）云："抗战胜利之后，由于她与胡兰成的特殊关系和发表作品的某些刊物背景复杂，各方面对她的指责也就甚嚣尘上，……有人甚至断言张爱玲的时代已经结束，发出'张爱玲哪里去了'的感叹。张爱玲处于左右夹攻的尴尬境地之中，被迫搁笔年余。"不过张爱玲一九五二年离开中国大陆，用的正是"回香港读完大学"这理由。有关经历后来被她写进小说《浮花浪蕊》，该篇可视为《小团圆》的"后传"。

十六、《小团圆》第八章："要稳扎稳打，只好蹲在家里往国外投稿，也始终摸不出门路来。"第十章："这两年不过翻译旧著。"

文探《骗美金稿费 张爱玲写英文小说》（一九四六年七月二十日《星光》新二号）："也有人说张并未离沪，仍在上海，而且也始终未曾辍笔过，不过她已用英文来写，发表的地方也是美国出版的英文杂志上。张的英文程度极佳，过去曾替英文《大陆报》等撰写影评，颇受欢迎。胜利后她改写英文小说，时常寄到美国出版的《红皮书》（Red Book）等杂志发表，据说甚得编者称誉。林语堂后，中国作家，拿美金稿费者，张爱玲又是一人。不过目前其名气尚不如林那样响，但凭张的天才或许有一番发展也。"小小《张爱玲为〈红书〉写稿》（一九四六年八月三日《海风》周报第三十六期）："据说张爱玲杜门谢客，整日作'滴滴答答'

在打字机上打英文稿子。先不用再写什么新作品，只要把几篇《传奇》翻译一下，也相当可观了。有人说她已投至美国《红书》，《红书》是美国一本通俗小说，妇女读物，小说皆以男女细事为主题。揆之情理，也相当可能，因张爱玲也都以男女恋爱为题材的。而她的英文，当初《更衣记》发表在《二十世纪》英文杂志上，识者认为她的英文造就竟超出中文根底。不过，张爱玲本人却否认其事。也许因为她写英文稿，一般人'想当然耳'，才扯到《红书》上去。"然查一九四五年至一九四九年 Redbook 各期目录，未见署名 Eileen Chang 的作品。又，《张爱玲投稿到美国》（一九四七年八月十一日《沪光》革新第十五期）："女作家中张爱玲之文笔清新，亦不可多得之才，新近闻其曾投一小说稿于美国某杂志，虽未刊载，而该杂志对于此事，甚为重视，近且有专函抵张要其重写矣，张之美文程度有极高造诣，故当其函及稿件抵该杂志社时，杂志当局即为之召开一编辑及名作家之座谈会，会中宣读其作品，缘其稿为一恋爱故事，虽甚动人，恐未必为读者所喜，因之专函致张，壁退其稿，并三复致意，称颂其笔调之优美，要张再写一篇，其内容务需以迎合彼邦人士之所好云。"

第十二章，"邵先生一度在上海找了个事，做个牙医学的助手，大概住在之雍家里，常来，带了厚厚的一大本牙医学的书来托她代译。其实专门性的书她也不会译，但是那牙医生似乎不知道，很高兴拣了个便宜，雇了个助手可以替他译书扬扬名。"

宋淇《私语张爱玲》引用张爱玲的话："即使是关于牙医的书，我也照样会硬着头皮去做的。"

十七、《小团圆》第十一章："蕊秋刚回来，所以没看过燕山的戏，不认识他，但是他够引人注目的，瘦长条子，甜净的方圆脸，浓眉大眼长睫毛，头发有个小花尖。九莉认识他，还是在吃西柚汁度日的时候。这家影片公司考虑改编她的一篇小说，老板派车子来接她去商议。是她战后第一次到任何集会去。……《露水姻缘》上映了。本来影片公司想改编又作罢了，三个月之后，还是因为燕山希望有个导演的机会，能自编自导自演的题材太难找，所以又旧话重提。……故事内容净化了，但是改得非常牵强。"第十二章，燕山"想导演又一炮而黑，尽管《露水姻缘》并没蚀本，她想是因为那骗人的片名"。

张爱玲《〈多少恨〉前言》云："一九四七年我初次编电影剧本，片名《不了情》，当时最红的男星刘琼与东山再起的陈燕燕主演。陈燕燕退隐多年，面貌仍旧美丽年青，加上她特有的一种甜昧，不过胖了，片中只好尽可能的老穿着一件宽博的黑大衣。许多戏都在她那间陋室里，天冷没火炉，在家里也穿着大衣，也理由充足。此外话剧舞台上也有点名的泼旦路珊演姚妈，还有个老牌反派（名字一时记不起来了）演提鸟笼玩鼻烟壶的女父——似是某一种典型的旗人——都是硬里子。不过女主角不能脱大衣是个致命伤。——也许因为拍片辛劳，她在她下一部片子里就已经苗条了，气死人！——寥寥几年后，这张片子倒已经湮没了，我觉得可惜，所以根据这剧本写了篇小说《多少恨》。"电影《不了情》由桑弧导演，文华影片公司出品，一九四七年四月公映，这是该公司成立后拍摄的第一部影片。小说《多少恨》同年五至六月载《大家》第二至三期。

十八、《小团圆》第十二章："卖掉了一只电影剧本，又汇了笔钱给他。"又，"那天她走后她写了封短信给之雍。一直拖延到现在，也是因为这时候跟他断掉总像是不义。当然这次还了他的钱又好些。……她信上写道：'我并不是为了你那些女人，而是因为跟你在一起永远不会有幸福。'本来中间还要再加上两句：'没有她们也会有别人，我不能与半个人类为敌。'但是末句有点像气话，反而不够认真。算了，反正是这么回事，还去推敲些什么。'"

龚之方《离沪之前》(收《永远的张爱玲》):"《不了情》产生很大的轰动效能,卖座极佳,桑弧才动态再请张爱玲写个电影剧本,桑弘肚里藏了个腹稿,是个喜剧,他把剧本的框架告诉张爱玲参考,张因《不了情》的一举成功,心里有点甜头,对桑弧请她第二个电影剧本慨然应允。她又较快地交出了剧本,在写作过程中没有和桑弧商量过什么,她一气呵成地把它写完,这个剧本后来就是文华公司的第二部出品——《太太万岁》,桑弧导演。"电影《太太万岁》由文华影片公司出品,一九四七年十二月公映。

影片上映前,张爱玲作《〈太太万岁〉题记》(一九四七年十二月三日《大公报》),有云:"John Gassent 批评 *Our town* 那出戏,说它'将人性加以肯定——一种简单的人性,只求安静地完成它的生命与恋爱与死亡的循环'。《太太万岁》的题材也属于这一类。戏的进行也应当像日光的移动,濛濛地从房间的这一个角落照到那一个角落简直看不见它动,却又是倏忽的。梅特林克一度提倡过的'静的戏剧',几乎使戏剧与图画的领域交叠,其实还是在银幕上最有实现的可能。然而我们现在暂时对于这些只能止于向往。例如《太太万岁》就必须弄上许多情节,把几个演员忙得团团转。严格地说来,这本来是不足为训的。然而,正因为如此，我倒觉得它更是中国的。我喜欢它像我喜欢街头卖的鞋样，白纸剪出的镂空花样，托在玫瑰红的纸上，那些浅显的图案。"电影《太太万岁》曾引发争议，详见陈子善《围绕张爱玲〈太太万岁〉的一场论争》。

《今生今世》云："于是六月十日来了爱玲的信。我拆开才看第一句，即刻好像青天白日里一声响亮，却奇怪我竟是心思很静。爱玲写道：'我已经不喜欢你了。你是早已不喜欢我了的。这次的决心，我是经过一年半的长时间考虑的，彼时惟以小吉故，不欲增加你的困难。你不要来寻我，即或是写信来，我亦是不看了的。'……信里说的小吉，是小劫的隐语，这种地方尚见是患难夫妻之情。她是等我灾星退了，才来与我诀绝。信里她还附了三十万元给我，是他新近写的电影剧本，一部《不了情》，一部《太太万岁》，已经上映了，所以才有这个钱。我出亡至今将近两年，都是她寄钱来，现在最后一次她还如此。"

查阅当时报纸，张爱玲写《不了情》剧本得稿费六百万元（文海《〈不了情〉剧本报酬六百万　张爱玲埋头编剧》，一九四七年四月十四日《新上海》周报第六十四期），写《太太万岁》得七百万元（《张爱玲·桑弧再度合作　〈太太万岁〉开拍》，一九四七年七月十五日《青青电影》复刊第四期），一九四七年四月《大家》第一期刊登《传奇增订本》广告云"每册仅售售九千元"，而这一期《大家》定价四千元。

十九、《小团圆》第七章："有一次在街上排队登记，穿着一身户口布喇叭袖湖色短衫，雪青洋纱裤子，眼镜早已不戴了。管事的坐在人行道上一张小书桌前，一看是个乡下新上来的大姐，因道：'可认得字？'九莉轻声笑道：'认得，'心里十分高兴，终于插足在广大群众中。"

张爱玲《重返边城》云："共产党来了以后，我领到两块配给布。一件湖色的，粗硬厚重得像土布，我做了件唐装喇叭袖短衫，另一件做了条雪青洋纱裤子。……排队登记户口。一个看似八路军的老干部在街口摆张小学校的黄漆书桌，轮到我上前，他一看是个老乡，略怔了怔，因似笑非笑问了声：'认识字吗？'我点点头，心里很得意。显然不像个知识分子。"《对照记》有相同记载，说这是"一九五〇或五一年"的事。盛九莉作为女作家以此收梢，张爱玲的创作也告一段落了。

二〇〇九年五月三十日作，二〇二〇年七月三十日改

《色，戒》与《小团圆》

　　我曾说，《色，戒》取材与张爱玲其他小说有别，因此往往被看作她的另类作品；由于故事发生在日据上海，男主人公是汉奸，女主人公想"这个人是真爱我的"，又被附会成张爱玲自己与胡兰成的关系的写照，乃至她的"自传"。其实王佳芝并不比张爱玲笔下别的女主人公更像作者，易先生则与胡兰成毫不相干。现在张爱玲的自传体小说《小团圆》出版了，书中以作者自己为原型塑造了盛九莉，以胡兰成为原型塑造了邵之雍，二人之间的关系已经得到充分清算，《色，戒》与《小团圆》写于同一时期，作者似乎没有必要再来编个故事影射。

　　不过《色，戒》与《小团圆》有些相同的描写，倒好像进一步印证了王佳芝与张爱玲，易先生与胡兰成彼此相关的推测。

其一，王佳芝和盛九莉都想过"这个人是真爱我的"，可是再看下文——

"这个人是真爱我的，她突然想，心下轰然一声，若有所失。……'快走，'她低声说。"(《色，戒》)

"九莉想道：'这个人是真爱我的。'但是一只方方的舌尖立刻伸到她嘴唇里，一个干燥的软木塞，因为话说多了口干。他马上觉得她的反感，也就微笑着放了手。"(《小团圆》)

在《色，戒》中，王佳芝的念头改变了全部现实，她因此成了另一个人，她的信念，事业，同志，一概都抛弃了；而在《小团圆》中，盛九莉的想法马上就被现实消解了，这只不过是她对邵之雍既执着又迟疑的爱情的一个小小插曲而已。

其二，王佳芝看易先生的"侧影"，盛九莉也看邵之雍的"侧影"——

"他的侧影迎着台灯，目光下视，睫毛像米色的蛾翅，歇落在瘦瘦的面颊上，在她看来是一种温柔怜惜的神气。"(《色，戒》)

"她永远看见他的半侧面，背着亮坐在斜对面的沙发椅

上，瘦削的面颊，眼窝里略有些憔悴的阴影，弓形的嘴唇，边上有棱。"(《小团圆》)

然而在《小团圆》中，盛九莉并不止看邵之雍一个人的"侧影"。后文写她与燕山相恋，二人去看电影：

"她跟他去看了两次。灯光一暗，看见他聚精会神的侧影，内行的眼光射在银幕上，她也肃然起敬起来。像佩服一个电灯匠一样，因为是她自己绝对做不到的。'文人相轻，自古皆然。'"

说来张爱玲一向喜欢描写"侧影"，她心目中"情人眼"常体现于此，如《年青的时候》写道："潘汝良读书，有个坏脾气，手里握着铅笔，不肯闲着，老是在书头上画小人。他对于图画没有研究过，也不甚感兴趣，可是铅笔一着纸，一弯一弯的，不由自主就勾出一个人脸的侧影，永远是那一个脸，而且永远是向左。从小画惯了，熟极而流，闭着眼能画，左手也能画，唯一的区别是，右手画得圆溜些，左手画得比较生涩，凸凹的角度较大，显得瘦，是同一个人生了场大病之后的侧影。"待到他在语言专修学校的学生休息室里遇到女打字员沁西亚，"她的脸这一偏过去，汝良突然吃了一惊，她的侧面就是他从小东涂西抹画到现在的唯一的侧面，错不了，从额角到下巴那条线。怪不得他报名的时候看见这俄国女人就觉得有点眼熟。他再没想到过，他画的原来是个女人的侧影，而且是个美丽的女人。口鼻间的距离太短了，据说那是短命的象征。汝良从未考虑过短命的女人可爱之点，他不过直觉地感到，人中短了，有一种稚嫩之美。她的头发黄得没有劲道，大约要借点太阳光方才是纯正的，圣母像里的金黄。唯其因为这似有如无的眼眉鬓发，分外显出侧面那条线"。潘汝良的"脾气"，传给盛九莉了。

这大概近乎金圣叹《读第五才子书法》所谓"正犯法"或"略犯法"，据此在《色，戒》与《小团圆》之间强作联系，未免牵强。再说易先生是特务头子，心狠手辣，"他一脱险马上一个电话打去，把那一带都封锁起来，一网打尽，不到晚上十点钟统统枪毙了"，连同王佳芝在内。邵之雍则是旧式文人，满脑子"二美三美团圆"，哪有易先生这副手段。

二〇〇九年五月十日

优秀解

前两天一位朋友向我提起"百年百种优秀中国文学丛书"，颇有非议云。我找来书目看了，私意正与该朋友同。当然若予以批评，还得讲些道理才是。我把这书目再看一遍，觉得问题只在其中"优秀"二字上，如果改换一个说法，或者什么都不标举，也就对付过去了。优秀是什么意思，《现代汉语词典》释为"（品行、学问、成绩等）非常好"，乃是一句含混的话，而且仁者见仁，智者见智。即以这书目来说，鲁迅的《呐喊》《彷徨》，老舍的《骆驼祥子》和张爱玲的《传奇》等固然算得优秀，老舍的《四世同堂》和杜鹏程的《保卫延安》等如果有人情有独钟，硬要派上这么个名目，旁人其实也无话可说。单打一怎么讲都成，弄到一块堆儿就有麻烦。这个书目相当杂乱，彼此简直找不到相通之处，既然一概名之曰优秀，那么该是它们的唯一共性了。可这么一来互相也就成为评衡的标准，或颠覆的因素。我们若以《呐喊》《彷徨》《骆驼祥子》《传奇》等为优秀，则《四世同堂》《保卫延安》等一定不能算是优秀，而此外别有不少优秀之作，未蒙入选；如果以《四世同堂》《保卫延安》等为优秀，则世间此类作品在在皆是，而真正称得上是优秀者如《呐喊》《彷徨》《骆驼祥子》《传奇》等，落得与那些作品为伍简直没有面子。优秀自有一条底线。无论如何这些书没法子相容于这一名目之下。而按照词典上的释义，优秀即"非常好"本是排他性的，也就是说，既非"庸常"，亦非"不好"。

我们这么讲话，有一个前提，即"百年百种优秀中国文学丛书"之中，"优秀"是针对"百年"这一整体，而不是针对其中某一时期而言。如果这样，则"百种"享受同一标准；如果不是这样，一个时期有一个时期的优秀，不同时期有所不同，在此为"非常好"，在彼则为"庸常"，甚至"不好"，那么满不是这么一回事了。现在好像即是如此。然而优秀的内涵因此也就改变了，很多时候是以"有代表性"或"有特殊意义"来替代"非常好"。显然《四世同堂》入选是因为"有特殊意义"，而《保卫延安》入选是因为（在那一时期）"有代表性"，至于"非常好"与否则在所不论。于是话头转回本文开始：都怪"优秀"这个名目不恰当。即便如此，仍然不无问题。从"百年"的中国文学作品中选出"百种"，所做的实际上是一个文学史家的工作，只是比一般文学史的撰写更其不易，因为评价尽在取舍之中了。文学史有着属于自己的价值标准。以"有代表性"或"有特殊意义"替代"非常好"，不仅意味着标准的降低，同时也是文学史观的某种变更。"有特殊意义"替代了"非常好"，说明有别的因素凌驾于文学因素之上；"有代表性"替代了"非常好"，同样如此，而且在不同文学时期之间的比较上，削弱甚至丧失了区别轻重或是非的能力。所以我更重视的不是《四世同堂》《保卫延安》等的入选，而是它们何以入选。《四世同堂》之类所具有的特殊意义，谁也不曾否认，但这是否就是文学史的意义呢，或许将其著录于别一种历史，譬如政治史或社会史中还要恰当一些。至于《保卫延安》之类所具有的代表性，在文学史上究竟有无价值，所代表的那一时期，是否真的算是文学史的某一阶段，更是大可质疑的。

这个书目中，替代"非常好"的远不止上述"有代表性"和"有特殊意义"两项。甚至连图书的现行出版情况也成了"优秀"面具下的一个角色了，从入选图书所具有的不同性质即可看出。有的是选本，如《曹禺剧本选》；有的是单集，如田汉的《关汉卿》，然而凭什么曹禺名下不是《雷雨》《日出》或《北京人》，田汉名下不是《田汉剧作选》呢。至于近十数年间各类作品的纳入，似乎更应特别慎重才是，因为究竟是否优秀，总要经历时间的一番检验。"百年"单单看作一百个年头儿虽然也无不可，然而更重要的还在于它本身即是一种尺度，抑或一副眼光。急急忙忙就给许了"优秀"，只怕时光无情，未必答应耳。

二〇〇〇年八月二十九日

钱穆的几种小书

钱穆的著作，前后读了将近十种，其中最有启发的要属《先秦诸子系年》和《庄子纂笺》，但这都是大书，不是几句闲话所能对付过去的。现在要谈几种小书，即《八十忆双亲　师友杂忆》《湖上闲思录》和《中国史学名著》是也。上来且先一讲我对钱穆总的印象。此老无疑根底很深，学问不小，只是立场太过正统，态度太过峻直，有些好为大言。所以看他的书，多从小处着眼，大处往往不敢苟同。相比之下，我喜欢的是"学问正，思想邪"的一路学者。从前孟子说："有王者起，必来取法，是为王者师也。"（《孟子·滕文公上》）钱穆显然也有这番抱负。在我看来，此乃儒家最不可爱之处。这一层亦见于《中国史学名著》。书中线索清晰，说是打通之作也不为过，然而其所特别标举的

"写历史的精神""写史人的义法"或"史书背后的史情和史意"，又似乎不甚是个道理。尤其过分高抬《春秋》，姑且讲真为孔子所作，孟子所谓"孔子作《春秋》而乱臣贼子惧"，也只是说说而已；钱穆则据此立论："时代的杂乱，一经历史严肃之裁判，试问又哪得不惧？孔子以前的乱臣贼子早已死了，哪会有惧？但《春秋》已成，孔子以下历史上的乱臣贼子，则自将由孔子之作《春秋》而知惧。"不啻"像煞有介事"，谁能拿这当真呢。从前胡适曾说钱穆"未脱理学家习气"，我不知道确切所指，大约这也算得一例。然而如前所述，读此书颇可长些见识，这原是讲演录，写得清简通脱，很是好读。

我一向认为钱穆是学问家，不是思想家。及至看了《湖上闲思录》，更坐实了这一想法。这是钱穆自说自话之作，意思浅近，与《先秦诸子系年》等相比较，最可看出功夫差别。然而如若不以深刻求之，只作"人生絮语"一类文字看待，则自有一种亲切意味在也。比方讲到鬼神二字："东方人说，鬼者归也，神者升也。鬼只是已死的人在未死的人的心里残存下的一些记忆。那些记忆，日渐退淡消失。譬如行人，愈走愈远，音闻隔阔，而终于不知其所往。至于那些记忆，仍能在后人心里活泼呈现，非但不退淡，不消失，而且反加浓了，反而鲜明强烈地活跃了，那便不叫鬼而叫神。鬼是死后人格之暂时保存，这一种保存是不可久的，将会逐渐散失。神则是死后人格之继续扩大，他将洋洋乎如在其上，如在其左右，永远昭昭赫赫地在后人之心目中。如是则鬼神仍不过是现在人心目中的两种现象，并非先在的确有的另外的一物。"此种感悟，可谓既不违科学，又不离人情，正是恰到好处。而由此一例，又可体会钱穆笔意之舒徐自在，以文章论，实在也是好文章了。

《八十忆双亲　师友杂忆》成于晚年，作者自谓"下笔力求其简"，《中国史学名著》中亦针对范晔之"迁文直而事核，固文赡而事详"说："'赡'就不如'直'，'详'亦不如'核'。若使文赡而不直，事详而不核，那就要不得。"若论行文特色，正在"简"与"直"上，与《中国史学名著》与《湖上闲思录》均有不同。读此三书，乃是三副手笔，然而气象深处，又俨然一个人也。《师友杂忆》内容丰富，意思沉着，我想特别提出一条，便是有趣，足以打消不少"理学家习气"。譬如："游西安毕，遂于归途游华山。……起程未半小时，路旁暴徒骤集，两人胁一车，喝停。余随身仅一小皮箧，肩上挂一照相机，乃此行特购，俾学摄影。两暴徒尽取之，并摘余脸上眼镜去。其余数十辆车，大率尽劫一空。余忽念此游华山，乃余平生一大事，失去眼镜，何以成游。遂急下车追呼，余之眼镜乃近视！他人不适用，请赐回，无应者。同游挟余行抵宿处，余终不忘怀。念暴徒或戴上眼镜不适，弃之路旁，乃又邀一学生陪余重至劫车处觅看，竟无得。废然归，一省府随员来云，闻君失去眼镜，我随身带有另一眼镜，请一试。余戴上，觉约略无甚大差。乃喜曰，此行仍得识华山矣。再三谢而别。"最是见性情处。我先说正统，次说不离人情，末了归为有趣，三书读毕，钱穆之各个侧面逐一展现于我眼前，书也算是读得有趣了。

二〇〇一年五月七日

卮言稗说《大故事》

《大故事》是高阳的一部消遣之作。这话说得好像不大讲理，高阳的小说我们不也是读来消遣的么。我是说这是"高阳的"消遣之作。他的小说我只在十几年前读过一部《乾隆韵事》，仅凭记忆也敢断言他写这书不像写小说那么用心。《大故事》列在"新世纪万有文库"，书前的"本书说明"对撰写出版过程未予介绍，但是通读一过，就知道当初多半是为报纸杂志写的，而且随刊随写，作者未必成竹在胸耳。下笔常常兴之所至，借题发挥，譬如《天下第一家》讲到杨廷和，就扯出其子杨慎，进而说到"我读《升庵集》的感想"；又如讲到雍正"其时适在病中"，就说及他怎么给被他害死的胞兄封神，都与正文无甚干系。有些短章如《万园之园话圆明》《明十三陵漫谈》则近乎应酬。

至于像《天下第一家》这样的长篇，虽然分量较重，但由英国王室、穆罕默德、日本皇室和孔子这所谓"四大世家"说起，已可看出作者何其随意了。高阳自谓所作"近乎'卮言稗说'"，诚哉斯言。我们如此说法，不是存心加以贬损；是给下面要说的话定个调子。人家不很当真的东西，论者若是太过严肃地对待，不免将为明眼人所窃笑了。

然而消遣之作未必没有意思；把消遣之作写得很有意思，正是作者的本事所在。高阳文笔雄健，学识满腹，这是两大强项；所以他写"卮言稗说"，端的挥洒自如，引人入胜。前面谈到行文多跑野马，其实也可视为作者才学过人的表现，文脉并不因此而涣散，照样浩浩荡荡，席卷向前。他是能放能收，敢放敢收，一概驾驭得住。换个人恐怕未必能就着这么多话头去跑野马，就算偶尔跑一趟，自家文章先已乱了套了。高阳这书写得不甚认真，全凭多年积蓄那点儿底子；可他忽然认起真来，特别有股精气神儿。譬如《紫禁城搜秘》，其中承袭前辈史学家孟森《香妃考实》中的论断，以所谓"香妃"即容妃，有人与之争辩，他所写的答对文章，最可见其风采。而且高阳毕竟是高阳，就算认真也不失恣意放纵之态，自有一份儿特别的自信。偶尔郑重其事一席话，又足以让我们了解他认真而不甚认真的底线所在：

"大约三十年前，我作了一个考证，请胡适之先生看；适之先生以微带呵责的语气说：'这种考据做不得的。'我明白他的意思，'大胆的假设'必须有一个'有可能'的前提，如果根本无此可能，先存成见于胸中，则'求证'必不能'小心'，经不起驳斥，岂非枉抛心力，自讨苦吃？"

可以说《大故事》中所言，凡有价值有意思之处，总不违背前辈的这一指点。不过若单单剩下不认真了，也就没价值没意思了。这于行文间时而见之，恐怕赶上作者思绪奔涌，无暇为此分心罢。当然还有另一方面，正是该为胡适所"呵责"者也。如孟森尝作《董小宛考》，驳斥世传顺治之董鄂妃即董小宛一说甚为有力；高阳显然不愿舍弃这段"传奇"，所写《董小宛入清宫始末诗证》(收入《高阳说诗》)，实在牵强附会之至。《科场弊案知多少》里也讲"为顺治封为皇贵妃的董小宛"，以下一通描述，都是些没影子的话。所以我们总不免要留一点儿神。

这里谈到孟森，他在《董小宛考》中有番话说，很是精辟："凡作小说，劈空结撰可也，倒乱史事，殊伤道德。即或比附史事，加以色泽，或并穿插其间，世间亦自有此一体。然不应将无作有，以流言掩实事，止可以其事本属离奇，而用文笔加甚之，不得节外生枝，纯用指鹿为马方法，对历史上肆无忌惮，毁记载之信用。"也就是说有个限度，作者必须把持得住。孟森自己也说过"愿作一较有兴趣之文"，但他所谓"有趣"全在于事件本身，而不是作者要一味写得有趣。我们读高阳文字，总佩服其潇洒传神，例如《紫禁城搜秘》讲到慈禧进膳，"到得相当时候，就要上演一出由张福连带导演，演员包括'四大金刚'、皇帝、皇后、甚至慈禧自己在内的'执行家法'的戏了"：

"在'演戏'时，由张福先用手势或眼色打暗号，光绪便故意在第二匙以后，又去舀第三匙，只听得为首的老太监，大喝一声：'撤！'

"这一声里外皆闻，慈禧将筷子一停，皇帝持匙发愣，皇后垂眉敛手，张福吓得打哆嗦，赶紧将这样菜撤了下去。'撤'与'斥'同样，等于慈禧受了申斥；清朝帝后视'家法'为神圣不可侵犯，所以慈禧也不敢改这个规矩，表示以身作则受家法。"

这种地方读来很解气，简直如临其境，就像在读他的小说；然而又眼见得小说家高阳多少有些按捺不住，要推开历史叙述者高阳，自己登场了。这正是为谨严的史学家孟森所早已警告过的。如果说前引文勉强还算得孟森所说

"加甚"而不是"将无作有"，一旦高阳写到兴头上，又是人物对话，又是心理活动，就超出历史所能容忍的限度，纯然是小说笔法了。说来这在中国乃是古已有之，《左传》《史记》皆不无此弊，真真假假，莫知究竟。然而历史是历史，小说是小说，二者不能混淆；古人不明此理，今人当有觉悟。此所以《大故事》虽冠以"大"字，到底还是"故事"也。不过话说回来，人家原本写的"厄言稗说"，要是读时处处当真，责任恐怕不在高阳，倒在我们了。

二〇〇〇年八月十六日

话题的意义

我曾经为《明清之际士大夫研究》写过评论文章，如今又要写一篇，因为新近这本书得了奖了。其实也不过是为再说些什么找个由头而已。话得以说出，由头也就弃之不顾，而我确实有点儿不厌其烦地想说话。之所以上来就强调这个，不是为我自己，是为赵园这本书；可以直截了当地讲，这个奖本身的地位还有待确定，而这本书的价值毋庸置疑，外来际遇（包括我在这儿的饶舌）不足以有所添加，亦不足以有所贬损。一切确实有价值的著作无不如此。

正如书名所示，《明清之际士大夫研究》研究的对象是"士大夫"——这个词儿涵盖范围甚大，几乎可以包括朝野所有读书人在内，作者特别留心的，显然只是其中一部分，即对现实，对历史，和对民族、个人及所从属的读书人群体的命运最有感触的那么一批人物；而涉及的时段则如作者所说，"大致指崇祯末年到康熙前期"。这是中国历史上读书人少有的处境特别艰难的时刻，他们不得不面临重大抉择，不仅涉及身家性命，而且关乎全部文化和道德传统，亦即这一群体之所以成立的基础。预感如何变为现实，现实如何不被接受而又终于被接受；其间这一群体的心态历程，正是这本书所要表现的主要内容。

《明清之际士大夫研究》有两个显而易见的特点，也颇为论家所称道，即材料的丰富和感受的深厚。前者有赖于下过的功夫，后者则出乎自身的修养，我们对此无须多言，只讲相得益彰就是了。我要指出的是两者之间必不可少的一个环节：作者对材料有一系列特殊的切入点。感受因此才得到触发，感受的表达也找到契机，材料就不仅仅是材料，与感受融会贯通，整个儿打成一片。这些切入点，用赵园的说法叫作"话题"。作者曾慨叹"是否正是'思想史'（有时即＝'理学史'）的既定格局，限制了对'思想'的整理，使得大量生动的思想材料因无从纳入其狭窄的框架，而不能获取应有的'意义'"；而拒绝依循这一思维上也是写法上的惯常模式，乃是这本书成功的关键所在。否则材料再充分也使用不好，感受再丰富也无以表达。若干话题的集合在这里替代了"格局"或"框架"。其中譬如"易代之际士人经验反省""作为话题的'建文事件'""遗民生存方式""时间中的遗民现象"等，都是作者对当时人物的情境与语境的独特体验，这里无论"对'思想'的整理"，还是"获取应有的'意义'"，其深刻程度和厚重程度，在目前思想史论著中都是少见的。有话题才有话说。实际上找到这些特殊的切入点，这本书已经成功大半了。而切入点并非凭空拈来，话题也不仅仅是个题目而已，本身就是作者感受深刻和厚重的体现。只不过她知道自己感受的分量，不肯为了什么"格局"或"框架"去牺牲它们就是了。

《明清之际士大夫研究》若论写法未免有点儿老派，这不仅体现在拒绝"格局"与"框架"上，而且在方法论上也看不出明显接受过近年来引入的各种成果的影响，只是实实在在地写出自己的细微体验。当然这也是一种方法。没有必要也不可能在其间分出高低抑或是非，但是我觉得作者是用上了自己的强项。相比之下，我最怕看的是皮毛之见。而赵园选定的话题或切入点，几乎都有结实的感受予以支持。即以最精彩的"时间中的遗民现象"一章而言，作者说："遗民本是一种时间现象。'遗民时空'出诸假定，又被作为了遗民赖以存在的条件。时间中的遗民命运，遗民为时间所剥蚀，或许是其作为现象的最悲怆的一面。正是时间，解释了遗民悲剧之为'宿命'。"又说："正是'时间'，剥夺着遗民的生存意义，不止于使其'待'落空，而且使其生存依据虚伪化。"像这样深切的笔触在在皆是，我觉得所揭示的此情此景最是难堪，也最可体恤，最可感怀。从前我说过，这本书的局部把握要胜过整体把握，现在仍然这么看。也就是说，重要的不在于作者拿什么思想去衡定历史人物，而在于能够真正设身处地体会他们何以如此行事，如此言论，在历史上留下如此令人感慨不已的一系列形象。

二〇〇〇年五月三十一日

"新证"与《诗经》的阅读

几年前我通读过一遍《诗经》，只是看着玩儿而已，虽然尚未敷衍了事。有个感想不妨一说，就是除了那些最熟稔的，譬如《关雎》《黍离》《兔爰》《风雨》之类，很多篇章如果不借助于前人名物训诂成果，则阅读甚有困难。但是我也认为，重训诂（不仅是名物考证）如同讲义理，不能算是诗的阅读欣赏的正路。《诗经》原本未必是今日之所谓诗，然而今日我们主要还是拿它当诗来读的。读诗要体会意境，须得从诗的字面有所升华，不能滞留在某一局部；而训诂恰恰是随处歇脚，其别有弋获者，却不是诗意。这回读到扬之水的《诗经名物新证》，发现有个说法与我正相契合："前人在这方面的疏失，是往往只见物，不见诗，因此，即便对诗中之名物考证得确凿，也依然不能复原此物当日在诗中的生命。"这说得上是这本书的特点之一，另一特点则是多采用考古发掘材料加以对照。我对于考古学是门外汉，不能赞一辞；不过作为曾经读过《诗经》的读者，觉得此书有别于以往名物训诂著述，不仅"见物"，而且"见诗"，对我们阅读欣赏《诗经》（也就是说，真拿三百篇当成一本诗集来读）确实不无裨益。如此说法，颇有买椟还珠之嫌，然而作者讲得好："诗之'为物也多姿'，而由这多姿之物展示出一个纷繁的世界，更由这可见之纷繁而传达出一个可会可感、深微丰美的心之世界。'物象'，归根结底表达的是'心象'。而诗所特别具有的深致、委婉、温柔敦厚的品质，诗之伸缩包容、几乎具有无限潜能与张力的语言，正是由'物象'与'心象'的交织与混融来成就的。"我因此有把握所说虽则不够全面，至少不是误会。

先父沙鸥先生从前谈诗时说："形象是诗的意境的基础。""诗人在一首诗中写出意境，需要形象；读者在一首诗中读出意境，也同样需要形象。"（《论诗的意境》）诗的意境问题牵涉方面甚多，形象在其中只处于起始位置。这里要说明一句，诗的形象应该不限于"名物"所涵盖的"物"，而包括诗中直接甚至间接呈现的全部具体的、可被感知的东西，也就是说，是从一个物象，到一处场面，一段过程，一种情景。我们读诗，接触到的是这些具体形象；阅读却完成于对不为字面所囿的无限境界即意境的领略。首先要具体，然后又要离开具体。形象是第一道门，设置这道门目的是让读者进去。而阅读《诗经》常常遇到的困难正在于不得其门：不明了所涉及的名物，对字面就不能产生具体感觉，真正属于诗的阅读欣赏也就无法起始。而就《诗经》阅读欣赏而言，我们所有赖于名物考证者不过如此，若名物考证之别种建树当置诸其他领域论列，却与阅读欣赏毫无关涉也。

《诗经名物新证》有言："这本书虽然以名物考证为题，其实并不仅仅局限在名物考证之内。这里偏重的，是用考古材料——主要是科学发掘而获得的成果，证史、证诗。"又说："当然，诗，第一是文学的，但是因为它终究不能脱离产生它的时代，所以，它又是历史的，并且，在不同程度上反映了那一叶历史中的诸多方面。而历史中的细节，在很大程度上是由所谓'名物'体现出来。由物，而见史、见诗，……"作者所谓"史"，就是"历史中的细节"；以"诗"而言，也就是前述从一个物象，到一处场面，一段过程，一种情景。正是在这里超越了传统名物训诂方法的限制。也就是说，"《新证》的最终目的，尚不在为诗中所咏之物定'象'，也不在于为考古发现之器定'名'，更不在于指今所发见之某器，为诗中所咏之某物，而是力求在二者的遥相呼应处，接通它们本来应有的联系，并因此而透现历史的风貌"。一句话，突破了"名物"中"名"与"物"的既定范围；而"历史的风貌"，首先是属于诗本身的。

作者说："草木鸟兽虫鱼，只是诗中名物之一端，举凡宫室、车服、官制、祭祀，礼、乐、兵、农，等等，自古也都归于名物研究之列。"此乃就"名物"着想，而其间已有简单复杂的区别。若从"诗"出发，则《诗经》有赋、比、兴三义，同样涉及名物，就中名物的分量、意义及隐晦程度却有所不同。朱熹《诗集传》云："比者，以彼物比此物也。""兴者，先言他物以引起所咏之辞也。"无论是比是兴，诗中都另有主体（在比中是"此物"，在兴中是"所咏之辞"），用来作比作兴的东西（"彼物"或"他物"），不过借用一下子，不会太复杂，往往只是物象，且多为草木鸟兽虫鱼之属，即便涉及场面、过程和情景，亦较为简单。总之阅读障碍不算太大。赋就不然。"赋者，敷陈其事而直言之者也。"相关的物象，尤其是场面、过程和情景，往往作为诗中的主要内容（所"敷陈"与"直言"的"其事"），如果不能了解，前述形象的具体感觉就无从谈起。所以赋体最有这方面的困难需要解决。《诗经名物新证》所释十六篇，一概属于此类，我想也是这个道理。

譬如《郑风·清人》，作者所着重解说的，只是真正构成阅读障碍的"二矛重英""二矛重乔"和"左旋右抽"几句。书中引用有关历史记载，又证以出土文物，让我们弄明白这些到底是怎么回事儿。这里显示出"新证"的两个层面：关于"二矛重英""二矛重乔"，揭示的是物象的状态，基本上仍遵循传统训诂方法；对"左旋右抽"的说明，则展现了由物象所引发的场面、过程和情景，而物象（战车和武士）却并未直接写在诗的字面，此种展现乃是这本书的特别贡献之处。对我来说，所得还在诗意，即如作者所云："不过就此诗而论，'诗史'的意义并不在于它可以作《春秋》之诗证。《清人》之好，正在于它是诗，而'有绘水绘风手段'，且因此而写出了'大历史'中几个真实的细节。"《诗经》赋体所涉及名物最为繁复，文字又往往过于凝练概括，特别需要类似这样呈现"真实的细节"亦即使诗的内容形象化的过程；作者的翔实考证，保证了这一过程得以真实可靠，——附带说一句，关于《诗经》，臆想和胡说未免也太多了。

也可以一谈《诗经名物新证》的文章。我一向认为"史论皆文"，如此书者，亦可当作散文来读的。作者写实的功夫似乎要胜过写虚一筹，我是指那些物象、场面、过程和情景的描述，写得质朴而细致，颇具文字之美。由此想到"如数家珍"的话，从前谈论孙楷第和浦江清时曾经提及，这里忍不住再说一次，因为又有了新的体会：如数家珍反倒合该止于描述，因为已经知道是"珍"了，只须加以指点，没有必要夸饰；倒是讲别人家的宝贝才往往按捺不住，动辄形容渲染一番，此大观园主人与偶来勾留之刘姥姥区别所在也。

二〇〇〇年六月六日

思考起始之处

　　《人有病，天知否》的作者在后记里说："我只是这批中国文坛几十年风雨的亲历者口述的记录人，只是文学史料的一位整理者。"或许只是一句谦辞，但是我读罢全书，却觉得这话说得实在。依我看这本书的好处，首先在提供材料方面。强调这个，似乎是把人家的著述给看轻了，其实不然。这个年头儿，一本书里能有点儿真实货色，并不容易；何况此中材料，又以当年的原始记录和有关人士的事后口述为主，多半都很新鲜，若非他下工夫查阅采访，我们简直无缘得见。作者搜集材料相当充分，剪裁组接的本领也不差，书读起来也就有意思，虽然各篇涉及人物经历不同，他们本身分量也不一样（譬如浩然、郭小川显然无法与沈从文、老舍相提并论），但是一概都能抓得住人。

总的来说，这是一部能增长见识的书。

我们常说"开卷有益"，其实"益"往往只在"开卷"，然而已经足以使我们去读书了：多知道点儿此前不知道的东西，有什么不好呢。这个意思用来说《人有病，天知否》，当然也行，但是恐怕还不够，它给我们带来的"益"处更多一些。不过要看怎么读法。这个意思，卷首王蒙的《人证与史证》一文中已经说了："这是一部好书，好书要会写，还要会看。"他说的"看"，大概包括"想"在内。"好书"有两类：读一类书时，我们继续作者的思考；读另一类书时，我们起始自己的思考。《人有病，天知否》属于第二类。作者不能代表我们想法，我们读了自己却很难不想点什么。从这个意义上讲，这是一本给我们提供了某种思考契机的书。如果只是看热闹，恐怕该说是买椟还珠了。这本书上迄一九四九年，下至"文化大革命"结束，写了其间七八位作家的不同遭遇。作者在后记里曾设想下一代人："……她们能够理解上一个世纪中国知识分子所走过的苦难历程吗？能够解读中国作家集体的无奈表现和个人的辛酸故事吗？"这里所涉的七八位作家无疑都是"个人"，他们一块儿多少也就构成了中国知识分子"集体"的缩影。对具体某一个人如何评价，看法原本无须统一，只要别太不着边际（譬如《郭小川：团泊洼的秋天的思索》中所说："倘若他在人世，他该如何阻击频频发生的运动，哪怕只是一些暗地里的抵触和消极态度。"以及对《团泊洼的秋天》的评价）就行了。一般说来，以"辛酸"来概括这些个人也无妨，虽然辛酸与辛酸有所不同。但是如何反思作为一个集体的中国知识分子，就是另外一码事了。读这本书最有收益的地方，就是因此可以对这一集体至少在那一段时间内的表现有所体会，——即使不说有人格缺陷或良知缺陷，至少也有理性缺陷或智慧缺陷。而这恐怕就不是区区"无奈"二字所能对付过去的了。如此说话颇有事后诸葛亮之嫌，但是可以与背景大致相同的苏联比较一下：我们既没有帕斯捷尔纳克、索尔仁尼琴这样的反主流者，也没有普里什文、帕乌斯托夫斯基这样的非主流者，甚至没有阿·托尔斯泰、费定这样的在主流范围里取得相当成就者。第三种情况或许还有可能出现，只是作家才力不济罢了；前两种情况则全无可能，而其中原因之一，在于我们那时根本不会容忍自己如此思想，如此写作。都是戕害的接受者，也都是戕害的参与者，大家（包括其本人在内）一起来轮流戕害每一个人。《老舍：花开花落有几回》所述就是明显例子，老舍之所以听从各方面的意见，一再修改自己的剧作，首先是心甘情愿如此，把这看成达到自己满意程度的最佳途径。何况他的多数剧本，并非从好改到坏，用焦菊隐当时的一番话说就是："我觉得我们是在用概念化的意见，要求剧作者克服他的剧本的概念化……"艺术良知不是在作家写作或修改的过程中，而是在此之前已经丧失了。具有反讽意味的是，《茶馆》原本为配合宣传宪法而作，恰恰听了别人的意见，反而改成了好作品。

在王蒙的文章中，接着"还要会看"之后说："这样，我们就可以从本书中发见许多亲切的、却也是强大的直至可畏的真实。还可以想一想，有哪些真实可能是被有意无意地删略了？"这可以与他另一句话联系起来："陈先生是以一种极大的善意敬意写这些离我们不远的作家们的，善人写，写得对象也善了起来可敬了起来。"实际上是进一步强调如何读法。当然没必要反其道而行之，存心"恶意"地去读；只要明白有"极大的善意敬意"存在就行了。书是作者写的，思考毕竟得靠读者自己。这至少涉及三个问题，第一，关于真诚。作者很看重这一点，他的开掘往往到此为止，然而真诚本身并不具备终极意义，真诚也不应该用以掩饰终极意义。不管真诚地戕害自己，还是真诚地戕害别人，戕害都不该被轻视，甚至被抹杀。真诚后面有果，前面还有因，何以如此真诚，正是值得反思之处。其次，关于宽容。宽容的对象只能是人，不能是作品。文学史有着属于自己的价值标准，容不得"退而求其次"。如果一段时期成了空白，那就空白好了。第三，材料真实与否的底线在哪里。"有意无意地删略"是一回事，"极大的善意敬意"可能导致这一底线的模糊或降低，是另一回事。无论当事人的交待材料，还是相关者的事后议论，都未必完全可信。但是无论如何，《人有病，天知否》能够成为我们思考的一个起始点，自有它的价值。关键是那句话："还要会看。"

谈到这本书的写法，我想"述而不作"这句老话，至少在这里绝对适用。也就是说，一切止于材料，让事实本身说话，给读者留下广阔的思索空间。除了少数时候（如写郭小川的两篇，尤其是《团泊洼的秋天的思索》）臆想的成分未免太多外，作者常常能把持得住这一点，不轻易表达一己的倾向与判断，像《旧时月色下的俞平伯》《午门城下的沈从文》等，都是不错的文章。

二〇〇〇年九月二十七日

"吃茶去"

　　《水浒》里有个开茶坊的王婆，客人在她那儿喝的茶，似乎与今天的很是不同。如："西门庆叫道：'干娘，点两盏茶来。'王婆……便浓浓的点两盏姜茶，将来放在桌子上。"又如："那婆子……便浓浓地点道茶，撒上些出白松子、胡桃肉，递与这妇人吃了。"周作人晚年写过一篇《茶汤》，专门考证这件事。我从前读《水浒》，关心的却是"点茶"，不明白是怎么点法。这回读《品茶说茶》，才知道原来这是宋人的饮茶方法："所谓点茶，就是将碾碎的茶末直接投入茶碗（盏）之中，然后冲入沸水，再用茶筅在碗中加以调和，茶中已不再投入葱、姜、盐一类的调味品。"但是我又有新的疑问：既然点茶已不再投入调味品，何以王婆点的却是姜茶，或者还要加松子与胡桃肉呢。此外她还说过"吃个宽煎叶儿茶如何""卖了一个泡茶"等，不知又是如何喝法。虽然我的问题不算彻底解决，不过的确长了不少知识。我这个人殊少生活乐趣，也就是很不会"赏玩"；即以喝茶而言，乃是古人所谓"饮茶饮湿"之辈，但我很想多知道一些事情，这正是我读《品茶说茶》感到有趣的地方。

《品茶说茶》作为"中国博物馆漫步"之一种，可以说是打算在纸媒介上搭建一座"中国茶叶博物馆"，——也就是九年前即已在杭州龙井落成的同名博物馆的一个缩影罢。这本书有图有文，不敢谬许"并茂"，内容毕竟很丰富。然而我说好处在使人增长知识，未免应着那句"外行看热闹，内行看门道"的老话，见笑于大方之家了。但是热闹未必一定排斥门道，抑或别是一种门道也未可知。周作人在上述文章中说："我们看古人的作品，对于他的思想感情，大抵都可了解，因为虽然有年代间隔，那些知识分子的意见总还可以想象得到，唯独讲到他们的生活，我们便大部分不知道，无从想象了。"至于干吗非得知道这些，说来也没有什么道理，只是觉得有兴趣而已；如果勉强找个理由，可以说历史事件总归离不开细节，思想感情也有发生的情景，对古人的生活状态和生活习惯有所了解，这些给我们的感觉兴许就有几分活生生的了。而且这种了解，不光限于宫廷豪门，文人雅士，也该包括普通人家，贩夫走卒，当然这就更不容易。文学作品中偶见提及，多是这里一嘴，那里一毛，而且未必一定能坐实。因此很希望学者专家予以指点，给我们提供一些《品茶说茶》之类比较系统的读物。讲到喝茶，正如这本书所说："喝茶不仅仅是中国人实实在在的生活需要，是一种遍及中国人社会生活各个角落的家常事，同时它也是一种意味深长的生活情趣。"既然在中国人的生活中分量这么重，而且几千年来不曾衰歇，我们多知道一点儿也好，例如不同朝代的人喝的茶都是什么样子，使用着什么器具，其间风气习俗有怎样的演变，等等。这也正是我读《品茶说茶》的收获所在。虽然也有语焉不详之处，但是因为配有较多图画和实物照片，正可以让我们约略想见前人生活的这一幕。而这本书的好处还不仅限于追溯往昔。喝茶也是今天我们大多数人生活中的一件事情。以我这外行人的粗略理解，其所包括的几个方面，如茶，水，器具和人等，就中我们生活在城里的人除了水没法儿太讲究外，茶与茶具都有知识，即便应付日常之用也总要多少加以了解。只有常识略备，生活才有意思。无论从哪一个方面讲，"生活情趣"都是以"生活需要"和"家常事"做底子的。

《易·系辞上》说："形而上者谓之道，形而下者谓之器。"在中国，喝茶这件事情是形而下的，不是形而上的。《品茶说茶》有副标题云"生活的艺术，人生的享受"，至少这里艺术从来不离生活，享受也始终立足人生。所以我看这类图书，总是爱看介绍胜过爱看议论，而且介绍的内容越具体，就越觉得有意思。这也就是《品茶说茶》配图的好处，因为一切都落到了实处。生活本身及其知识，自有不容忽视的价值。正因为如此，我不喜欢滥用"文化"一词，因为如果说的就是某种生活习惯、状态和情趣，无须另外标举名目；如果想从生活习惯、状态和情趣里引申出什么道理或精神，多半是穿凿附会。"茶文化"，还有什么"食文化""酒文化"，把原本实实在在的东西弄得没点儿真味道了。其实最好的态度是体验而不制造。形而下与形而上，其间并没有高下之分；硬要提拔发挥，反倒容易弄巧成拙。这本书在这方面，也不无可议之处。譬如讲到《五灯会元》里赵州从谂禅师的一段公案："师问新到：'曾到此间么？'曰：'曾到。'师曰：'吃茶去。'又问僧，僧曰：'不曾到。'师曰：'吃茶去。'后院主问曰：'为甚么曾到也云吃茶去，不曾到也云吃茶去？'师召院主，主应喏。师曰：'吃茶去。'"作者说："他为什么不说'吃饭去'等等呢？

这里主要的原因大概在于清静平和的饮茶意境与禅意之明心见性是相通的。"我想赵州和尚如同别位古德，所要破除的便是差别之念，故而一律答以"吃茶去"；说"吃茶去"，正与说"吃饭去""拉屎去"等是一样的。只有我们在家人才舍不得放下手中一杯茶，这是我们的"生活需要"，我们的"家常事"，而我们的"生活情趣"也在这里。我们说"吃茶去"才真的是"吃茶去"。

二〇〇〇年六月十六日

饮食、美食与"写食"

　　人对待吃饭（说得准确点儿是吃菜）有两种态度，一是吃饱，一是吃好。未必分得出高下，无非各有所好；或者说只求吃饱者，若此非难事，则是以饱为好。当然后者要求更多一些。我的朋友车前子近来有番议论："饮食以吃饱为目的，而美食是吃饱之后的淫欲。因为吃饱已不成问题，已绰绰有余了，就想着吃好。吃着碗里的，想着锅里的，这样看起来美食基本上像是一种不道德的品质，老心猿意马的，想找情人，想找小姐。也就是说，饮食是婚姻，美食是婚外恋，最起码也是调情吧。"（《一个人的战争》）老车才思敏捷，为我素所不及，然而此说似乎尚欠周全。我不是美食家，没有切身体会；揣想起来，美食家到底并非"野食家"，吃的多半还是寻常东西，吃法不同罢了。若拿男女关系打比方，所爱仍为自家老婆，却非普通爱法。他不满足于一般过日子，是拿老婆当情人看待，他们之间是种审美关系。吃饱与吃好，区别全在这里：审美地吃，是为好，甚至饱与不饱都无所谓；"美食"之"食"，即"饮食"，前面特意着一"美"字，是说此乃"审美意义上的饮食"。

提起审美，我们多半想到诗人，然而美食家的审美并不虚无缥缈，总要落在实处。《淘金记》里卓别林饥饿难耐，把一只皮鞋大嚼特嚼，我们总不好说他是美食家罢。说实话此时他倒像是位诗人。至于美食家，回到前面的譬喻，光是"情人眼里出西施"，恐怕还不成。美食家的审美首先是种行为，要诉诸一定形式，这形式即是烹调。或自家动手，或倩人代劳，都无不可。美食是对饮食的一种审美意义上的加工改造，美食家是因此而感觉出"好"的人。

所以美食之为一种审美形式，内容有二：一是行为，一是感受。然而对美食家来说，前者绝对不可简省，后者却未必一定搞得那么繁复。我说美食家不是诗人，意义之一正在这里。揣想美食家所感觉的"好"，多半也只是个"好"字而已。用不着长篇大论地讲怎么好法，——他正在那里忙着吃喝呢。从前有句话说"接吻的嘴不再要唱歌"，于此亦然。这是另外一码事情，即"写食"是也。"写食"

一语出诸沈宏非的杜撰，见所著《写食主义》，然而"写食"却不是他的首创。老车说美食有两种："一种是知堂式的，一种是随园式的。知堂式的美食倾向很静，很内向，有时候简直像守株待兔，吃到一块小点心也津津有味津津乐道，外人看来不免有点寒酸。而随园式的太动，太张扬，为一点味蕾满世界乱转，像条疯狗。"我读《随园食单》和后人辑录的《知堂谈吃》，觉得确有这个区别，但是追究起来，恐怕还得说随园是美食，审美感受不能从审美行为中独立出来；而知堂是"写食"，相比之下行为倒在其次，甚至根本就反对世间美食家那种吃法，他正是要从寻常饮食里感受到美。张爱玲说："周作人写散文喜欢谈吃，……不过他写来写去都是他故乡绍兴的几样最节俭清淡的菜，除了当地出笋，似乎也没什么特色。"（《谈吃与画饼充饥》）毕竟是以一般美食求之。美食重行为，"写食"重感受；"写食家"未必是美食家。美食与"写食"都是在饮食基础之上更进一步，而此"更进一步"，也就是大家说得滥熟了的"文化"。

当今之世，"写食家"恐怕要数沈宏非了，这是我读罢《写食主义》的感想。不过他的"写食"，却又与知堂大相径庭。前引老车的话，对随园多有贬抑，如果除去这层意思，我倒觉得所讲两种路数，正好可以用来说明沈氏"写食"与知堂"写食"之区别，正是一动一静，一繁一简。知堂要求本质，所以直指唯一；沈氏则满足于感受本身。《写食主义》的好处，在于作者对饮食感受丰富多彩，写得也神采飞扬。就像他所写的那些美食一样，他写出来的也是一种"美食"，称得上是感受的飨宴，文字的飨宴。这是一位面对美食的诗人。不妨用他自己的话来形容："我无意且无力于关心读者的吃饭导向，只想用单词和句子对食物滋味和饮食行为进行煽情及解构。如果饮食是一幕幕人间大戏，那么'写食主义'的角色，充其量也就是布莱希特戏剧里的幕间说书人。"这个人说得实在热闹极了。

二〇〇〇年十二月二十七日

卷三

《枕草子》及其他

据周作人在《〈浮世澡堂〉引言》中介绍，明治维新以前的日本文学，可以分为三个段落，即奈良平安时代、镰仓室町时代和江户时代。"苦雨斋译丛"第二辑所收《古事记》《枕草子》《平家物语》《狂言选》《浮世澡堂》和《浮世理发馆》，依次以两部为一组，恰好分别是每一时期的代表性作品。由此大略可以看出日本古代文学的衍变过程；而在这一衍变之中，作为日本文学主体的审美体验，显得特别丰富多彩，甚至不无对立之处，换句话说，彼此起到一种重要的互补作用。我们平日谈到日本文学，往往在特色上有所把握，也就是所谓"日本味"罢。这主要与某种特定的审美趣味和审美方式有关，因此很容易与其他地域的文学区分开来。至于重视喜欢与否，倒在其次。然而提到

"日本味"时，或许的确抓住了最主要的东西，但好像也有点儿狭隘化或简单化了；就是说，太过强调审美趣味和审美方式之"某种特定"，从而排除了其他方面（包括对立方面）的东西。"日本味"完全是根植于日本古代文学史的，包括这里收录的六部作品在内。而日本文学中的审美体验，无论源流都并不狭隘简单。"日本味"是个涉及广泛、张力很大的概念；各不相同甚至是对立冲突的成分，都被统一在审美体验这一范畴之内。

且从这一辑中最为大家所熟知的《枕草子》谈起。卷三"树木的花"有云：

"梨花是很扫兴的东西，近在眼前，平常也没有添在信外寄去的，所以人家看见有些没有一点妩媚的颜面，便拿这花相比，的确是从花的颜色来说，是没有趣味的。但是在唐土却将它当作了不得的好，做了好些诗文讲它的，那么这也必有道理吧。勉强的来注意看去，在那花瓣的尖端，有一点好玩的颜色，若有若无的存在。他们将杨贵妃对着玄宗皇帝的使者说她哭过的脸庞是'梨花一枝春带雨'，似乎不是随便说的。那么这也是很好的花，是别的花木所不能比拟的吧。"

这里审美体验显然是作为"更进一步"的过程而存在

的，总之非穷尽极致不可。由此我想，日本人的审美体验大约不是直觉二字足以概括的，至少也是细微层面上的直觉。即便被批评为"为审美而审美"也无所谓，关键在于最终有独特发现，——实际上如果审美是唯一取向，"为审美而审美"就是理所当然的。《枕草子》里所有审美体验，作者也许都曾下过一番类似功夫。然而其中最具典型意义的，则是如译者在《关于清少纳言》中所提到的"类聚的各段"："这就是模仿唐朝李义山的《杂纂》的写法，列举'不快意''煞风景'等各事，以类相从，只是更为扩大，并及山川草木各项，有美的也有丑的，颇极细微。"作者往往只说什么"很有意思""有趣味"；或者相反，什么"乏味""可憎"。在这一表述方式中，审美体验的过程及其独特性似乎未被强调，然而其内涵却非常丰富，同时也十分重要。这完全有赖于读者与作者之间的契合，或者说，读者要重行体验作者的那种体验。

《枕草子》的美，是典型的阴柔之美。这当然与作者清少纳言身为女性有关。恰好另一部奠定日本文学总的基调的作品《源氏物语》也出自女性作者之手，所以若说阴柔之美构成了日本文学审美体验的主体亦无不可，而在这一方面，《枕草子》可能更趋极端一些。阴柔之美有着某种特定的方向，或者说某种特定的力度与亮度。此外也牵涉到前述那种表述方式，——正因为如此，只讲表述方式可能不妥，应该说是日本文学独特的审美方式。这样的美仿佛总是局限于此在的范围内，《枕草子》中很少写到死，也许是个证明。我们联想到《源氏物语》中有目无文的"云隐"一回，不肯正面地写主人公的死，也是有缘由的。如果超出此在的限度，就不能再说是阴柔之美了。在《古事记》和《平家物语》中，可以看到审美体验的相反方向，而与之相伴随的，是另外一种力度与亮度，这就是阳刚之美罢。从某种意义上讲，阳刚之美是超出秩序以外的美。加藤周一在《日本文学史序说》中说："《古事记》最美最感人的部分，几乎都是恋爱故事。尤其是男女私奔的场面。……从《古事记》到《曾根崎情死》，都是以死来完成爱恋的，这种思考方法似是一脉相承地流传下来的。"爱与死，正是阴柔之美与阳刚之美的转化。而《平家物语》就更为激烈，例如卷六"入道死去"：

"入道相国虽然平素那么的刚毅，现在也十分苦恼的样子，断续的说道：

"'我自从保元平治以来，屡次荡平朝政，恩赏过分，说来也惶恐作为天子的外祖，进至太政大臣，荣华及于子

234

孙。现世的希望已经无一遗恨了。但是只有一件不足的事，便是没有见到伊豆国流人，前兵卫佐赖朝的首级。实是遗恨之至。所以我万一什么之后，不要建造茔塔，也不用修福供养，只立即派讨伐军出去，斩了赖朝的首级，挂在我的墓前，这就是最好的供养了。'临终说这些话，真是罪孽深重了。"

虽然已经到了"恶"亦即"罪孽深重"的地步，但是起主导作用的，仍然是某种审美体验。日本的阳刚之美，往往是凶险的，暴虐的，毁灭意义上的。这里我们讲此在与彼在，秩序内与秩序外，其间并无极致与否的区别。阴柔之美与阳刚之美，都可以达到极致。

《枕草子》的美，也可以说是贵族之美。《源氏物语》体现了同样的美。两部作品的题材、内容，以及作者的身份、态度和处理方式，都显示了这一点。二十世纪谷崎润一郎、川端康成和三岛由纪夫等人的作品中，反映的主要也是贵族之美。然而日本文学传统又有与之相对立的另一方面，即体现于《狂言选》《浮世澡堂》和《浮世理发馆》的市民趣味，实际上也还是一种审美体验。前述《日本文学史序说》曾说："狂言世界的背景在于大众。"而在式亭三马的两部小说中，这一层表现得更为突出。式亭三马与井原西鹤等同为江户文学的代表作家，在整个日本文学史上，江户文学的下层气息正起到一种洗礼作用，不然日本文学真的就偏于贵族一极了。以《浮世澡堂》前编卷上"浴池内的光景"为例：

"一个显得是好管闲事的老头儿，用着脚把洗手巾的小桶归并在一处：'喂，小伙子们！洗浴场要好好的洗呀！老人们走起来危险，这要滑咧。还有这小桶，也没有这样摆法的。连走路也没有了。喂，那水槽的水满出来了！谁呀，把米糠袋倒了的？这个模样呀！乱七八糟。喂，喂，脚底下踩着了膏药了！呃，腌脏得很。嘿，嘿，吐痰咧，掉疮痂儿咧！嘿，嘿，哎呀哎呀，全没有秩序。南无妙法莲华经！'从石榴口向里边一探望：'呀，好多的屁股呀！喂，对不起！你们都干的不对。别老堵着门口，往那中间去吧。后来人就要进不来了。而且又老是那么样地坐着，那是不是事呀！——嗳，老人来哩！啊，这是很好的澡汤呀。说这汤太温和的人，去浸到锅炉里去，或者把这格子卸下了，走进镬里去好吧。啊，啊，好得很，好得很。南无妙法莲华经！'"

弥漫于《浮世澡堂》和《浮世理发馆》中的，便是这样一种平凡的生活趣味，唯其平凡，所以有趣，作者乃是对日常生活充满灵动感受的人。为加藤周一所特别强调的"给人留下恍若整理编辑了现场'录音带'似的印象"的"对话的写实性记录"，正是以作者的敏锐感受为基础的。就审美体验而言，式亭三马与清少纳言何其不同，然而彼此之间，却又并非没有相通之处。周作人谈到《浮世澡堂》的特色时说："我想讽刺比滑稽为容易，而滑稽中又有分别，特殊的也比平凡的为容易。……唯有把寻常人的平凡事写出来，却都变成一场小喜剧，这才更有意思，亦是更难。"（《秉烛谈·浮世风吕》）如果在审美范畴内去理解他所讲的"平凡"，那么用来形容《枕草子》也是可以的。虽然作者所面对的是截然不同的世界，但是谁也没有忽略其中"平凡"的东西，也就是美的东西。可以说他们的发现是一样的多。不过这样讲话有个前提，即美不局限于一点，美是无限。

二〇〇一年五月二十三日

日本文学与我

　　说来我喜欢日本文学作品已有多年，平日与朋友聊天，却很少得到认同。读书各有口味，本来无须统一，但是这里或许有个读法问题。前些时我在一篇文章里说，日本的全部文学作品，其实都是随笔与俳句；进一步说，日本的随笔也是俳句。日本文学之所以成立，正在于对瞬间与细微之处近乎极致的感受体会。若是以框架布局等求之，则很难得其要领。这样的话当然没有什么理论依据，但是我的确由此读出一点好处，而这恰恰就是朋友瞧不上眼的地方。我觉得倒也有意思，不妨略微多说几句。但并不是要辩解什么，日本文学到底有没有好处，又何须乎我来辩解呢。所以不提好处，说是特点罢。所谓读法问题，即是因此而起的。

譬如小说，我们通常习惯的阅读，总是在情节这一层面进行的；而最具特色的日本小说，并不以情节为基础，却是在细节的层面展开。它们首先是细节的序列而不是情节的序列。我们读来，恐怕一方面觉得缺乏事件，另一方面又过分琐碎。另外我们阅读除想得到情节上的愉悦外，往往还希望有情感上的满足，日本小说虽然情感意味极重，却与我们所谓情感是两码事：它不是发生在情节之中，而是先于情节存在的，是作品的一种况味或基调。这些全寄托于细节，却又不强调细节的奇异，而是对本来很普通的东西予以独特的理解。人物之间，作家与读者之间对此的认同，又是彼此有所默契，有所意会，并不需要特别著之字面。我们读来，恐怕一方面觉得过分琐碎，另一方面又平淡乏味。所以虽然都顶着小说的名目，却不宜拿寻常看欧美小说的眼光去看它。

　　我这看法，或许日本作家自己就不同意。因为日本现代文学兴起，正是受了俄罗斯和欧洲文学很大影响；而成功的作家，也往往声明自己从日本以外得到师承。不用提早期的红、露、逍、鸥了，岛崎藤村、夏目漱石、芥川龙之介和谷崎润一郎等，都是如此；就连川端康成，也说过"可以把表现主义称作我们之父，把达达主义称作我们之母"。但是外来影响最终不过是引发他们对本国文化传统的某一方面加以继承和发扬而已，灵魂永远是日本自己的。一千年前紫式部的长篇小说《源氏物语》和清少纳言的随笔集《枕草子》，始终是奠定日本文学总的追求和方向的作品。而虽然前者算小说，后者算随笔，在我看来，它们的相同之处要远远大于相异之处。日本的小说读来有如随笔，而日本的随笔若与欧美的随笔比较，更像是胡乱写的，一般所谓章法脉络他们不大理会。总之，我们看作不得了的，日本人似乎很少顾及；我们轻易放过的，他们却细细加以体会。这里附带说一句，一般论家谈及日本文学，总喜欢贴上现成的标签，譬如说谁是浪漫主义，谁是现实主义，谁是自然主义，谁又是唯美主义，这多半因为日本作家自己也搞这一套，然而这些对他们来说，不过是借口或名义罢了，实质则根本不同。我们讲"主义"，都是以情节文本作为前提的；而日本文学是另外一种文本，这些标签之于他们，他们之于这些标签，总归不大对得上号。

一部小说的读法，可以有粗细之分。这里仍然不论高下，但是粗读读情节，细读读细节，大概是不错的。日本文学作品如若粗读，恐怕一无所获。因为它根本不重情节，也不重结构。日本现代最有名的几部长篇小说，如夏目的

《明暗》，谷崎的《细雪》，严格说来都算不上长篇小说。读这样的书，不仅不能忽略，而且应该特别重视每一细部。日本小说的细节与别处内涵不同，分量不同，地位也不同。田山花袋的《棉被》，说得上是这方面极端的例子。整篇作品都可以看作是对结尾处一个细节的铺垫。主人公时雄送走为他所深深爱恋的女弟子芳子，回到她曾经寄宿的房间：

"对面叠着芳子平常用的棉被——葱绿色藤蔓花纹的褥子和棉花絮得很厚、与褥子花纹相同的盖被。时雄把它抽出来，女人身上那令人依恋的油脂味和汗味，不知怎的，竟使时雄心跳起来。尽管棉被的天鹅绒被口特别脏，他还是把脸贴在那上面，尽情地闻着那令人依恋的女人味。"

本来是日常生活中最普通的东西，却被发现具有特别意味。最普通的东西也就变成了最不普通的东西。人物之间全部情感关系，都被浓缩在这一细节之中。这里也体现了日本文学中情感交流的基本方式，即往往并不直接发生在人物之间，而要借助一个中介物，出乎某种情感，人物对它产生特殊理解，使之成为投注对象，而它本身也具有了情感意义。在日本小说中，人物所做的，实际上就是从自己的人生阅历和情感背景出发，连续不断地对现实生活中瞬间与细微之处加以感受体会。

然而《棉被》到底是极端的例子。在这种物我交融之中，情感的表达未免过于强烈。更多的时候，则要更蕴藉，更深厚，也更耐人寻味。日本文学的特点，不仅在一个"细"字，还在一个"淡"字。但是这仅仅是就表现本身而言，若论底蕴则是很浓郁的。最有价值的作品并不针对社会，而是针对人生；并不仅仅针对人生为情节所规定的那一时刻，而是针对人生的全部。一方面，人与人之间充分的直接交流根本不可能进行，所表达的只是一点意思；另一方面，对于人生沉重而悲观的感受，几乎是先验的，命定的，不曾说出大家已经心照不宣。底蕴就是这种感受，细节是底蕴的表露，而表露往往只是暗示而已。夏目的《玻璃门内》虽然是随笔，但前面讲过，日本的小说与随笔并无根本区别，所以也可以举为例子。有个女子向作者讲述自己的痛苦经历，然后问他如果写成小说，会设计她死呢，还是让她继续活下去。这问题他难以回答，直到把她送出家门：

　　"当走到下一个拐角处时，她又说道：'承先生相送，我感到不胜荣幸。'我很认真地问她：'你真的感到不胜荣幸吗？'她简短清晰地答道：'是的。'我便说：'那你别去死，请活下去吧。'不过，我并不知道她是怎样理解我这句话的。"

这应该说是更典型的日本式的细节。心灵的极度敏感，情感的曲折变化，含蓄的表达方式，不尽的人生滋味，全都打成一片。人与人之间距离既非常远，又非常近。在夏目自己和岛崎、谷崎以及井伏鳟二等的小说中，我们常常见到类似写法。此外日本的"无赖派"，如太宰治的作品，人生体验也是特别深厚的。

这种瞬间与细微之处的感受体会，除关乎人生况味，还涉及审美体验。可以说日本文学对世界最独特的贡献就在于审美体验的全面与细致。忽略了这一方面，恐怕世界文学多少有所欠缺。不过尽管如此，我还是觉得在审美方面显得特别突出的那些作品，如谷崎的《春琴抄》和《疯癫老人日记》，川端的《千只鹤》和《睡美人》，不仅是世界文学的异数，可能也是日本文学的异数，因为这一方面毕竟太突出了。谷崎、川端仿佛专门描写的东西，实际上也见于别的作家笔下，只不过杂糅于其他描写之中罢了。而日本文学的真正特点正是将人生况味与审美体验融为一体。话说回来，细细品味谷崎、川端的上述作品，其实也未必那么单一，只是一方面太精彩，将另一方面掩盖住了。他们写到审美体验，也就写到了人生况味，就像夏目等写到人生况味，也就写到了审美体验一样。在日本文学中，人生况味总是诉诸审美体验，而审美体验也总是体现了人生况味，《细雪》和《雪国》都是很好的例子。

日本文学的审美体验，所强调的是两个方面。第一，美只在瞬间与细微之处，稍纵即逝；第二，所有的美是感官之美，美是所有感官之美。这当然有赖于细节描写。如果忽略细节，日本文学就没有美可言。例如《雪国》的开头，"穿过县界长长的隧道，便是雪国。夜空下一片白茫茫"。就是对一瞬间视觉与心境上黑暗与光亮、狭隘与开阔之间强烈对比的细腻把握。日本文学不仅把我们通常看到的视觉与听觉之美写尽了，而且扩展为嗅觉、味觉和触觉之美，在所有感官审美方式的体验和表现上都达到极致。这是《源氏物语》以后日本文学的重要传统，而现代作家几乎无不有所继承。前引《棉被》的例子，就是写的嗅觉与触觉之美。棉被既是情感投注的中介物，也是审美体验的中介物，时雄所感受的，最终是芳子在嗅觉与触觉方面呈现的美。如果对此不能接受，对整个日本文学也就难以接受。作家永远期待着与之心灵相通的读者，期待读者能够对他的理解加以理解，对他的体会有所体会。这里作家与读者之间的关系有如小说中人物之间的关系。

审美对象的无限性与感官的开放性是相互依存的。很少只有某一感官单独启用，美最终是对所有感受的综合，或者说是通感。在椎名麟三的《深夜的酒宴》中，这一审美过程作为复杂的系统，其间发生了多种借代、递进、转换和扩展的关系：

"忽然发现加代坐在我的旁边。我看到这个加代一面露着一种妖艳的谜一般的微笑，一面直望着前面。也许是她听到了我的自言自语。我像直接地感到了她的肉体。她胖得简直要撑破白皙的皮肤，浑身滚圆，甚至连脚趾都油光可鉴。在她身上，大概没有一块皮肤松弛的地方吧。接着，突然我就像看着樱花盛开时那样，情绪变得郁闷而厌恶起来。于是，想起了从她房间里不断冒出的煮肉的味道，它笼罩了我的心。一下子我的情绪变坏了，想吐，就悄悄地站起身来。这时，我的视线移到她的膝盖周围。那膝盖别扭地弯曲着，粗大的腿像圆木似的装在肥胖的腰上。因此，她给我的印象就像蹲着似的，她的上半身要比其他的人高出一截。

"我从令人窒息的、狭窄的房间走到走廊上，深深地叹了一口气。我想，她的肉体充满着人间的梦想。"

情绪近乎戏剧性地变化之后，感官之美充盈了整个心灵。美穿越一切，美是终极，它不受人世间逻辑的限制，或者说，美本身就是一种逻辑。美是字面之外所有东西的真正联系。日本文学的美呈现于所有细节，而细节总是弥散的，作为感受体会的对象，细节在作品中并不孤立存在。无论审美体验，还是人生况味，日本文学往往是从别人笔墨所止步的地方起步，最终完全另开一番天地。

二〇〇〇年二月二十三日

美的极端体验者

　　我有一个偏见，阅读某一国度的作品时，总希望看到该国文学的特色，也就是说，那些别处看不到的，或具有原创性的东西。当然，通过译文来阅读，这种特色已经丧失不少；但是无论如何也还能够保存下来一些。所以讲到日本文学，我对谷崎润一郎、川端康成等的兴趣，始终在大江健三郎辈之上，虽然不能说大江一点日本味没有，但是西方味到底太重了。这当然只是个人偏见，因为我也知道，每一民族的文学都在发展之中；谷崎也好，川端也好，一概属于过去的日本。说这话的证据之一，便是日本整个战后派文学都很西方化，就连三岛由纪夫的灵魂也是古希腊的而非日本的。谷崎、川端等此时作为素负盛名的老作家，似乎是通过自己的创作来抗衡什么，然而随着他们的陆续辞世（谷崎在一九六五年，川端在一九七二年，其他老作家现在也多已作古），我们心目中的日本文学特色可能已经不复存在。二十世纪日本文学中，谷崎和川端也是现代派，都受到过西方文学的很大启发，但是他们更多是因此而发扬了日本文学的一部分传统，与战后派毕竟有所不同。如果不把所谓特色看得过于狭隘和固定，我觉得保留上述偏见倒也未尝不可，至少不应忽略存在于诸如谷崎与大江之间的明显差异。

在我看来，谷崎算得上是二十世纪最具日本文学特色的日本作家。不过他的作品也最容易被误解，也许除了《细雪》之外；而《细雪》未始不会受到另外一种误解。须得先进日本文学的门，才能再进谷崎文学的门。日本小说与一般小说出发点不同，过程不同，所要达到的目的也不同，不能沿袭对一般小说的看法去看日本小说。譬如审美体验，在日本文学中可能是唯一的、终极的，而别国文学则很少如此。在谷崎笔下，这一点表现得最为明显。《文身》《春琴抄》《钥匙》和《疯癫老人日记》等，很容易被仅仅断定为施虐狂和受虐狂文学，而且多半涉及性的方面；然而正如加藤周一在《日本文学史序说》中所说：

"谷崎写这样的小说，当然不是作者自身的或其他任何人的实际生活的反映，而是由此岸的或现世的世界观产生出来的美的反映，而且是快乐主义的反映。它只描写生活与这种理想相关联的一面，其他所有方面都被舍弃了。从这个意义上说，谷崎的小说世界是抽象性的。"

也就是说，谷崎的作品不是一般意义上的写实的，当然也不是象征的，而是作者探求美的一个个小试验场。他用写实的手法，描写那些经过精心设计的，从审美意义上讲是切实的，而从现实意义上讲是抽象的内容。谷崎文学没有社会意义，无论正面的还是负面的；只有审美意义。有些的确带有色情意味，但是这与施虐狂和受虐狂色彩一样，都只是通向美的终极的过程，是全部审美体验的成分，虽然是很重要的一个成分；但是如果不具有审美意义，它们对作者也就没有任何意义。

世界上大概没有一位作家，像谷崎那样毕生致力对美的探求，这种探求又是如此极端，如此无所限制。正因为无所限制，他的作品与社会发生了某种关系。谷崎只针对美，并不针对社会；但是社会关于美的意识与谷崎对美的探求有所冲突，在他看来这实际上是为美和审美规定了某种限度。而对谷崎来说，美没有任何限度，审美也没有任何限度。那么借用禅宗的一句话，就是逢佛杀佛，逢祖杀祖，虽然他是有我执的，这个我执就是美。所谓"恶魔主义"，也是在这一层面发生的，本身是过程之中的产物，并不具备终极意义。然而我们有可能忽略这一点。从另一方面讲，当善与美发生冲突时，谷崎不惜选择恶来达到美；我们从社会意识出发，也有可能认为他表现了丑。譬如《恶魔》中佐伯舔恋人的手帕，就是一例：

"……这是鼻涕的味儿。舔起来有点熏人的腥味，舌尖上只留下淡淡的咸味儿。然而，他却发现了一件非常刺激的、近乎岂有此理的趣事。在人类快乐世界的背面，竟潜藏着如此隐秘的、奇妙的乐园。"

日本文学的美都是感官的美，而且，审美体验涉及所有感官。这里便是谷崎在味觉审美上所表现的一种无所限制的体验。而审美体验的无所限制，正是谷崎文学的最大特点。《春琴抄》堪称谷崎审美体验集大成之作，当春琴被歹徒袭击后，她说的第一句话就是：

"佐助，佐助，我被弄得不像人样了吧，别看我的脸哪。"

这提示我们，男女主人公之间，最根本的是一种审美关系，这也可以扩大及于作者笔下一切男女关系。从这一立场出发，那些超出人们通常接受程度的细节描写，似乎也就可以得到理解。而在《春琴抄》中，佐助正是因为不要再看师傅被毁容的脸，刺瞎了自己的眼睛。此后他有一段自白：

"世人恐怕都以眼睛失明为不幸。而我自瞎了双眼以来，不但毫无这样的感受，反而感到这世界犹如极乐净土，惟觉得这种除师傅同我就没有旁人的生活，完全如同坐在莲花座上一样。因为我双目失明后，看到了许许多多我没瞎之前所看不到的东西。师傅的容貌能如此美，能如此深深地铭刻在我的心头，也是在我成了瞎子之后的事呀。还有，师傅的手是那么娇嫩，肌肤是那么润滑，嗓音是那么优美，也都是我瞎了之后方始真正有所认识的。"

除了美超越一切之上外，更重要的一点在于，《春琴抄》表现的是审美体验在不同感官之间的转换过程，也就是从视觉审美变为触觉和听觉审美，而这使得审美主体与审美对象之间的距离更为切近，所感受的美也更具体，更鲜明，更强烈。换个角度来看，也可以说是通过屏蔽某一感官，其他感官的审美体验因此被特别凸现出来。晚年力作《疯癫老人日记》，正是在这一方向上的发展。"我"老病缠身，几乎只能通过触觉来体验儿媳飒子的美。飒子称"我"为"迷恋脚的您"，呈现在"我"感官里的飒子的脚的美在这里被描写得淋漓尽致。而最为登峰造极的，是"我"打算将墓碑做成飒子的脚的形状，"我死了之后，把骨头埋在这块石头下面，才能真正往生极乐净土呀"。这也体现了谷崎文学审美体验的受虐狂因素。而一旦涉及性，触觉、味觉和嗅觉较之听觉和视觉，色情意味要更重一些。《战后日本文学史·年表》中译本有段引文，为现在收入"谷崎润一郎作品集"的《疯癫老人日记》（这似乎是个节译本）中所未见：

"墓石下面的骨头发出哭叫声。我边哭边叫：'好疼，好疼，'又叫：'疼虽然疼，可是太开心了，实在太开心了，'我还要叫：'再踩，再踩吧！'"

对于"我"和作者谷崎来说，这一笔非常关键，删略就不完整了，仍应被纳入作者的整个审美体验范畴之中。谷崎是女性的崇拜者，曾强调自己"把女人看作是在自己之上的人。自己仰望着女人。若是不值得一看的女人，就觉得不是女人"，然而对他来说，女性只是女性美的载体，只有美才是至高无上的，所以《疯癫老人日记》中的"我"，不惜以死为代价从事美的历险，《钥匙》中的丈夫则为此而送了命。这两部小说与《春琴抄》一样，从一方面看是美的历险，从另一方面看是人生的折磨，其间反差如此之大，正可以看出谷崎的视点与寻常视点有着多么大的区别；而如果不认同他的眼光，我们就只能误读他的书了。

　　在谷崎的全部作品中，分量最重的《细雪》被认为是个例外，因为这里向我们呈现的只是生活状态本身，并不具有前述那种抽象性。小说由一系列生活琐事组成，进展细腻而缓慢，没有通常小说中的重大情节，也没有谷崎其他作品中刺激性强烈的事件。阅读它同样需要首先接受日本小说的前提，即情节根本是无所谓的，应该撇开它去品味细节。《细雪》是人生况味特别深厚的作品，谷崎似乎回到普通日本人的姿态，去体验实在人生了。然而这里审美体验仍然十分重要，不过所强调的不是超越日常生活之上，而是弥散在日常生活之中的审美体验，这正与他在随笔《阴翳礼赞》中所揭示的是一致的。虽然我们时时仍能看到谷崎特有的审美方式，譬如通过描写雪子眼角上的褐色斑表现她不复年轻，通过描写妙子身上的不洁气味表现她品行不端，都是作者惯常使用的诉诸感官的写法。

二〇〇〇年十月十四日

穆齐尔与我

"穆齐尔的作品直到今天还使我入迷，也许直到最近几年我才全部理解了他的作品。"这是卡内蒂获诺贝尔奖时说的话，而穆齐尔是他所要衷心感谢的四位作家（其他三人是克劳斯、卡夫卡和布洛赫）之一。多年以后我读了《没有个性的人》，觉得卡内蒂正道着我此刻的一种状态："入迷"，却并不"全部理解"。我以整整十天时间读完一千二百页的译本，未曾漏过一字一句，不时仍有难以企及之感。不同于卡夫卡的深刻，穆齐尔是博大，当然博大可能也包含着深刻。对卡夫卡我觉得契合，对穆齐尔则只能说是入迷了。博大是无边际的；如果以博大为边际，那么也可以说是饱满。说来这个人正是如此：随便出门一走，是有意义的；遇着什么事情，是有意义的；听到什么讯息，也是有意义的，……与世界的任何接触，都能引发一种"穆齐尔式的感受"。然而就其中某一点而言，感受何以达到如此饱满程度；就写作这一过程而言，又怎能将饱满的感受保持始终，仍然是不可理喻的。卡内蒂说："我向他学习的东西却是最难的东西：这就是一个人几十年如一日地从事自己的创作，但却不知道这个创作是否能完成，这是一种由耐心组成的冒险行动，它是以一和近乎非人道的顽强精神为前提的。"这里"冒险"与"近乎非人道"，也许都应该从饱满这一意义上来理解罢。

文学史一类书中，概述《没有个性的人》内容往往不得要领，因为其中最主要的成分根本无法概述。这说得上是一部关于欧洲文明的集大成之作，——当然也可以说，是对欧洲文明的彻底颠覆乃至终结之作。对作者置身其间的现实世界的关注，无疑是小说的层面之一；在这一点上，穆齐尔比卡夫卡犹有过之，他笔下有针对性的讽刺意味更强。然而他们同样拒绝直接描摹现实。卡夫卡写的是寓言；作为《没有个性的人》主体的"平行行动"，也可以被看作对现实世界的一种概括，是现实层面之上的另一层面。至此穆齐尔便与卡夫卡分道扬镳了。卡夫卡是内敛式的，他把寓言挖掘成一口深井，直达我们整个存在的根本；穆齐尔则是弥散式的，对他来说，寓言只是由头而已，是他的思想和现实的一种链接。"平行行动"有如一场狂欢，而狂欢的主角是思想。所谓思想，与前述感受意思相近，分别对应着"现实之上"和"现实"；或者说感受升华为思想更为恰当。不过这一升华却并不是提纯，恰恰相反，一切变得更为繁复，弥漫，无边无际。小说的主人公乌尔里希说："人们必须重新夺取非现实，现实不再有什么意义！"《没有个性的人》写的正是从"现实"向着"非现实"的衍化过程，不过这一过程未必体现为时间向度或因果意义上的序列，而首先发生于各个环节，它有着不同的方向；就整部作品而言，虽然情节上有所进展，却始终均匀地保持着"现实—非现实"的状态。

昆德拉在《小说的艺术》中揭示了《没有个性的人》不同于以往小说的特色："小说家有三个基本的可能：讲述一个故事（菲尔丁）；描写一个故事（福楼拜）；思考一个故事（穆齐尔）。"但对穆齐尔来说，重要的不仅在于思考，而且在于思考方式。穆齐尔的博大世界就展现于这一思考方式。这是"非现实"的真正含义。乌尔里希与其说是小说的主人公，不如说是小说中最主要的思想历程，就像其他人物如阿恩海姆、克拉丽瑟、阿加特和施图姆将军等也分别是不同的思想历程一样。而穆齐尔并不完全认同于任何一个人物。小说中有番话说：

"所以精神就是大随机应变者，但是它自身却是哪儿也逮不着，人们几乎会以为，除了坍塌以外，它的效应没留下任何别的东西。每一个进步是个体上的一种收益和整体上的一种分离；这是一种权力增长，它导致一种无能为力的状态的不断增长，人们欲罢不能。乌尔里希觉得自己回忆起了这个几乎每小时都在增长的、事实和发现的身体，精神如果想仔细考察某一个问题，今天就势必会从这个身体上显现出来。这个身体正在脱离内核。健康和病态、清醒和梦幻头脑之各种形态的，各地区和各时期的无数观点、意见、有序的思绪，虽然像几千个敏感的小神经束那样充满他全身，但却缺乏把它们联合在一起的闪光点。"

如同这里所描述的，乌尔里希也好，其他人也好，整部《没有个性的人》也好，思想始终是作为过程而不是作为线索存在的。所有思想都拒绝秩序，始终在变化之中，追求的是瞬间的丰富性，而不是整体的系统化，——这是穆齐尔"思考一个故事"的关键所在。而在他看来，只有如此，思想才真正成其为思想。乌尔里希说："我从未隶属过一个持久的思想。没有这样的思想。"也可以从这个意义上来理解《没有个性的人》未及完成之事。据马丁·赛莫尔－史密斯在《欧洲小说五十讲》中说，作者于"一种序言""如出一辙"和"进入千年王国"（没有写完）之后，还曾计划写"结论"，然而"他一直没找到乌尔里希的自我完善方式"。在《没有个性的人》中，思想意味着无限可能性，所以根本不存在什么"自我完善方式"。

《没有个性的人》中译本面世，也许是最近十年间文学翻译和出版领域最重大的事件。我不写小说；如果我写小说，可能会因此而感到某种困难。它动摇了我们一向对感受、思想和写作之类概念的理解力，而这些正是小说创作的基础所在。——其实仅仅作为一个感受者和思想者，我也不无困难之感。读《没有个性的人》时始终有这样的印象：我躺在一间可能属于自己的茅屋中，忽然看见一座无比巨大的城堡正自天际飘忽而过（这意象显然得力于马格利特画的《比利牛斯的城堡》）；一切都是莫名的，恍惚的，然而却是很早以前实实在在发生过的一件事。

二〇〇一年五月五日

从《一九八四》到《美丽新世界》

我第一次读奥威尔的《一九八四》，迄今已经二十四年了，其间读过不止一遍。每当有人问对我影响最大的书时，我总是举出这本，因为觉得它在中国从未受到足够重视，而理应受到这种重视。记得一次朋友聚会，有位老先生非常兴奋地谈论《往事并不如烟》。当时我说，在您感兴趣的那个方向上，走到头是百分之百，《往事并不如烟》大概写了百分之一，借此我们可以想到百分之五。我告诉您有一本书，早已写到了百分之百，就是奥威尔的《一九八四》。您一辈子都想不透的，它早已替您解决了。有关这个问题，真是不能再说有什么《一九八四》未曾揭示过的东西了。

我读《一九八四》，觉得最重要的不是具体写到什么，尽管那些描写惊心动魄；关键是它从本质上揭示了一切。

《一九八四》的历史意义在于，当人们虚幻地以为看到了世界的希望时，奥威尔指出，那是一条极其危险的路。这本书涉及科学问题，而科学进步的速度和程度是包括奥威尔在内的所有人都难以想象的。如果只是盯着书中"电幕"一类东西，那么现实中没有"电幕"时，对人的监控就真的不存在了么。而现代科学技术早已把"电幕"完善到了无法察觉和不留任何死角。

《一九八四》出版后引起很大轰动。赫胥黎却给作者写信说，《一九八四》所写其实是发生在我的《美丽新世界》之前的事情。这很有意思。赫胥黎说，真正的极权国家是要讲效率的。达到这种效率并非通过强制手段，而是人人自觉自愿使然。《美丽新世界》中，人们幸福地追求着效率，或者说追求着幸福的效率。《一九八四》不过是把我们这个世界写到极致，之后还有一个"美丽新世界"。我强调《一九八四》，是因为我们缺少这一课，应该补上，不然至少思想方面会有很大漏洞。但是如果仅仅出于现实的考虑，《一九八四》未必非读不可。《美丽新世界》就不同了，它所描写的是正逐渐出现在我们面前的事情。

在我看来，我们正处在"一九八四"和"美丽新世界"之间。而且大家从不同地方、不同国度和不同体制下共同地在往这个方向努力。"一九八四"是一种局部选择，却有可能对整个人类造成威胁，"美丽新世界"则是"阳光普照大地"。在《一九八四》中，温斯顿之所以是温斯顿，是因为他有思想，尽管从来没有谁给过他思考的权利，只是他自己偷偷保留了一点而已。最终他把这种权利放弃了，把思想放弃了，"他战胜了自己。他热爱老大哥"。这正是奥勃良所要求的。这其实是他们之间达成的一种共识：温斯顿心甘情愿地不再思想。于是一个人的思想融入了一群人的思想，而一群人的思想根本不是思想。思想只有在"我"的意义上才成立。随着科学技术的进步，人们越来越易于实现自己的物质愿望，因此像温斯顿这样对社会不满的人越来越少。在《美丽新世界》中，根本没有思想这回事。

如果要在《美丽新世界》和《一九八四》之间加以比较，我会说《美丽新世界》更深刻。我不认为"一九八四"有可能百分之百实现，因为毕竟过分违背人类本性；但是裹挟其中，还是感到孤独无助。然而"美丽新世界"完全让人无可奈何。对"美丽新世界"我们似乎只能接受，因为一个人能够抵御痛苦，但却难以抵御幸福。书中约翰说道："我要的不是这样的舒服。我需要上帝！诗！真正的冒险！自由！善！甚至是罪恶！"总统答道："实际上你是在要求受苦受难的权利。"有谁把受苦受难当成一种权利呢。

　　被称为"反乌托邦三部曲"的《我们》(扎米亚京著)、《美丽新世界》和《一九八四》有着共同的一点，即所描写的都是秩序的世界。秩序之外什么都不允许存在。但只有在《美丽新世界》中，秩序与人的愿望达成了一致，虽然它是在更高层次上泯灭人性。"美丽新世界"是真正终结"一九八四"的。"一九八四"不是靠温斯顿偷偷摸摸写点什么就可以动摇的，它终结于"美丽新世界"。这就是赫胥黎那句话的真正意义：你的《一九八四》终将过去，我的《美丽新世界》定会取而代之。

二〇〇九年五月四日

闲话法国小说

这些年来，翻译界和出版界对法国文学（确切地讲，是法国小说）的介绍，似乎较之别国文学更热心，证据之一是推出了多种名目的丛书。仅以敝书架上者而论，就有漓江出版社和安徽文艺出版社的"法国廿世纪文学丛书"，译林出版社的"法国当代文学名著"，上海译文出版社的"法国当代文学丛书"，湖南文艺出版社的"午夜文丛"，中国文学出版社的"法国当代小说精品"，百花文艺出版社的"法国最新获奖小说"和华夏出版社的"法国当代桂冠小说译丛"。就中漓江和安徽文艺那套规模最大（共十批，不知怎的缺第六批，却有两个第八批），名家名作也最多，只是入选篇目水准偶见参差，此外主编者撰写的序言总说不到点子上，倒不如没有的强；译林和上海译文的两套数量虽少，却显得更整齐，不过后者重出较多，作为买书人难免觉着遗憾；湖南文艺的另辟蹊径，单取一门，说得上最具特色；其他几套则还谈不上什么阵势，虽然也夹带着极有价值而尚为别处所忽略的作品，比如尼米埃的《蓝色装甲兵》。这本书恣意放纵，悲喜交集，同是描述二次大战，对比海明威和海勒之作，叫人觉得后者到底还是文人感受，前者却是大兵自个儿发言了，真是美国人有美国人的写法，法国人有法国人的写法。囊括在上述丛书之中和之外（例如译林出版社的"译林世界文学名著现当代系列"中有好几种，虽然也是重出的为多）的法国小说，经过一番挑拣，也在百种以上，范围又主要集中于二十世纪，由得我们来闲聊几句了；尽管遗漏仍然不少，无论是这一时期的重要作家，还是重要作品。

这里先要声明一句，我是看了译文之后说话，顶多就到隔靴搔痒的地步；尤其法国人向以自己的语言为骄傲，就算译文没有多少差错，这方面的特色也将丧失殆尽，何况大家都还在慨叹译文质量愈加低劣了呢。那么只好绕过这些经过翻译肯定丧失或可能丧失的东西，去谈论那些不大容易丧失的东西；同时，所下的论断多少要打一点折扣。即便这样，也有不少可说的了。上面谈到《蓝色装甲兵》，实际上已经触及关键所在，我们读这批小说，最有意义的恐怕还是可以由此领略二十世纪法国作家独特的感受方式和独特的表述方式，至于以往说得烂熟了的反映现实等倒在其次。譬如莫里亚克的《爱的沙漠》《蛇结》和《戴莱丝·戴克茹》，恐怕就整个世界而言，同一时期也不大见着有人在感情方面开掘得如此深刻，他的人物未必没有"爱"，但彼此之间不能同步，所以是"沙漠"。莫里亚克的诗意也值得留心：景物变化即刻为人物所感知，并通过其心理、情绪、言语和行为做出反应，因而真正实现了情景交融，混同内外。又如塞利纳的《长夜行》，对于现有价值体系的质疑表达得何其淋漓尽致，而人物命运与情节进展与此又那么相辅相成，后来英国的"愤怒的青年"和美国的"垮掉的一代"不说小巫见大巫，总归是步其后尘了。

记得杰尔曼娜·布雷说过："（在法国）两种文学并存：一种是人们都在读但谈论不多的文学，另一种是人们不大读但解说很多的文学。"（《二十世纪法国文学，一九二〇——一九七〇》）分别是指所谓传统文学和先锋派文学。我想这样的话对法国人来说肯定有意义；但对我们却未必如此，因为我们读书不是为了重复别人的阅读经验，也不是为了对已经存在着的文学史加以确认，兴趣可能更在于希望读到在别处读不到的东西。说来我有个印象，法国文学最重要的传统就是创新。所谓重要作家或重要作品，不管已出版的或未出版的，都是在这个意义上讲的。就感受方式而言，令我们耳目一新的并不仅限于塞利纳和尼米埃。芒迪亚格的《摩托车　闲暇》也是很好的例子，作者看来，人生之虚幻有如一张薄纸，在将被捅破之前，人们竭力隐忍，并沉浸于对小小幸福的回味之中。更不要提像加缪这样的世纪感受者（《局外人》《鼠疫》和《第一个人》）达到何等深度了。

表述方式的创新也就是感受方式的创新。纪德的《伪币制造者》在设计一种全新的结构时，也提示我们可以用不同既往的眼光去看世界，而世界也就完全变了样了。多年之后，洛朗的《蠢事》提供了更为复杂和更为奇特的认识世界的方法。这本书同样具备前述《蓝色装甲兵》和《长夜行》那种饱满和鲜活气象。很奇怪迄今仍有人把"新小说派"的作品看成玩弄技巧，内容空虚，我不知道这里所谓"内容"是否真的能够离开一个作家认识世界和把握世界的方式而独立存在。像罗伯－格里耶这样的作家，对于世界总的看法与所采用的表现方法是完全一致的，所以他才那么热衷于对"物"的描述（这包括两方面，一是描写物，一是像描写物那样去描写人）。而这一看法是空前深刻的。三卷本《罗伯－格里耶作品选集》可谓近年来译介法国文学作品最有魄力同时也最具贡献的举动，加上其他出版社印行的他的另外几部作品，终于使我们能够对这尚健在的世界作家中最伟大的一位有较全面的认识了。"新小说派"在法国出现绝非偶然。同属这一派的萨罗特（《天象馆》《童年　这里》）、布托（《曾几何时》《变化》）和西蒙（《佛兰德公路　农事诗》《植物园》《大饭店》），也给我们许多新的启示。而"午夜文丛"所收几部较为年轻作家的小说（加依《逃亡者》、艾什诺兹《我走了》等），使我们欣慰地看到，法国文学感受方式和表述方式的创新并未完结。

二〇〇〇年八月八日

有关"可能发生的事"

我在《画廊故事》中写道："在我看来，作为行为艺术家的达利在公众面前成就了画家达利，但是在画家和美术评论家心中损毁了画家达利。"这不过是陈述事实而已，所以自己大可安心。昨天晚上却忽然想到，那么他的自传怎么办呢。当然对于画家达利来说，写作也是行为艺术之一种，他在书中不厌其烦的自我标榜，可能惹得一些人迷醉，同时招致一些人厌恶；然而写作这一行为却另外成就了一个作家达利，这或许是大家始料不及的。对于一向认为自己无论做什么都是成就的达利来说，又应该是在意料之中。反正达利永远是不可规范的，他所崇奉的超现实主义的真谛即在这里，而达利尤其如此。

《达利的秘密生活》(一九四二年)和《一个天才的日记》

（一九六四年）是两本形迹可疑的自传，因为我们实在难以相信他写的事情都是真的。然而达利这样一个人，又怎么可能一五一十地报告自己的经历呢。不是说他做不到，是他不愿意这么做。这里作家达利的态度以及才具，大概可以与画家达利相提并论。达利的绘画具有超乎寻常的技巧功底；谈论他的文字表现手段则应该小心一点儿，因为所读的是译文，不像绘画，到底看过一些原作。但是有些东西经过翻译或许不会有太多损失，譬如说他的幻想。达利作为画家和作为作家，都有着近乎疯狂的奇特想象力，为大多数画家和作家所望尘莫及。这里要解释一下，前面说他写的不真实，其实古往今来恐怕没有一本自传能够真正做到这一点，就连歌德还把他的书取名为《诗与真》呢。但是达利不在这个系统之内，因为幻想原本不同于一般虚构。歌德式的虚构旨在仿真，而达利式的幻想是要另外创造一个世界。《达利的秘密生活》等与其说是在记录达利，不如说是在创造达利。我倒宁肯把它们与《小径分叉的花园》和《百年孤独》这类作品放到一起，而且说实话《达利的秘密生活》给我的阅读愉悦并不亚于《百年孤独》。

有朋友说，达利为创造一个虚无中的达利，几乎忙了一生。然而对达利来说，我们看作虚无的反而是真实的；

他压根儿没打算向我们展示那个不在虚无中的达利，——或许他认为那根本就是不存在的。从另外一个角度看，达利的书无论如何也是他的精神历程的记录，而这对于我们更真切地了解画家达利，以及其所归属的超现实主义画派，都不无裨益。说实话我并不觉得达利是这一派中最伟大的一位（这种话其实没有什么意思），他也不是我最喜欢的一位，尤其后期的画，常有一种虚伪的、让人生厌的"神圣"气息。但是在他笔下，我看到了甚至比布勒东更为准确的对于超现实主义精神的描述。他说："原则上，我反对一切。……要我回答'白'，别人只需说'黑'就够了，要我吐唾沫，别人只需尊敬地鞠躬就够了。"这可以说是一切超现实主义画家的出发点罢，然而也仅仅是个出发点而已，最终使得他们有所成就（用"成就"一词来形容这些画家未免有些滑稽，可是我们有什么别的词可用呢）的还是想象力的极致发挥，这才真正是无所拘束的。"不"仅仅是与"是"相反的方向，最终不过是另一种"是"而已；而超现实主义的"不"有无数方向，无论哪一个方向，首先排斥的是来自前述"是"与"不"的既定。这样它就始终是鲜活的。达利有番话，足以让我们体会个中意味：

"我无法理解人竟然那么不会幻想；公共汽车司机竟然

不会不时地想撞破商店的玻璃橱窗，迅速抢一些送给家人的礼品。我不理解，也无法理解抽水马桶制造商竟然不会在他们的器皿中放一些人们拉动拉链就会爆炸的炸弹。我不理解为何所有浴缸全是一个形状；为何人们不发明一些比别的汽车更昂贵的汽车，这些汽车内有个人造雨装置，能迫使乘客在外面天晴时穿上雨衣。我不理解我点一份烤螯虾时，为何不给我端来一个煎得很老的电话机；为何人们冰镇香槟酒，却不冰镇总是那么温热发粘的电话听筒，它们在堆满冰块的桶里定会舒服得多。……"

这才是达利的世界，达利创造的达利是这里的君王。现实世界与这个世界如此不能相得，使他不免感叹："我总在想，可能发生的事一点儿也没发生。"他因此对于在他之前从没有画家想到画一只"软表"觉得惊异不解。从某种意义上讲，达利的自传与他的画都是他头脑中的"可能发生的事"，而他的"可能"正是我们的"不可能"。作为自传主人公的达利，与他画中的呈现为"软表"的时间和呈现为撕扯自己的巨人的西班牙等，其实具有同一性质。面对稿纸和面对画布，一样由得他浮想联翩，他也可以多少运用他那有名的"偏执狂批评方法"。

达利说："我一生中，事实上一直难于习惯我接近的在世上非常普遍的那些人令我困惑的'正常状态'。"达利式的幻想的本质在于拒绝一切前提。手边有一本《达利谈话录》，虽然不是出自他的手笔，但是说得上是可与《达利的秘密生活》媲美的书。有趣的是采访者总希望能够进入"正题"，也一再试图引导达利，然而他始终海阔天空，胡扯一气，采访者终于忍不住说："你这种迷人的折磨要持续多久？"这大概是另外一句可以概括达利的书（以及他的画）的话了。"迷人的折磨"，也道尽了达利的全部魅力。顺便说一句，前些时在杂志上看到一种说法：对现代西方艺术和美学而言，美已不再是艺术家园的主人，它为一个僭主——想象或创造所取代。我不知道这里所说的"美"是否真的存在过；即便存在过，我也敢断言那并不是真正的美。想象或创造本身就是美。无论对美还是对想象或创造加以限定，都是人类自己的损失。达利的自传如同他的绘画，给我的观点提供了充分的佐证。

二〇〇〇年七月二十日

面对历史的马尔罗

大约十六七年前，一本现在看来编得并不好的《马尔罗研究》面世，我由此开始接触马尔罗。我说"编得并不好"，因为其中几篇小说都是节译，这种做法最不可取，——当然也情有可原，那时他的作品还没怎么译介到中国来呢。以后《征服者》《王家大道》和《人的状况》都出版了，末一种甚至有三个译本，然而马尔罗在中国，好像始终没有产生类似萨特、加缪、莫里亚克和"新小说派"那样的反响。他素以描写中国革命知名，自己仿佛也曾参与其中，还是重要角色；西方人长期对此确信无疑，把他的作品看作亲身经历的记录，例如米歇尔·莱蒙著《法国现代小说史》就说："对于马尔罗来说，文学乃是以他的生活感受为基础的。他之所以写出了《征服者》或《人的状况》，那是因为他参加过亚洲的革命运动。"然而对于上述题材的供给一方——中国和中国人——来说，就不是这么一回事了。在我们眼中，此人总有蒙事儿之嫌。而且又写的政治事件，不仅胡编不得，这种作品本身品位就不高。大家多半把它们看作不无失实之处的政治小说了。

现在马尔罗的《反回忆录》又翻译出版了。在这里我们遇到从前在《征服者》和《人的状况》中遇到过的老问题——怎么能相信他写的都是真实发生过的呢。别的不说，至少一九六五年与毛泽东的谈话，内容就颇为可疑（他们的确见过面，但只持续三十分钟，双方泛泛交换了些外交辞令）。这本书的确才华横溢，丰富多彩，然而要想从中找到足够的真实（以马尔罗的传奇经历，显然可以提供不少鲜为人知的情况），大概难免失望。我们看到一个一以贯之的马尔罗，要么他有意造假，要么他对真实有自己的想法。

莫洛亚在《安德列·马尔罗》一文中说："他在某一场合曾说过，惟有回忆录才是值得一写的书。"马尔罗以后的确写了一部"值得一写"的书（据利奥塔《马尔罗传》记载，《反回忆录》出版前，他曾宣称："我要向他们表明，我是本世纪最伟大的作家。"），然而并不是通常意义上的回忆录。这不光是指书中所涉及的时间被重新组合，首先与通常回忆录的对应物就根本不同。马尔罗说:"文学中还有一个领域,批评界还没有把这个领域分离出来,因为批评界将这个领域与回忆录混为一谈,这就是叙述其作者所做的事情的书。不,是感觉到的事情。因为回忆录往往是人的感情的再现。"他无意甚至不屑于记录真实;在他看来,有比这更重要或更真实的东西。他说:"我把这本书称为《反回忆录》,因为它回答了一个回忆录不谈的问题,而不回答那些回忆录论述的问题;还因为读者在书中可以看到一个经常陷于悲剧的人物,像打暗处走过的猫那样黏糊、圆滑的人物,一个我无意中扬名的冒失鬼。"然而就是这个出现在他笔下的他,也只是历史中一些凌乱的投影而已。也许读《反回忆录》同时要读两本书,一本是《二十世纪法国史》,一本是老实写法的《马尔罗传》;然而对于曾经是这段历史上一位英雄的马尔罗来说,他有充分自信认为我们对这些早已耳熟能详。说来重要的不是他没写什么,而是他写了什么。

我们习惯于把传记分为真实与虚构两种,后者实际上根本不是传记。这里唯一的尺度是真实。然而世界上有样东西并不在这一范围之内,就是思想。思想是另外一种真实。马尔罗并不关心这个世界什么样子,他关心这个世界本质如何；在他看来，世界的本质是思想。他虽然是历史中的一个身体力行者，最终却是以心灵和想象去触及历史的。所以在他笔下，历史不是记忆，是呈现。这也可以说是创造，他因此仍不失一个文学家的本色；然而不同于一般创造者，在于有着旨在揭示历史本质的明确指向。

J. 贝尔沙尼等在《法国现代文学史》中说："初看上去，《反回忆录》的结构似乎混乱无章，其实它是围绕着一些重要的，有时是苏格拉底式，有时是莎士比亚式的谈话而安排的。对于确实在马尔罗与戴高乐将军，与博学的尼赫鲁和毛泽东之间进行的会谈，这些对话不是再现它们，而是改变了它们，把它们置于永恒的方面。与他们谈话，恰似与斯芬克司或诸法老谈话。总是同样的对马尔罗继续探索的命运与死亡的询问。"这似乎足以解答我们前面的质疑。马尔罗是以其经历在历史中寻找一种契机，从而述说自己"感觉到的东西"——那不是历史，是哲学。正是从这一点出发，德·布瓦岱弗尔在《今日法国作家》中说："他是否拆毁过边台－斯雷的浮雕，是否领导过中国的革命，是否发现过萨芭女王的首都，这都不重要；而且既然他肯定是目击者，那么他在政治事件发生时的确切位置也不重要。重要的是在世纪的所有转折关头，他都在场。"《反回忆录》

应该这么读法，《征服者》和《人的状况》之类小说也应该这么读法，它们并不是政治小说。说来此人感悟力极强，只须看上一眼就明白了。

马尔罗是行为者，更是思想者；思想者马尔罗需要历史中的一个支点，而这要由行为者马尔罗提供。他至少要"看上一眼"，所以这个英雄，又像是儿童。他之所以毕生对政治充满热情，也当作如是解释。他说："为什么记述我与国家元首的谈话，而不是与别人的谈话呢？因为无论哪位印度朋友的谈话，即便他是学识最渊博的印度教智者，都不能像尼赫鲁那样让我深切地感受时间。"也许在这一切入点（对马尔罗来说，正是他在历史中找到的支点之一）上，他觉得自己得以更真切地面对历史本质。这可以说是与历史的一次遭遇。所以在广州革命博物馆里，他想到的是："就像在莫斯科一样，展出的图片是为了解释革命的历程，但更要建立一段屈从于胜利者的历史。"而观看《东方红》时，想到的是："现在表现的是中国共产党的诞生，但没有反映它所遇到的艰难险阻。"马尔罗无疑是以历史的知情人（就本质意义而言）自居，他虽然拒绝记录真实，却能洞彻真实。

然而离开本质的层次，我们很难相信马尔罗永远能够洞彻一切。他似乎一生都纠缠在两个情结之中，一个是"英雄"，一个是"东方"。就前一点而言，历史本身显然比他更高明；就后一点而言，他很可能与许多西方人一样，把一个本来属于地理的概念误解成了文化概念。正因为如此，《反回忆录》中不无玄虚然而未必深刻之处。"英雄"也好，"东方"也好，并不是通往本质之路，至少不比马尔罗自己的切身体验更重要。

利奥塔谈到《反回忆录》时说："书的内容并不是马尔罗的生平，而是'马尔罗生命'。这并不是'叫这个名字的人'的传记，而是表示生命的单数名词，对一切生命来说都是一个内在的谜，这本书就从其中逸出而不自知。"这里生命也就是思想，然而马尔罗是通过生命达到思想。这个生命所体验的是人类最根本的体验。书中多次写到死亡——他自己面对的死亡，以及家人，战友，其他人，乃至整个人类面对的死亡。那一刻马尔罗比任何时候都深刻。历史就是人类的境遇，对人的认识就是对历史的认识。尼赞说过："死亡是马尔罗作品中的重要主题，他的著作是通过认识死亡来认识生活的。"《反回忆录》同样是一部死亡之书。当马尔罗说："思考人生——面对死亡的人生——也许仅仅是深入地审视死亡。我不是说被杀这样的死亡，因为对于那些寻常有幸表现勇敢气概的人来说，这种死亡并不在话下；而是指那种与所有超越人力的事物一样势不可挡的死亡，那种与衰老甚至大地沧桑巨变（大地或以千年沉寂，或以沧桑巨变——即便由人类活动所致——的形式在揭示死亡），尤其是与不可逆转——'你永远不知就里'的事物一样势不可挡的死亡。面对这样的问题，那些只与我一己相关的事情，对我来说还那么重要吗？"他不止是在说明他不打算写什么，实际上已经揭示了关键的一切。

二〇〇一年三月五日

灵感之光

　　要想在"俄罗斯优秀作家随笔丛书"的六位作者——梅列日科夫斯基、霍达谢维奇、扎米亚京、勃洛克、叶赛宁和沃隆斯基之间找到某种共同之处实非易事，而色彩各异正是这些作品所涉及的十月革命前后一段时期的俄罗斯文学（此前是俄国文学的"白银时代"，此后分别是流亡文学和苏联文学的"黄金时代"）的主要特色之一。这些作家谁也代表不了谁，他们共同代表了俄罗斯文学的一部分。而他们彼此间之不能相得，几乎到了令人难以想象的程度。类似这样的感慨绝不鲜见："宁可听到吉皮乌斯和梅列日科夫斯基的死讯，也不愿意看到报纸上这关于勃留索夫的讣告。"（叶赛宁：《瓦·亚·勃留索夫》）俄罗斯人说话似乎从来不留情面。尽管如此，我还是试图寻找出他们的一点共性。霍达谢维奇在《关于解读普希金》一文中引述了普希金有关"灵感"不同于"兴奋"的见解:"灵感是心灵对各种感想,对各种概念的意识以及对它们的解释的最生动的接受倾向。"然后做出以下解说:

"人们普遍认为灵感是一种力量,将产生于虚无或不明来源的诗歌成品抛出。与此相反,普希金所说的灵感首先是心灵对各种感想接受的能力,即对这些感想的收集、积累和汲取。灵感在头脑中的第二个功能是对各种概念的意识和解释,即对各种感想的对比和领悟,换言之——对收集的材料的加工。谈到灵感的作用,毫无疑问,普希金将其确定为向心力,并非人们通常认为的离心力。"

也就是说,灵感是作家特殊的领悟能力和思维过程,这首先是艺术感受力,而思想感受力则要依靠艺术感受力,至少思想感受是以艺术感受的方式进行的。最终完成的是深及本质的发现。若论兴奋或力量,包括这里六位作家在内的全体俄罗斯作家绝不缺乏,他们总是具有超人的创造力;但更重要的是,他们都充分拥有上述灵感。这也正是这套丛书所涉及的时期和更早的一段时期(即俄国文学的"黄金时代")的俄罗斯作家,就整体而言较之世界上几乎任何别一国度的作家明显具有优势的地方,我们称之为俄罗斯文学的一大特色亦无不可。这里除沃隆斯基是职业批评家外，其余几位各自另有专长——梅列日科夫斯基是思想家，霍达谢维奇、勃洛克和叶赛宁是诗人，扎米亚京是小说家，写随笔或批评文章只能算是他们的"副业"，然而真知灼见在在皆是，这显然得力于他们的灵感。即便叶赛宁《玛丽亚的钥匙》这样不很用心之作，以及沃隆斯基《在山口》这样深受局限之作，若论感受力仍然是不容忽视的。

这套书中最有分量的两本是梅列日科夫斯基的《先知》和霍达谢维奇的《摇晃的三脚架》。两位作家都主要是面对文本的。普希金所说的灵感，对象是整个世界；文本也是其中之一。而在这里（当然不仅仅是在这里），最可以看出上述时期俄罗斯作家至少较之我们的明显优势所在。我近来感到某些事情其实不无可疑之处，例如知识分子的知识，以及文化人的文化，这本来应该不成其为问题的，然而至少对我们来说的确是一个问题，当然所涉及的方面很多，而其中关键一步也许就在于究竟有没有这种灵感。面对文本，如果缺乏起码的艺术感受力（如前所述，思想感受力也包含在其中）的话，所说的只能是皮毛之见和"着三不着两"的想法了。俄罗斯文学呈现给世界的最可骄傲之处，就是他们的知识分子真的有知识，文化人也真的有文化。

梅列日科夫斯基和霍达谢维奇有关文本的理解都极具穿透性，虽然他们所要达到的目的有所不同：对霍达谢维奇来说，是人与文学；对梅列日科夫斯基来说，是人与哲学或神学。霍达谢维奇的作品，从前读过一部《大墓地》，他对人的描述实在传神，但描述人的同时也显示出解读文本的过人之处。《摇晃的三脚架》强化了我这一印象，实际上霍氏是一位非常优秀的文学批评家，而这完全建立在对文本的仔细阅读和深切领会的基础之上，由此得出的一系列结论常常具有经典意义，譬如在《流放文学》一文中有关文学的民族性的论述就是足以振聋发聩的。

在梅列日科夫斯基看来，文学不过是材料而已，他关心的是文学之后或之上的问题，似乎从来不以对文学有所见解为满足。然而他的哲学或神学见解的形成有赖于他的文学见解；就艺术感受力而言，梅氏与霍氏是并驾齐驱的。也可以这样讲，梅列日科夫斯基穿过了霍达谢维奇式的灵感而达到他自己的灵感。对于他来说仅仅是过程中的产物，已经足以使我们通常一位文学批评家艳羡或惶惑终生的了。在《先知》中，无论谈到普希金、屠格涅夫、陀思妥耶夫斯基、托尔斯泰、契诃夫，还是高尔基，他都能凭借自己饱满的灵感照亮他们那些已经为无数人阅读过无数次的文本，发现大家未曾看见或未曾看得如此深入的东西。因为一切都烂熟胸中，一旦要在他们之间加以比较就更为得心应手。譬如《契诃夫与高尔基》一文中说：

"契诃夫比屠格涅夫质朴，后者有时候为了美或好看而牺牲质朴；比陀思妥耶夫斯基质朴，后者要经历终极的复杂，为的是达到终极的质朴；比列·托尔斯泰质朴，后者有时候太处心积虑地要成为质朴的人。"

如前所述，这仅仅是梅列日科夫斯基为了达到更加深刻而经历的深刻过程而已，然而灵感的魅力已经显露无遗。根据普希金的说法，灵感是一种倾向；而霍达谢维奇视之为一项工作，或一种能力。这的确是一种能力。而能力也就意味着：多，抑或少；有，抑或没有。

二〇〇〇年十月三十一日

视野与眼光

　　我（我想中国多数普通读者也如此）是先读到俄罗斯白银时代的书，而后才知道有这个名目。最早小说方面只看过高尔基和阿·托尔斯泰，诗歌方面只看过马雅可夫斯基、叶赛宁和勃洛克，以后蒲宁、库普林、安德列耶夫和阿尔志跋绥夫，帕斯捷尔纳克、曼德尔斯塔姆、阿赫玛托娃和茨维塔耶娃也读到了，虽然觉得作为某一时期的作家和作品，其各自乃至共同的成就与特色不容忽视，但要说在理论层面上有什么认识那是谈不上的。随着"白银时代"说法的流行，另外一些我从前只知道姓名（如梅列日科夫斯基、吉皮乌斯、别雷和别尔嘉耶夫），乃至根本没听说过的作家（如霍达谢维奇、苔菲、洛扎诺夫和沃洛申）陆续被介绍过来，对我来说这一说法最实际的意义就在这里。也就是说，它带给我们的是视野上的进一步开阔。——这里提到"视野"，恰恰下面要谈论的一本书叫作《西方视野中的白银时代》，讲的也是"视野"，然而二者的意义并不相同。对我们来说视野是个广度概念；而"西方视野"却是深度概念，其意义大致等同于"眼光"。

为什么这样讲呢，这要从"白银时代"的含义说起。白银时代是相对于黄金时代而言，说的都是十月革命前的俄罗斯文学（其实仅仅讲文学未免狭隘片面，白银时代涵盖了文学、艺术、思想、哲学和神学等各个领域，我们这里只是说着方便而已）。单纯以作品论，就应该如此划分；以作家论则要复杂些，因为多数人都活到十月革命以后，于是他们后来的作品也被算是白银时代的了。但是无论如何，十月革命前未曾创作或虽已创作但尚无成就的作家，不能列入白银时代。十月革命后，部分白银时代作家（如蒲宁、梅列日科夫斯基、别尔嘉耶夫和霍达谢维奇等）流亡西方，可以另外标举一个"流亡文学"的名目，也可以将其视为白银时代的延续；另一部分作家留在或后来回到国内，其中一些人（如别雷、帕斯捷尔纳克、曼德尔斯塔姆、阿赫玛托娃等）始终未曾融入苏联文学，他们也是白银时代的延续；另一些人（如马雅可夫斯基、勃留索夫、阿·托尔斯泰、魏列萨耶夫等）转而归属苏联文学，就不再与白银时代有什么关系。最重要的是，无论流亡西方还是留在国内的白银时代作家，在一段时间内部分或全部地被摒弃于苏联视野之外，而仅仅保留在西方视野之中；至于我们这方面的视野，则基本上是对苏联视野的一种盲目效仿。在西方这些作品虽然可能也只是少数人的阅读对象，但是对于希望阅读和需要阅读的人来说，像苏联以及我们这样根本无从了解的情况大概是没有的。讲到"西方视野中的白银时代"，这里"西方"可能不仅具有地理意义，还具有时间意义，它意味着某一专项研究的长期延续、积累和嬗变。

西方视野这一特殊性质（也许说中国视野的特殊性质更恰当些），使得我们在阅读《西方视野中的白银时代》一书时能有两重收获。首先是视野方面的收获。前面讲过，有关白银时代作家和作品的视野，对西方可能不是问题，但对我们来说的确是个问题。这样一部七十万字的论文选当然不可能包容整个西方视野，但是即便是在编者所划定的有限范围内，已经有许多是我们所知不多或不够多的了。本书后记中说："别雷作为当时最重要的文学家之一，维亚切斯拉夫·伊万诺夫作为这时期最重要的文学理论家之一，他们的文学文本和理论可以称得上是白银时代的微缩景观，因其重要而成为我们近年来探讨的要点，也因其复杂而使得我们的研究收效不大，……"这番话是针对我们的研究者讲的，而对读者来说，问题恐怕首先还不在这里。虽然我们前面所说可能有把阅读视野和研究视野混为一谈之嫌，然而即便是纯学术研究也多少需要得到读者方面的共鸣，那么后者就有一个起码的了解程度的问题。迄今为止，我们只读到别雷两部长篇小说（《彼得堡》和《银鸽》），他的整本的诗集和回忆录都还不曾翻译出版。至于伊万诺夫，本书中关于他共有五篇文章，差不多是重中之重了，可是说来可怜，迄今我们只能在选本中读到他的几首短诗。《西方视野中的白银时代》的编译出版无疑是填补了一项空白，可是不能不说略有点儿超前，因为在它所填补的空白之前还有许多空白有待填补。关于白银时代已经出了不少书，但是重复和胡乱阑入的居多，真正填补空白的工作做得远远不够，简直是把个绝好题目给弄夹生了。举个例子，这些年安德列耶夫的集子一共出过五种，《红笑》和《七个绞刑犯的故事》无一例外都入选，难道主其事者真的孤陋寡闻，不知道作者还有别的重要作品未曾译介么。就白银时代作家而言，老实讲尚且没有任何一位作家的作品得到系统出版。这不能不说是读者的悲哀了。

其次是眼光方面的收获。无论就"西方视野中的白银时代"这件事来说，还是就《西方视野中的白银时代》这本书来说，这都是更为重要的。书中包括的几个部分，"重要理论研究""特殊文学史问题研究""与俄国文化传统关系研究"和"与西方文化关系研究"，论家的眼光都是相当深刻全面的。伊琳娜·帕佩尔诺在题为《从下个世纪之交看上个世纪之交、从西方看俄国》的序言中有番颇有见地的话："因为历史观点的不同和学术传统的差别，西方研究白银时代的方法在某种程度上有别于俄罗斯式的方法。方法论上的不同在于：在最一般意义上，俄国学者倾向于把重点放在文本上——热衷于对文本及其出版和传播的情境进行复杂的文本学重构，喜欢对文学作品内在结构进行细致的文本分析；而西方学者倾向于语境化——从文本到整个文化，去思考构成文化基础的基本（审美和哲学）原则，思考文化在整个西方以及俄国较大历史语境中的地位。研究态度上也有差别：对于俄国学者来说，'白银时代'是一笔被强有力地重新获得的民族遗产，这笔遗产是一笔被延误收到的遗嘱——这纸来自过去的遗嘱已在俄国遭到破坏，其中一部分迁移到了西方；对于西方专家来说，白银时代是一座实验室，可用来对处于历史分期时的一种文化进行分析。"可能俄国学者更多强调白银时代之为俄罗斯文化整体的一部分，而西方学者则侧重于其特异性或变异性；从另一方面说，西方学者最感兴趣之处，在俄国学者看来乃是题中应有之义，而俄国学者觉得司空见惯的，西方学者却有着特别的敏感。这种文化视野（也许在这个意义上使用"视野"一词才最为恰当）上的差距，实现了有关研究的多样化和互补性。——不过说句不好听的话，对此我们差不多是要望洋兴叹了。这里不同的研究方法和研究态度，意味着彼此分别有着属于自己的语境；而对我们来说，关于俄罗斯白银时代可能还没有真正形成语境。无论是俄国学者还是西方学者，能够达到这一点，都基于他们对白银时代作家和作品的充分了解。随着苏联成了"前苏联"，所谓"苏联视野"大概也就不复存在；白银时代文学这笔珍贵遗产在被拒绝多年之后，终于得到了继承——至少从作为广度概念的视野来讲，这并非困难之事。白银时代即将或已经重新融入俄罗斯文化主流，成为伟大传统之一。然而对我们来说困难却是不小的。彻底摆脱盲目仿效并不容易，虽然仿效的对象早已烟消云散；而且如前所述，系统而认真的作品译介也需要一定时间。

二〇〇一年四月十八日

历史及其看法

我大概可以归在历史爱好者之列。这方面不知道的事情希望知道，知道的事情希望听听人家的高见；也就是说，始于求知，止于求识。坊间可供我们这种人读的书并不多，最近得到一套"译文世界史丛书"，倒是例外。总共十二册，每册不过百页左右，书名如次：《雅典的民主》《亚历山大大帝》《罗马共和的衰亡》《奥古斯都》《提比留》《君士坦丁大帝》《查理大帝》《马丁·路德》《加尔文》《路易十四》《詹姆斯二世与英国政治》和《彼得大帝》，显而易见，都是西方历史上最重要的人物或事件。这套书篇幅短小而内容充实，立意严肃而态度亲切，叙述简洁而舒徐自在，侧重介绍而见解深刻，即如总序所说，是"如罗兰·巴特所说的既可读又可写的历史读物"。具体说来，"可读，有一定文化程度的读者都可以无障碍地读下来，津津有味；可写，有历史研究兴趣的读者在其中品味晚近研究成果，可以在其基础上作延伸的思考和探索"。正对应着前述之求知与求识两方面；相比之下，"识"的价值恐怕更为突出。真正的史家不可能单单在那里介绍什么，他一定有所见解，他的见解也一定不是泛泛之论。

历史是什么呢，是过去发生的事情，以及现在对这些事情的看法。看法可以因人而异，但是离不开一个前提，如此才能保证看法不致谬误。说来也很简单，就是我们不是古人，古人也不是我们。历史行为有动机，有结果；对结果我们站在今天立场做出评判，对动机则应还原到当时情景予以体会。可以把古人纳入我们的坐标系里，但是别忘了古人也有自己的坐标系在。我们或许是明眼人，眼光明晰之处却首先在于承认动机与结果可能有所区别。历史正是要考察动机究竟是如何转变为结果的。从某种意义上讲，历史是对历史的理想化，然而史家同时又必须做到设身处地。"译文世界史丛书"涉及人物事件各异，在这一点上却是一致的。

我们举个例子。理查德·斯通曼著《亚历山大大帝》叙述了这位马其顿国王征讨小亚细亚、埃及、波斯和印度的经过。其历史意义正如书中所说："亚历山大的事业是一股在西地中海和近东地区传播希腊文明的动力，而他的成就则是罗马帝国、基督教及其他西方文明生根的基础。"然而这却未必得到作为主要当事人的亚历山大的认同——其实他根本就不知道。所以作者说："虽然亚历山大并没有基于任何无私的、哲学的动机去进行文化的融合，但他的行动的确造成文化融合的效果。"正是今昔不同两种眼光。亚历山大自己的动机是什么呢。书中讲了两点，一是："亚历山大想征服印度已有一段时间了，而他的欲望至此已完全付诸现实。当时的地理观念使他相信，印度是到环绕的海洋前最后的一片陆地，所以进攻印度就是征服希腊以东最后一块土地（西征则是下一步）。"一是："神话也是他考虑的因素之一。亚历山大有意识地模仿希腊的神祇、英雄，以及像居鲁士大帝这样的先贤。狄奥尼索斯被认为是来自印度，但却使自己成为希腊的神祇，他有豹和侍女作他的扈从，戴着葡萄和常春藤做成的花环；亚历山大将循着神的足迹回到他的源头。海格立斯也是如此。最后，传说中的亚述女王塞米拉米斯，一直是他模仿的对象。她是惟一一个曾经征服印度与中亚的西方君主（亚格西亚），亚历山大就是要模仿她。"这与其说是发现，倒不如说是常识，然而却比以今度古的想法真切多了。

回到当时去体会人物，并不意味着对文明进程的抹杀。而文明正意味着承认历史是作为进程而存在的。我们的语境不能取代古人的语境，同样古人的语境也不能取代我们的语境。站在时间长河的两端，彼此都是独立的存在。仍以《亚历山大大帝》一书为例。其中讲到亚历山大的两段轶事："在传说中的福瑞吉亚王国的高地亚斯王宫里，有一辆从头到尾都被山茱萸绳结捆住的战车，但却找不到绳结的头在什么地方。有一个古老的传说，也许是为这个场合发明的，说什么人能够解开这个结，就可以成为全亚洲之王。亚历山大想了一下，就以他惯有的冲动来撇开小困难，他用剑斩断了这个结。""据说亚历山大看到了一个巨大的玄武岩制的涅克塔涅布雕像，上面写着：'逃走的国王将回到埃及，不再是一个老人而是一个青年，且将降服我们的敌人波斯。'"然而作者明确指出："就像高地亚斯王宫里的绳结传说一样，像这样的铭文都是为了现实需要而仓促设计的。"如果说前面强调的是"爱真实"，那么这里所反映的就是"疾虚妄"；史家之有眼光，二者缺一不可。

我从来不曾向别人推荐过什么书，自己读书也不大接受别人的推荐。这回倒想说"将心比心"，但觉得不无强加于人之意，所以关于"译文世界史丛书"，只是道出它的好处就算了事。现在中学、大学乃至研究生的教育程度我不很清楚，无法断言这套书到底适合什么人读；不过笼统地讲在这方面有一定知识基础的人都可以一看，总归是不错的罢。至于读来用处何在，多知道和多明白一些事情没有什么不好；此外也不妨实用地说一句，现在大家常常挂在嘴边的西方文明，很大程度上奠定于这套书讲述的历史人物和事件；如若对这些全无了解，那么也就不可能懂得西方文明是怎么回事了。

二〇〇一年四月二十三日

当愚昧疯狂变得有趣时

查尔斯·麦凯的《人类愚昧疯狂趣史》，我是与古斯塔夫·勒庞的《乌合之众》前后脚儿读的。我觉得麦凯笔下人类各种愚昧疯狂举动，正是勒庞所谓群体心理的体现。《人类愚昧疯狂趣史》的"原书前言"说："阅读各国历史时……我们发现，整个社会的注意力突然为一样东西所吸引，并对其疯狂追逐；千百万人同时被一骗局所打动而趋之若鹜，直至他们的注意力被比第一件更令人入魔的新蠢事所吸引。"《乌合之众》里有番话，可以看作是对这一现象的剖析："群体并不进行推理，它对观念或是全盘接受，或是完全拒绝；对它产生影响的暗示，会彻底征服它的理解力，并且使它倾向于立刻变成行动。"《人类愚昧疯狂趣史》写了西方历史上或大或小十六起愚昧疯狂的事件，几乎涉及人类生活各个方面，其中没有一件仅仅局限为个别人的行为。事实即是如此：我们当中某个人忽然傻了，抑或疯了，虽然多少也是麻烦，但无论如何不足以酿成一桩称得上愚昧或疯狂的事件。以历史的眼光看，愚昧和疯狂其实都是群体的道德缺陷。

《人类愚昧疯狂趣史》中形形色色的事件，大致可以分为两类：一类有一个或若干个中心人物，其他的人围绕着他或他们纷纷表现出各自的愚昧疯狂；另一类没有中心人物存在，或者说每个人自己都是中心，彼此以类似的愚昧疯狂组成一个集体。后者不必说了，即便是前者，那些中心人物也不能简单地定义为骗子。虽然麦凯曾经使用"骗局"的说法，但是他笔下的愚昧疯狂其实并非"欺骗－被欺骗"的结果。一般说来，骗子总是众人愚昧而他不愚昧，众人疯狂而他不疯狂，好比是风暴眼里那个宁静安详的所在；这里则不然，这个人可能要比他的附和者更其愚昧疯狂；他对于附和者与其说是在欺骗，不如说是未曾料到大家竟会因为他而变成这个样子。就像在"金钱狂——密西西比计划"中，作者针对该事件的主角约翰·劳所说的那样："他没有估计到整个民族贪婪的狂热；他不知道，信心像怀疑一样几乎可无限增长，希望与恐惧一样过高。"勒庞曾经专门分析群体领袖如何利用群体心理，而约翰·劳之流则是在并不了解群体心理的情况下充分地利用了群体心理。

勒庞说："聚集成群的人，他们的感情和思想全都转到同一个方向，他们自觉的个性消失了，形成了一种集体心理。"更多强调的是个人的理性在其置身于群体之中时被泯灭了。然而还有另一方面，即个人的非理性在其置身于群体之中时被张扬了。勒庞曾经详尽分析群体心理的低劣特性，然而这未必不是根植于其中每一个体的性格里，只不过当他作为个体存在时没有机会表现，而群体恰恰提供了这一机会。整个群体以及参加群体的其他个体，都是这一个体做出他此前（在意识或潜意识层面上）想做而做不到的事情的最有力的支持和保障。勒庞并非没有意识到这一点，也讲过"在群体中间，傻瓜、低能儿和心怀妒忌的人，摆脱了自己卑微无能的感觉，会感觉到一种残忍、短暂但又巨大的力量"之类的话，不过在他看来毕竟较为次要。而我读《人类愚昧疯狂趣史》，有关这一方面的感受反倒更强烈一些。

《人类愚昧疯狂趣史》中译本版权页语焉不详，封面和扉页上各印有一行英文字云"MADNESS DELUSIONS"，或许才是原来的书名罢。那么现在这个名字，应该出自译者之手了。这也是一件有意思的事情，因为正好表现了此类事件在历史中的演变过程：当事人无不以为自己智慧热情；事后大家才明白原来是愚昧疯狂；若干年过去，人们竟可以当成有趣的话题来说了。这是否也反映出人类的某种进步呢，或许如此，或许并不。我们之于当年那些愚昧疯狂者，大概正有如我们的后人之于我们。《人类愚昧疯狂趣史》著于一个半世纪以前，此后人类不知道已经给它写了多少续篇了。当然读了这本书，有一点聊以自慰：就具体某一愚昧疯狂事件而言，不管规模大小，不管涉及社会哪些阶层，都终将有完结的一天，于是成为历史的一页，进而成为大家的一项谈资。尽管作者也说过："有人说得很好，人们考虑问题时爱随大流；人们将会看到的是，他们一起发狂，但恢复理智时却很慢，而且是一个一个地恢复。"好歹这一场噩梦是过去了。

二〇〇〇年八月二十日

思想、思想者和行为者

　　保罗·约翰逊的《知识分子》是一本攻击性的书，这本书本身也很容易受到攻击。即如"译序"中所说："本书的缺点也是显而易见，个别资料方面的错误姑且不论，约翰逊评价人物的方法却是难以令人信服的，虽然他没有捏造事实，但是他只列举符合他需要的事实，并按照自己的目的解释这些事实，对书中的许多人物，特别是雪莱、托尔斯泰等最重要的人物，我们也可以举出同他的例证完全相反的东西。"然而说实话我的兴趣却不在这里。即使我们不去寻找别的材料，也可以指出作者无论在逻辑性还是在理解力方面都有所欠缺，常常强词夺理，小题大做，讲到他显然不大在行的事情，譬如文学创作，就开始说外行话了。关于雪莱，他说："他除了自己的观点，没有能力看到别人的观点，确实是这样，简言之，想象力的缺乏。"然后大讲一通既然是诗人就应该具备这种想象力。如果此处翻译没有错误的话，作者无疑是将作为理解力的想象力和作为创造力的想象力搞混了，这说明他并不懂得如何写诗。凡此种种，都多少流露出为攻击而攻击的意思，读了不免有些惋惜。

我这么说话，因为自个儿其实也是偶像破坏者，对这本书偶像破坏这个总的方向并非不予认同，他所质疑的若干人物，例如卢梭和托尔斯泰，我过去在文章和私下的谈话里也曾表示不敬。我特别赞成的是此书最后的结论："在我们这个悲剧的世纪，千百万无辜的生命牺牲于改善全部人性的那些计划——最主要的教训之一是提防知识分子，不但要把他们同权力杠杆隔离开来，而且当他们试图集体提供劝告时，他们应当成为特别怀疑的对象。……他们形成团体，在他们赞成和高度评价的人所组成的集团中，他们是极端的信仰主义者，这使他们变得十分危险，因为他们制造了舆论潮流和流行的正统思想，其本身常常导致非理性的和破坏性的行为。任何时候我们必须首先记住知识分子惯常忘记的东西：人比概念更重要，人必须处于第一位，一切专制主义中最坏的就是残酷的思想专制。"我觉得这是很深刻的道理，确实值得我们反省。但是《知识分子》抵达这一结论所走的路径却不很高明，甚至可以说不大对头。好比打算射击某个对象，枪里装的却是沙子，抑或根本瞄准错了地方。

作者说："本书的主题之一是：知识分子领袖人物的私人生活同他们的公开形象是不能分开的，一个可以帮助解释另一个。"这一出发点决定了全书的侧重所在："现在是考察他们的档案的时候了，这不仅包括他们公开的，也包括私人的方面。我特别看重这类证据：知识分子告诉人们该如何行事时，他的道德和判断力的可信程度。他们在生活中是如何管理自己的？他们对自己的家庭、朋友和同伴，表现出了几分忠诚？他们在处理性和金钱问题时，是否公正？他们所说的、所写的，都是真实的吗？他们自己的体系是如何面对时间和实践的考验的？"然而正是在这里我有所疑问：如果我们另找材料，证明这些知识分子在上述方面"道德和判断力的可信程度"并不坏，他们的思想就不再有问题了么；如果我们在所列的十几位知识分子之外，另外标举一些私德高尚的人物，我们就能证明知识分子无可置疑，而作者所总结的有关他们在历史上的危险性的教训全都落空了么。约翰逊攻击时力求彻底，结果他并不彻底；之所以不彻底，因为他与所攻击的对象不能划清界限，彼此其实还有某种共同之处。

《知识分子》从上述方面对知识分子所进行的批判，显然存在着一个前提。书中两位最受打击的人物——卢梭和托尔斯泰——分别说过这样的话："如果我知道还有人比我更好，我会非常恐惧地放弃这种生活。""至今我还未遇到一个像我这样有道德的人，一个能够相信我时刻铭记着一生向善并随时准备为之牺牲一切的人。"我们发现作者与他们所谈论的是同一问题，所遵循的也是同一思路，只不过一个说好，一个说坏而已。卢梭和托尔斯泰要强调其思想的分量，就标榜自己的人格；现在要否认其思想的分量，就诋毁他们的人格。前提原本是一样的。也可以说，这本书的前提压根儿就是从卢梭和托尔斯泰那儿领来的。论述时甚至没有超出他们划定的范围，而且也不大具备卢梭和托尔斯泰那种振振有词的本事。比如他说："一位自愿参军作战的年轻丹麦学生克里斯托弗·布鲁恩问易卜生——他对其大事声张的言论早有耳闻——为何不也去志愿投身战斗，然而他得到的却是一个站不住脚的回答：'我们诗人有其他的任务要完成。'"这里真正站不住脚的倒是作者了，因为他对"行动"的理解未免太过简单。无论如何"因人废言"

是个过时了的老路数，本书不过是把它推到极致而已。"译序"说，"约翰逊为我们认识和评价知识分子提供了一个新的视角"，老实讲我对此是很怀疑的。

这本书名字叫作《知识分子》，作者也力图清楚地划定"知识分子"这一概念的范畴。他在行文中强调所列举的人物属于知识分子，同时声明某些拿来与之做对比的人物（如拜伦、吉卜林和伊夫林·沃）不算知识分子。他是从这一点出发提出这一概念的："伴随着不断增长的自信和勇气，人类历史上第一次有人宣称，他们可以诊断社会的弊病，而且能用独立的智慧来加以治疗；甚至于他们凭此不仅能够设想出社会结构的模式，并且认为可以把人类的基本习俗改造得更好。"然而所列举的十几个人，如卢梭、雪莱、易卜生、托尔斯泰、海明威、布莱希特、罗素、萨特、威尔逊、高兰茨、赫尔曼、泰南、法斯宾德、鲍德温和乔姆斯基等，却很难说是一概明确体现了这一共性。有时不免要想干吗要把这些人放在一起讨论呢，也许仅仅因为他们都成功，而所要指出的无非是他们实际上并不那么成功。这样所说的"知识分子"就又有混同于"文化名人"的嫌疑，他就又接受了另一个为大众所认可的前提了，这无疑削弱了攻击力量。何况说到的人物都与"权力杠杆"没有发生过什么关系。回到前述的出发点，约翰逊所谓"知识分子"其实与我们惯常说的"理想主义者"颇为相似。他所揭示的知识分子的危险性也正是理想主义者给这个世界屡屡带来的危险性。然而前面已经讲到，这本书就基本前提而言与所批判的对象并无二致，而且还变本加厉，所以我认定作者实际上也是一个理想主义者，甚至是比卢梭和托尔斯泰等更为极端的理想主义者。他讲的是关于理想主义者的理想，这本书可以被视为这方面的一个最佳蓝本。理想主义者的危险性在他身上同样也有。按照作者的意思，因为做不到，也就不能想，但是我们记得"人无完人"这句老话，既然如此，结论就是：无论是谁都不具备思想的资格，或者必须成为完美的人之后才能思想，这样一来，整个文明进程岂不成了一件不可能的事情了么。

约翰逊说："当知识分子站起来向我们说教的时候，我发现，公众现在已经产生了某种怀疑，那些大学教师、作家和哲学家，他们或许是很优秀的，但在普通群众中，一种怀疑的倾向正在日益增长：他们是否有权告诉我们应当如何立身行事？"这是个很有意思的问题，然而他显然急于要在"言行不一"与"口是心非"之间画一等号，结果放过了某些更重要的东西。不错，这些知识分子的确无权告诉我们应当如何立身行事，但这不是因为他们自己没有身体力行，而是因为他们的思想方式有问题，或者说思想本身有问题。人们期待于知识分子的究竟是什么，他们又在什么地方辜负了人们的期待呢。知识分子原本不是要向社会提供一种行为表率，他们不是模范人物。作者所指出的知识分子的劣迹，即便都是真实的，也并不使得历史和社会中的全部劣迹更为严重。"对于那些力图教导人类的知识分子，我们已经查看了他们当中的许多个案，考察了他们是否具有完成这一任务的道德的和判断力的资格。我们特别考察了他们对待真理的态度，他们寻找证据和评价证据的方式。他们对待特定的人，而不是对待人类整体的态度；他们对待朋友、同事、仆人，首先是他们对待家人的方式。我们也涉及到按照他们的劝告会带来的社会的、政治的后果。"在我看来，这里只有最后一点才可能是有意义的，虽然思想与思想诉诸现实也还不是一件事情。这本书有些论述不无价值，如"知识分子同暴力的结合是如此经常地发生，不能认为这是一种偶然现象"等，可惜太多的篇幅都花费在了无关紧要的地方。

　　这就接触到了一系列关键问题。思想应该是独立的价值体系，人格不是判断标准。思想者的贡献仅仅在于思想。思想为思想者所贡献之后，就已经成为人类的共同财产，成为文明的组成部分，而不再为该思想者所独有。思想是否为思想者所实践，仅仅对思想者有意义，对思想则没有意义。思想的对象是整个人类。这又涉及《知识分子》里一个似是而非的说法，比如讲到卢梭时说："尽管总体上他爱人类，但他却养成了一种爱与人争吵的特别喜好。日内瓦的童贤医生曾是他的朋友，也是受害者之一，他就抗议道：'人类的朋友怎么可能从来不是人的朋友？或者难得是？'"讲到雪莱时说："同卢梭一样，总的来说他爱人类，但对特定的人他常常是残酷无情的。"与哪怕是所有特定的人的关系，也不能和与作为思想的对象的人类的关系混为一谈。卢梭与雪莱到底是否"爱人类"，还是要看其思想究竟怎样，并不关乎他们对某个人做过什么或没做过什么。

这里所说其实不过是普通常识，然而却长期不能为论家（包括这本书的作者）所接受，原因在于我们总是习惯从单一维度出发去评衡对象。其实对象并非笼统一体，评衡也有多种维度。把思想与行为看作两回事，并不意味着要放弃对思想者的行为的考察，只是说这一考察应该限于思想者的行为本身，而没有必要将外延扩大到他曾经贡献过的思想。因为对于这一思想来说，这时思想者实际上已经转变为行为者了，如同别的行为者一样。只能说他是不是合格的行为者，不能再说他是不是合格的思想者。不合格的行为者并不等于不合格的思想者。也就是说，我们尽可以在另一场合去褒扬或贬抑这个人，看看他的行事如何，他的人格如何，但是无论说什么，都仅仅是针对具体这个人而已。

二〇〇〇年一月一日

精彩的"管窥之见"

《文学的故事》中译本是一部瑕不掩瑜的书。这要解释一下，"瑜"指原作，而"瑕"说的是译本。此书译者似乎文学知识和语言表达能力都有欠缺。书中提到的人名，往往不遵从习惯译法；对一部文学史来说，这简直难以想象。此类情况一般见于别种语言的转译，好比这里夏多布里昂译作"沙多勃易昂"，乌纳穆诺译作"乌奈莫诺"，等等。但是就连直接据以翻译的英语里的名字也乱译一气，像吉卜林译作"吉卜宁"，梭罗译作"沙罗"，却不多见。读者不得不做的，就是费尽心机去推测说的究竟是谁；遇到实在猜不出的，也只好茫然以对。至于书名就更常常是莫名其妙了。文字亦有晦涩乃至不可解之处，如："雪莱梦想，茫然梦想人们获得完全自由的未来世界。"又如："作为自然主义文学家的龚古尔兄弟，这话在他的眼里，与其说是小说的素材，还不如说是绘画的颜料。"相信原文不至于如此别扭。凡此种种，都为我们体会这本书的好处设置了严重障碍，但是"瑕不掩瑜"却非妄言，这本书至少有一部分好处仍然能够逾越上述障碍，让我们体会到。而这"一部分"已经不少了。

《文学的故事》是一部小型的世界文学通史，从文学的起源一直说到十九世纪末；以译成中文不过四百多页的篇幅讲述这么多事情，实在很不容易。然而作者并不认为他需要从ABC谈起。他对读者有个假定：他们是文学爱好者，也就是说，真的是"读者"。在这种情况下，如果想就文学史上那些名著听听别人的看法，这个"别人"所应该贡献的是见解而不是常识。问题在于是否确实有见解可以贡献。低估读者水平，往往因为自己水平有限。而作者恰恰有的是见解。他说："这本书其实只容纳了我个人的管窥之见，为此，有识之士会不失公允地指出：你所写的其实不是《文学的故事》，而是'我所偶然读到的一些作家的作品的杂评'。"作者基本上是在现成的文学史框架里说话，并没有特别的建设性或颠覆性的意见，所提到的都是应该提到的，所说好的也是大家认为好的，但他能说出在他看来每个作家以及每本书的好处究竟是在哪里。他的"管窥之见"具体而深入，虽然限于篇幅，往往只是寥寥几笔。话说得少比说得多更难。例如："重要的第二流天才是英国小说家中最多产的安东尼·特洛拉普（按即特罗洛普）。……他的小说没有一篇是第一流的，也没有一篇是第二流以下的。借助于灵感，把普普通通的场面写得壮丽辉煌，这在狄更斯、萨克雷、梅瑞笛斯（梅瑞狄斯）、哈代甚至乔治·爱洛特（乔治·艾略特）和查理·里特（查尔斯·里德）的作品中可谓比比皆是，而在特洛拉普那里却一点找不到踪影。然而，他整体成就和艺术手段却是令人吃惊的，倘若偶然有一点神圣的火点燃他的笔端，那么，他会比任何英国小说家都更有资格写出一部英国的《人间喜剧》来。"若不是对谈论对象及其背景熟稔极了，并且会然于心，很难说出这番话来。由此我们也可以体会出这本书另外一个好处，即作者并非正襟危坐，话也说得不那么一本正经。这样的书通常叫作史话，好像是通俗读物的意思；若以这本书而言，"通俗"只是态度平和，说法轻松而已，如前所述，并非没有真知灼见。只有有本事写史的人才有本事写史话，写史话则还需要有别的本事，也就是举重若轻。《文学的故事》的作者面对读者，很像是与趣味相投的朋友在一起随意聊天。他自己的身份其实就是一位普通读者，所说也是读者之见，不过这是位确有见识的读者罢了。

《文学的故事》的话题以英语文学为主，进而把视野扩展到世界各处。全书包括"古代世界""中世纪""十九世纪以前"和"十九世纪以后"四部分，前两部分尚无英语文学可言；第三部分十七章，讲到英语（实际上只是英国）文学的有十二章；第四部分十五章，讲到英语（包括英国和美国）文学的有六章。因为作者把定的是读者视点，理所当然多谈些自己熟悉的东西，我们也就不会抱怨他的书不很匀称。作者声明："本书是为英语读者而写的"，某些场合他自己其实也只是这样一位读者，所发表的有关议论也有意思，比如："摒弃了浪漫主义手法转而描写现实人生题材的小说巨匠应该说是果戈里（果戈理）。他的小说《死魂灵》比这阴冷的标题要活泼生动得多。小说细致描绘了俄罗斯社会的众生相，充满了对于平民的诙谐的同情和对于欺诈伪善的讽刺和轻蔑。据说这种诙谐和幽默在译成英文时没有了，从英译本看倒可能是这样的。因为果戈里毕竟是乡土生活和乡村平民极精细的观察者，但在英译本中，最突出的则是书中时时闪耀着高贵的人道主义精神。"像这样的比较，在一般文学史或文学史话中难得见到；对于通过译文来了解别国文学的我们却是重要提示。这也体现了这本书的特点：有什么就说什么，说的是真正的一己想法。作者曾以孔子的话自许："知之为知之，不知为不知，是知也。"（这句话经译者之手成了"知之为知之，不知为不知，是为知"。）依我看他做到了。剩下的奢望是将来能另外有个好的译本，但是我对这本书本身的好感却不必等到那时再说了。

二〇〇〇年四月五日

饮食行

"我们旅行到一个新的地方，最容易进入当地的文化的，就是饮食吧！"这是"食物恋"丛书总序的第一句话，我读了不免有点儿怀疑；尤其讲这话的是中国人，若说"最不容易"还差不多。饮食被认为也是一种文化，其实自家人鼓噪这个并无多大意思；但是在不同饮食内容与习惯之间，倒真是看出文化的差别来了。曾经有个笑话：有人出国看不懂菜谱，一连点了三道汤。另外一个版本更离谱，说点的是服务费。我想这大概还是中国人编了揶揄自己的，因为根据经验，在国外最难对付的莫过于吃饭这码事。我去法国韦桑岛时，每逢吃饭，面对菜谱总是茫然，只好对服务员以手示意（我不懂法语，他们不懂英语）：和邻桌的人吃的一样。于是接连三顿，都吃一种加入少量洋葱煮的贝类（到现在我也不知道这道菜叫什么名字），再好吃的东西也倒了胃口。到第三天，我正吃着，终于有位顾客走过来，用英语问我需不需要帮助，大概实在看不下去了罢。然而我已无须什么帮助，因为马上就要离开这岛了。但不知是感动还是兴奋，我请他喝了一杯啤酒。当然上述困难多半因为语言不通，但是我遇到的出国的人，总是那么热衷于寻找中餐馆吃饭（不过以我去过的欧洲几国而言，实在不知道在哪儿能吃上不难吃的中餐），恐怕口味不合的缘由更其重要。中国人以讲究吃而闻名，但是所讲究的多半还是自家吃法；这也无可非议，正说明小小的文化冲突，已经在我们嘴里发生了。

其实这也不单单是咱们才有的事儿，这套丛书中《森林里的香蕈与皮耶尔先生》的作者是日本人，也这样说：

"说到食物，每个国家的人大都很保守。法国人认为自己国家的菜独步天下，这种豪气自信或可另当别论，但对任何人来说，仍旧是自己熟悉、习惯的口味最美味。日本人好奇心旺盛，因此喜欢尝试各国的菜肴，但回到原点，还是白饭配酱汤最好吃吧！"

然而我想，也许只有进入语言和饮食层面，我们才真正算是开始了解另外一种文化。所以即便是出国旅游，也有很大区别，会不会说话，懂不懂得吃，实在是两个基本条件，否则真是走马观花了。譬如《蚂蚁在法国甜点地图上跳曼波》中写到布列塔尼两个小城，我从前都去过，可是说来惭愧，现在才知道在基伯龙有尼尼馕糖好吃，而在坎佩尔错过了丹特尔蛋饼。读书至此，别有一番感慨。现在只好纸上谈兵了；不过对我们来说，可能这还更容易一些呢。"食物恋"丛书共六册，除有关英国食物一册是英国人所写外，另外五册都出自日本人之手，分别介绍法国点心，普罗旺斯食物，德国食物，意大利食物和纽约食物。一律属于轻松小品，日本人写的更是那种软性散文，又都带些游记色彩，不过以记述饮食方面的经历为主罢了。从前讲过不爱读游记，总觉得作者在那里大惊小怪；现在我明白如果局限于一己感受，那么性质也就不同了。几位作者似乎都是平民百姓，至少也有着平民百姓的态度，平民百姓的小小浪漫情调，津津有味于日常生活，看不到令人讨厌的道貌岸然架式。作者所面对的是"饮食"而非"文化"，所以感受总是具体的，真切的；如果当成什么"文化现象"加以考察，那么写出来的东西也就看不得了。

这套书多数为日本人所著，前引文中说"日本人好奇心旺盛，因此喜欢尝试各国的菜肴"，说实话我很羡慕这种不轻易拒绝的态度。也正因为如此，所讲到的就不限于经典菜肴，或大路食品，而更加经验化，个人化，从而让我们长了不少难得的见识。譬如《森林里的香蕈与皮耶尔先生》中说：

"有一种点心的名字很有趣，叫做'修女的屁'，是一种油炸小点。发源自普罗旺斯邻近的法兰修·康提地方，在全法国各地都很受欢迎。它是将面粉用啤酒发酵后，油炸成一口大小，看起来像甜甜圈，但口感很好，当正餐或零食都可以。而松软的触感可能是它这个幽默名字的由来吧。不过最近有人觉得这样对修女们太失礼，所以就将名字改成'修女的叹息'。"

这里除了幽默意味之外，还可体会到日本人异常细腻的审美感受方式。对他们来说，饮食过程似乎涉及各项感觉（除了味觉、视觉、嗅觉和温觉，还有这里提到的触觉），而且一概发挥到极致，最终完成了一种审美体验。至于英国人讲本国饮食的《维多利亚女王的秘密厨房》，虽然相比之下在立场上有客主之分，一是新知，一是旧识，然而多写个人记忆与个人趣味，读来也很亲切。日本人所作基于一己见识，这是好处，也有限制，以介绍一国饮食论未免稍嫌支离；这本书要更系统深入一些。

附带说一句，这套书各册均配有笔法稚拙的插图，好几本还夹带着菜谱，这也是有意思的。我读菜谱，与看那些描绘饮食的图画约略相似，看过几页叙述文字，再看它们，感觉似乎更切近一些。母亲更是摘抄了不少，寄给在美国的姐姐。姐姐前些时来信说喜欢做点心。

二〇〇一年一月二十九日

贞德的装束问题

肖伯纳的《圣女贞德》第六场中，审问官对已经沦为阶下囚的贞德说："再最后问你一次，你肯不肯脱掉那套不合礼仪的衣服，换上女子的装束？"在我们现在看来，这问题似乎有点儿奇怪；然而那时却着实是贞德所有罪名中的一项。她断然回答："我不愿意。"接下来讲了一番道理：

"我当时是一名士兵，生活在士兵中间。我现在是一个囚犯，由士兵看守着。如果我穿女装，他们就会把我当作妇女，那样一来我会怎么样呢？如果我穿士兵服，他们就把我看作士兵，我就能像在家里同兄弟们一起生活那样和他们相处。……我告诉过你们，我应当由教会看管，不应当一天到晚地和沃里克伯爵的四名士兵呆在一起。难道你们想让我穿着裙子和他们一起过日子吗？"

我所感兴趣的是，审问官对贞德的男装打扮，究竟在意（反感甚至恐惧）什么。大概不光是个礼仪问题罢。法庭上提到的另一个相干的词是"伤风败俗"。或许贞德所企图抹杀的东西，反而被强烈地凸现出来，此之谓"欲盖弥彰"；审问官乃至整个社会都感受到了，他们无法容忍。但这却是贞德所不能理解的。世人眼中的贞德足以扰乱一切，而贞德眼中的贞德根本就不存在。《圣女贞德》是出戏，属于文学创作；这件事情毕竟是真的。

在安妮·霍兰德的《性别与服饰：现代服装的演变》中，对此有所解释；此外针对法国历史上另一位女人也说：

"乔治·桑德（按通译乔治·桑）在一个性别区分明显的时代，穿上了整套的男装，成为色情偶像。因为她穿上定做的外套和裤子后，显得更女性化而不是男性化——即，她看上去更性感了。……通过身着男装，并使之完全适合其身体，显示出她对生儿育女、做家务事，或做一个妩媚温存的标准女性不感兴趣。她的兴趣是过一种女性的色情生活。"

我不清楚乔治·桑真实心思如何，或许与她的前辈想法并无二致；然而至此问题已经昭然若揭，只是尚且是个女孩子的贞德实在很无辜罢了。服装（以及穿这服装的人，特别是女人）同时具有主动与被动两重性质，既是自我的呈现，又是感受的对象；二者未必完全一致。用《性别与服饰》的话说就是："不管男女服装有多少相似之处，也不管它们在色彩搭配上是多么不同，它们都充分考虑了异性的审美观。"贞德也好，乔治·桑也好，都是作为审美对象而存在的，而这一审美体验与该对象自己意欲如何往往没有什么关系。这可以说是服装（尤其是女性服装）的特性之一。

然而假如乔治·桑当初是刻意如此的话，她就是真正发现了女性服装嬗变过程中的关键所在；即如《性别与服饰》所说："性本身就是隐藏在时装样式背后的强大动力，不论时装样式的设计是否注意到了着装者的性别特征。"此后一百多年间女性服装的设计者和享用者，似乎不过是在步她的后尘而已：

"有趣的是，尽管当代女士们总是希望有某种简洁明了、永远入时而且超越时装范围的服装样式，但是她们选择的服装样式最初都是典型的男性服装。例如，长裤、衬衫、茄克、汗衫等标准的男性服装，另外也包括牛仔服和法兰绒衬衫。她们并不像女性服装改革的先驱们所期望的那样，推动纯粹以女性为基础的服装艺术的发展，而是间接地参与了男式服装的改革。几个世纪以来，女士们不断地表现了效仿男性着装的欲望。直到本世纪，她们才最后获得成功。很显然，直到今天她们仍然没有试图摆脱这种原始欲望的迹象，似乎只有这样才能显示她们已经获得解放的身份。"

女装男性化的进程（这几乎是女装发展史的同义词）与女性社会地位的独立化（观念上的，以及事实上的）的进程相伴随；而正如乔治·桑所展现的那样，穿男装的女人在男人眼中可能更具魅力：远离"妩媚温存的标准女性"的女性，或许"看上去更性感"。似乎无论如何她们都是在强调自己的女性特征。这多少带有一点反讽意味。审美体验包括相反相成和相辅相成两条路径，涉及女性服装亦然；它虽然变化无穷，却万变不离其宗。现代女人可能想当圣女贞德，结果还只能做乔治·桑。离开审美领域，从社会意义上加以考虑，不知道这是否要算女性的一种困境。在绝对自由之中，体现了绝对不自由。而人一旦成为对象，也就谈不上绝对自由。通过类似服装的改变，无论想要呈现什么，都仍然是使自己继续被对象化，那么就将被纳入将其视为对象的人的意识范畴之中。从圣女贞德到乔治·桑，再到今天公共场合穿着各色时装的女人，"女人"无所逃乎天地之间。

《性别与服饰》是一部时装史，或者说得确切一点，是一部时装观念史。以上所谈只是一部分内容，然而却很有趣。这本书有趣的地方还有很多，要是翻译得好一点儿可能就更有趣了。现在这个译本却谈不上怎么好法。某些地方译者未必明白自己写下来的是什么意思，当然我们作为读者就更不明白了。为简便起见，还是举人名译法为例罢，虽然一再说起这个显得有些贫嘴了。譬如前述"乔治·桑德"；另外，"雅克的朱恩"又是谁呢，恕我愚钝，费了点儿心思才猜出来：此即冉·达克（Jeanne d'Arc），亦即本文所一再提及的大名鼎鼎之圣女贞德是也。说句不客气的话，吃翻译这碗饭还得略具常识才行。

二〇〇〇年十一月十一日

谈时尚

近来无论读书还是写作都稍感倦怠，又没有别的消遣法，就想找几本闲书随便翻翻。恰巧朋友送来"世纪时尚"丛书三册，即《百年内衣》《百年靴鞋》和《百年箱包》（据"出版者寄语"介绍，另有一本《百年帽饰》，尚未见到），让我打发过去几天时间。我是个"开卷有益主义"者，觉得长点儿见识没有什么不好；何况三册读物图片与文字都很充实，又以"世纪"或"百年"为向度，由此可以看出其间世界上至少一部分人生活与审美情趣的某种演变。

我首先注意到三册读物在图片安排上的一点差异。《百年内衣》中内衣一律穿在模特儿身上；而《百年靴鞋》和《百年箱包》则很少看到人，靴鞋、箱包几乎都是单独存在。这当然与三样东西自身性质有关，内衣不像靴鞋、箱包有个样子，它的样子就是穿着它的人体的样子，单独拍下来，未免"委靡不振"。这是没有办法的办法，相比之下，靴鞋箱包的处理，或许反倒合乎编者的本意，他们所要介绍的毕竟是物而不是人。但是三册读物给我的美感可就有些差异了，不用说要数内衣那册最美。另外两册看着也有差别，箱包似乎独立性较强，离了人多少也能看出点儿意思来；而靴鞋若不穿在人脚上，简直乏味得很。巴尔加斯·略萨曾说福楼拜是恋鞋癖，我恐怕也有一点儿，一向觉得女人穿长统皮靴实在漂亮，但是我是说"女人穿皮靴"，不是指鞋店货架上一排排摆着的那些，更不是这样孤零零地拍成照片；我是说要有一定高度、身材和容貌的女人登在脚上，至于穿裙着裤，走动立定，均在所不论。俗话说："人是马，衣是鞍。"实际上鞍子更离不开马。靴鞋如同内衣，本身未必具有完全独立的审美价值，它们所呈现的美还是人体的美；箱包的性质固然有所不同，但是不同模样以及不同打扮的人拿着它，我们的审美感受也不一样。内衣、靴鞋是要穿的，箱包也是要用的，它们的审美价值完成于穿用之中；内衣、靴鞋和箱包真正的灵魂是人，——虽然只是世界上某一部分人。这一"人本主义"的看法，也许可以贯彻百年内衣史、靴鞋史、箱包史以及诸如此类别的什么史；

只有纳入人体审美的范畴之中，大概才能充分体会它们的含义。

看这三册读物，不由得联想起实在生活中的一点印象。即以靴鞋为例，小时候姐姐冬天总穿灯芯绒面棉鞋；七十年代末上大学时，多数女同学脚上还是这种棉鞋，个别才穿皮棉鞋，模样也很蠢笨；大学毕业后看见有人穿长统靴了，后跟却鼓出老大一包，头也是钝的，而且限于棉的一类；到了八十年代中期以后，才有样式好看的靴子出现，渐渐也有春秋乃至夏天穿的单靴了。这小小的演变过程说明一点问题，即人们的审美趣味是在逐步增强，逐步完善。《百年靴鞋》等当然要选取最有代表性的样式，而何为代表性却几乎完全是从审美方面考虑的。内衣、靴鞋和箱包，说来都是实用打头，以后便循着实用与审美两条路径发展，而审美上的开拓空间显然更大。它们的历史，是实用性质的延续史和审美趣味的发展史的重合。这样讲话似乎与前述"人本主义"有些矛盾，其实不然，因为那个"人"本身就有实用与审美两份心思，从某一时期起，女人和男人已经不再满足于将与自己密切相关的这些东西局限在实用的范围里了。穿用不仅仅是实用，"时尚"首先是因为人们想要如此。实用与审美都是人性的基本需求；而内衣、靴鞋、箱包等的两重性质，正分别对应和满足了这两个方面。这里实用固然不可或缺，但是越来越成为一条底线（相比之下，箱包尤其如此），审美则是在底线上的尽情甚至任意发挥；然而从另一方面看，无论怎样发挥，却从不放弃这一底线。不妨把内衣、靴鞋、箱包之类叫作"实用－审美物"，而以上所说正是它们最重要的审美特性。也就是说，美总要有所依附，不可能彻底独立。

体现在内衣、靴鞋和箱包上的审美趣味的变迁，很大程度上受到时代变迁的影响。当然审美趣味的变迁本来就是时代变迁的成分之一，但这里所要强调的不是这个意思；"实用－审美物"就审美趣味而言，未必有完全属于自己的一条发展轨迹，某一外来因素就足以把它整个儿给改变了。例如三本读物异口同声地谈到来自两次世界大战的影响。战时物质供给上的限制，战后某些军用材料的民用化，特别是妇女大量从军的经历，都对此后内衣、靴鞋和箱包的变化起到巨大作用。这些东西装扮起来的女人今非昔比。伯格曼的电影《呼喊与细语》里有个细节，我记得很清楚："卧室那边是卡琳的化妆室。她正坐在镜前让安娜给她脱衣服。从黑衣服、珠宝、紧身胸衣、内裤、袜子和起皱的亚麻布衣衫中，解脱出一个女人的身体。它从衣服的重量和束缚中解脱出来，似乎在发育和膨胀。"（为描述真切起见，这里引用剧本里的话）现在看早先人们这种穿着打扮，觉得真是陌生极了，同时感到卡琳那个时代已一去不返，我们和她之间隔着两次世界大战。今天大多数人虽然生活在和平环境（"实用－审美物"得以发挥其审美特性，无疑有赖于此），但是仅仅从女人的衣着，特别是靴鞋看来，当年战争的影子还是随处可见。她们狂放粗野颇带几分行伍色彩的装束，岂是被束缚在紧身胸衣里的卡琳所能想象得到的呢。

二〇〇〇年十二月二十五日

浴室故事

　　"洗浴"一词使我们产生不少联想，这来自间接与直接两方面的经验。以前者而言，兴许会想起雷诺阿和塞尚最喜欢画的"浴女"，前者极尽丰腴之能事，后者则组成一种宏伟结构；不过如果要和《欧洲洗浴文化史》联系起来一谈，却有一点问题。雷诺阿和塞尚的模特儿多半在河流中洗浴，与本书主旨并无太大关系。看看版权页上原来书名就知道，作者的兴趣乃在"私人浴室"以及"卫生设备工艺"，——一并说来，亦即今日大家津津乐道的"几室几卫"之"卫"是也。我本来也很想一谈几年前参观古罗马可供一千六百人同时洗浴的卡拉卡拉浴场遗址的感想，以及陀思妥耶夫斯基《死屋手记》中关于俄罗斯澡堂的描写（在他笔下那真有如地狱情景），然而此类公共浴室，也与本书几乎牵扯不上。还是以我们在绘画方面的一点见识来做说明，另外一些画家的作品倒可以派上用场。譬如大卫的《马拉之死》（一七九三年），画里马拉浸泡在自家浴盆里，虽然浴盆被毯子和被单遮住，我们不知道什么样子；而对马奈（《沐浴的女子》，一八七九年），特别是德加（《盆浴》，一八八六年；《浴后的早晨》，一八九五年；《浴后》，一八九六年）来说，放置浴盆的私人浴室，显然已经成了重要题材。在博纳尔的《入浴》（一九三一年）里，可以看见《欧洲洗浴文化史》中讲到的铸铁陶瓷浴盆；在《出浴》（一九二六至一九三〇年）和《浴女和小狗》（一九四一至一九四六年）里，值得注意的是盆边安装着调控水量的龙头。对眼下这本书来说，这些可能就更为重要。

且按下这个话头儿不表，说点别的。《欧洲洗浴文化史》有云："宗教会议和宗教统治者于一五四五年至一五六三年颁布宗教法令，禁止洗浴。"原因或许即如罗素曾经指出过的："那时教会攻击洗浴的习惯，以为凡使肉体清洁可爱好者皆有发生罪恶之倾向。"（《结婚与道德》）这也使我想起不少事情。我们历史上某些名士，譬如王猛、王安石之流，不爱洗澡，身上生虱，到底还是个人习惯；后来不洗浴却似乎成了某些儒生修养道德的途径，《我的前半生》就讲过少年溥仪被"侍讲"陈宝琛身上秽气熏得够呛一事。这与欧洲教会反对洗浴仿佛如出一辙。至于民间情形，老舍著《老张的哲学》讲"老张平生只洗三次澡"，一次是"洗三"，一次在新婚前夜，末了一次则是死后洗尸。这或许是极端例子，不过从前在单位，职工每周可以淋浴一次，确有同事郑重其事地劝我不要去得太勤，以免伤了身子。当然卫生条件普遍不良，可能也是造成此种习俗的原因之一。过去拜访住在旅馆里的亲友，理所当然地要趁机好好利用一下那里的浴盆。记得在公司时，有次出差，一位客户来访，进了卫生间便无声无息，时间长得令我担心出了什么事，赶紧叫他。他不慌不忙地回答，我正泡着呢。电视里曾经有句广告词："住进楼房多幸福，……"这幸福具体可见，其中之一便是拥有了自己的"卫"。条件改变，意识或许随之发生革命也未可知，——说"未可知"不是一句虚话儿，如今洗浴几乎已经成为一种隐私了，人们怎么想法，以及卫生间之使用频率，旁人的确不得而知。不管怎样，话说到这里终于接上前面的话头儿，可以一谈这本书了。然而一应背景已经清楚，具体内容也就很容易理解。

其实需要强调的只有一点。《欧洲洗浴文化史》讲到欧洲人最终推翻教会有关洗浴的禁令时说："启蒙运动时期，亦即卢梭提出'回归大自然'要求的十八世纪中叶，人们的思维开始逐渐改变。"然而正如其所描述的，这一思维改变的结果，并非卢梭本来意义上的"回归大自然"，而是私人浴室以及卫生设备工艺得以不断发展，说来倒有几分"远离大自然"了。此书中译本取名"欧洲洗浴文化史"，虽然稍显空泛，却也无可厚非，只是就中"文化"一词，与现今大家关于文化范畴的看法有些出入，——这一范畴已经变得如此广泛，乃至洗浴固然说得上是"文化"，就连不洗浴兴许也成了另外一种"文化"了。这显然与本书主旨有所抵触。本书所谓"文化"，特指文明；回想前述人类那番被动与主动地不洗浴的际遇，对文明的真正含义也就不难领会。也可以说，这是作为技术的文化，而不是作为人文的文化。所以最终归结为某些设备的具体应用，也是题中应有之义。回到前面提到的画家，实在该说是有两路，雷诺阿与塞尚画的是自然，而德加和博纳尔画的是文明。若以自然的观点来看，或许要说后面一类多少有被异化之嫌。然而有什么办法呢，洗浴原本就是人类的需要，他们有这种要求，必须得到满足；当他们不复能像雷诺阿与塞尚的浴女似的在大自然中洗浴时，那么就只能如德加的浴女和博纳尔的妻子一样在浴盆中洗浴了。洗浴文明或者说私人浴室和卫生设备工艺的发展，即基于人类此种需要；而一切文明都是根植于人性的。文明与自然殊途同归，其间并无矛盾；有人强说矛盾，毕竟不大讲理。

话讲了这么多，关于这本书的具体内容却没有多说，因为也许没有这个必要。看看你家里的卫生间罢，好处在哪儿，尚有何种不足，不妨找一本《欧洲洗浴文化史》来对照一下。

二〇〇一年八月十一日

检验合格

检验员 22